꿈꾸는 노란 기차

꿈꾸는 노란 기차

흔돌 지음

열림원

스스로 어둠이 되면

다른 것들이 빛난다

—푸름, 바름, 오름에게

글쓰기에 앞서

   사람들은 누구나 한 가지 재능을 갖고 태어난다. 어떤 사람은 그 재능을 알지 못하여 평생 엉뚱한 길을 가는가 하면 어떤 사람은 재능을 일찍 발견하여 제 길을 간다. 그런 뜻으로 보면 나는 별다른 재능도 없이 지금까지 살아온 거다. 정말 기적이라고 말하지 않을 수 없다. 내 동무들은 나에게 노래를 만드는 재능이 있다고 하는데 그건 나를 잘 모르고 하는 말이다. 먼저, 나는 노래를 잘 만들지 못한다. 지금까지 만든 노래들은 거의 다 산에서 얻어 온 것이다. 다시 말하자면 산신령이 던져준 노래를 내가 만들었다고 거짓말을 한 것이다. 그렇게 나는 음악에 대한 기초도 없이 음악인 행세를 하며 살았다. 어떤 때는 그것 때문에 솔직히 괴롭기도 했다. 나는 노래를 사랑하는 척했을 뿐, 한때는 욕심 때문에 노래를 아프게 했던 적도 있었다. 노래를 사랑한 것이 아니라 인생의 도구로 생각한 것이다. 나는 벌을 받아 마땅한 나쁜 놈이다. 이제라도 노래한테 용서를 빌고 싶지만 그러기에는 내가 너무 뻔뻔스럽다는 생각이 든다. 그러니까 이 글은 나의 반성문이기도 하다. 부디 나의 진심이 독자들에게 조금이나마 전달되기를.

차례

1 ———————

아리랑꽃을 찾아서

토종 민들레를 그리워하는 사람은 없다

토종 민들레를 밀어낸 서양 민들레를

토종 민들레로 알고 있기 때문이다

나는 노래도 잘 만들지 못하면서 자꾸만 노래를 만들려고 애를 쓴다. 어떤 때는 그런 내가 참 불쌍하게 보일 때도 있다. 이젠 그만둬야지, 하고 손을 놓으면 어느 날 또 노래를 찾고 있는 내 모습을 보게 된다. 마치 담배를 끊었다가 다시 찾는 것처럼 말이다. 그런 뜻으로 보면 내가 산에 가는 것도 일종의 중독인지도 모른다. 산에 가야 노래를 얻을 수 있다고 생각하기 때문이다. 솔직히 말하면 나는 스스로 노래를 만들지 못한다. 내가 하는 일이라고는 그저 산신령이 던져주는 노래를 받아서 마치 내가 만든 것처럼 폼을 잡는 것뿐이다. 가끔 사람들이 내게 묻는다. 노래는 어떻게 만드느냐고. 사실 그런 말을 들을 때마다 양심이 흔들려 그냥 노래를 캐러 산에 간다고 말한다. 하지만 그 말도 따지고 보면

꿈꾸는 노란 기차

건방진 말이다. 은근히 나를 겸손한 사람으로 생각해달라는 것 아
닌가? 실제로 어느 방송에서 나를 '노래 캐는 심마니'로 다룬 적도
있었다. 그 시절 내 얼굴이 꽤나 두꺼웠던 모양이다. 분수도 모르
고 방송에 출연했으니 지금 생각해보면 참으로 부끄러운 일이었다.

1994년 4월 14일

　나는 고향이 없다. 아내와 아이들을 데리고 아버지와 어머니가
살던 고향에 한번 가보는 것이 소원이지만 가시담(휴전선에 설치
해놓은 철조망)이 가로막고 있어 아직은 갈 수가 없다. 마음만 먹
으면 어디든 갈 수 있는 세상인데 왜 거기는 갈 수 없는지 모르겠
다. 가끔 백두산에 오르는 상상을 하곤 했다. 백두산은 남북한을
통틀어 가장 높은 산이니까 거기서 내려다보면 우리 아버지 어머
니 고향이 훤히 보일 거라고 생각한 것이다. 물론 만화 같은 생각
이지만 지금도 그 마음을 버리지 못하고 있다. 꼭 그 때문이 아니
더라도 나는 오래전부터 백두산을 그리워했다. 일제강점기와 한국
전쟁을 치르면서 흩어진 아리랑, 그러니까 시나브로 사라진 우리
의 정서를 백두산에서 만나게 될지도 모른다는 생각을 한 것이다.

　그날이 왔다! 백두산 타령을 그렇게 하더니만 마침내 중국 가는
배를 타게 된 것이다. 사실은 통일이 된 뒤에 백두대간을 거슬러

올라갈 생각이었지만 언제부턴가 생각이 바뀌었다. 그놈의 통일을 기다리다가 고향에 돌아가지 못하고 돌아가신 아버지, 어머니를 생각하면서부터다. 나 역시 이렇게 통일을 마냥 기다리다가는 아버지, 어머니가 살던 고향에 가보지도 못하고 늙어버릴 것 같았다.

이런 이야기를 했더니 어떤 사람이 말하기를, 내 땅을 밟고 가야지 왜 남의 땅을 밟고 가느냐는 것이었다. 맞는 말이다. 그렇지만 그런 날이 오기를 꿈꾸며 남의 땅을 밟고 먼저 가보기로 했다. 감정이 메마르기 전에 북녘의 바람 냄새도 맡아보고, 또 그 바람 속에서 살아 숨쉬는 아리랑도 느껴보고 싶어서였다. 만약에 북녘의 바람과 남녘의 바람이 서로 어우러져서 아리랑이 생겨난다면 아마도 그 아리랑은 우리 민족을 하나되게 할 수 있는 원동력이 되리라.

배가 움직였다. 큰 배는 물을 가르며 천천히 인천항을 빠져나갔다. 조금씩 멀어지는 인천항을 바라보려니 갑자기 가슴 저 깊은 곳에서부터 무언가 뜨거운 것이 북받쳐올랐다. 마치 독립투사라도 되는 양, 사명감이 움트는 것이었다. 별을 바라보며 굳은 맹세를 했다. 어딘가에 피어 있을 아리랑꽃을 꼭 찾아오겠노라고.

나는 그 아리랑꽃을 찾아 온 백성에게 바치는 것이 내가 맡은 임무라고 생각했다. 이것은 올림픽 대회 나가서 메달을 따다 국민

꿈꾸는 노란 기차

들에게 바치겠다는 다짐하고는 좀 다른 얘기다. '체력은 국력'이라는 말이 있긴 하지만 올림픽 나가서 메달을 많이 딴다고 힘있는 나라가 되는 것은 아니지 않은가? 어떤 사람은 외국인 선수를 귀화시켜서라도 메달을 따야 한다고 그러는데 나는 반대다. 꼭 그렇게까지 해서 메달을 따야 할까. 다른 나라 사정은 어떨지 몰라도 우리나라는 그런 것 따라 하지 않았으면 좋겠다. 메달 좀 못 따면 어떠한가. 메달을 많이 따는 것보다 우리 고유의 든든한 정서를 지니는 것이 진정으로 힘있는 나라 아닌가? 그런 뜻에서, 온 백성들의 가슴에 아리랑이 되살아났으면 좋겠다. 아리랑은 숲속의 향기와 같은 것이니까.

연변에 가면 우리의 정서가 더러는 남아 있을 것 같다. 즐거운 잔칫날의 춤이라든가, 오래된 집이나 농기구라든가, 아이들의 노는 모습, 아궁이에 불을 지피는 어머니, 굴뚝에 피어오르는 연기 등등. 이러한 정서를 한마디로 말한다면 아리랑이라고 부를 수 있지 않을까. 그러니 노래를 캐는 나로서는 아리랑이 아주 큰 보물이 아닐 수 없는 것인데, 내가 아리랑을 찾아 돌아다닌다고 하면 대부분 사람들은 아리랑을 채록하러 다니는 줄 안다. 지역마다 아리랑 노래가 있으니 그렇게 생각할 수도 있겠다. 하지만 나는 우리의 정서를 찾아서 돌아다니는 것뿐이다. 그렇다면 그냥 정서를 찾아 돌아다닌다고 하면 되지, 굳이 아리랑을 들먹이는 까닭은 무엇이냐고 물을 수도 있겠다. 언젠가 우리 문화에 대해서 얘기를 나누다가 이런 질문을 받은 적이 있었다.

"우리나라를 상징할 수 있는 말이 있다면, 한마디로 뭐라고 생각합니까?"

망설임 없이 아리랑이라고 답했다.

"그럼, 우리나라의 정서를 뭐라고 말해야 할까요?"

나는 그것도 아리랑이라고 말했다. 아리랑이라는 것이 노래로 알려져서 그렇지, 우리의 정서라고 말해도 틀린 말은 아니라고 생각했기 때문이다. 그럼에도 사람들은 아리랑 하면 여전히 노래를 떠올리기에, 정서를 이야기하고 싶을 때 나는 일부러 '아리랑꽃'이라고 말한다. 아무튼 그 아리랑이 지금 우리 곁에서 점점 멀어지고 있는 것만은 사실이다. 미국이나 일본의 정서가 무조건 잘못됐다는 게 아니다. 그들의 정서가 우리의 정서를 밀어내고 있음에도 넋 놓고 방관하는 우리의 모습이 안타깝다는 것이다. 한글이 영어에 무참히 짓밟히고 있는데도 그것을 보호하려는 노력은커녕 오히려 영어를 거들고 있지 않은가.

중국 가는 배 위에서 아리랑을 생각하다 보니 뜬금없이 항일 운동을 하던 독립투사들이 떠올랐다. 불쑥 나타난 일장기와 일본군 군화 소리, 일본군의 위안부로 끌려가는 어린 소녀와 전쟁터로 끌려가는 청년들이 떠올랐고, 그 장면 위로 내 얼굴이 겹쳐졌다.

꿈꾸는 노란 기차

이제는 거의 사라진

토종 민들레를 그리워하는 사람은 없다.

토종 민들레를 밀어낸 서양 민들레를

토종 민들레로 알고 있기 때문이다

아리랑꽃도 그렇게

우리 곁을 떠날지 모른다

—「우리가 버린 꽃」(1994)

1994년 4월 15일

아침 8시쯤 큰 배는 웨이하이(威海)에 도착했다. 내가 중국에 대해서 아는 것은 주로 영화를 통해서였는데 막상 와보니 영화로 접했던 것과는 달리 그저 낯선 나라일 뿐이었다. 세관을 통과하려는데 세관원이 지휘봉 같은 막대기로 내 배낭을 툭툭 쳤다. 배낭을 열어주자 그 속을 들여다본 세관원이 김을 꺼내 던지면서 갑자기 큰 소리를 질러댔다. 나는 그걸 왜 던지느냐고 물었지만 우리말을 모르는 그는 오히려 알아들을 수 없는 중국말로 고래고래 소리쳤다. 마치 수업 준비물을 잘못 가지고 왔다고 야단치는 선생님 같았다. 자기네 나라를 방문한 여행객에게 이렇게 야단을 쳐도 되는 건지 모르겠다. 배 타고 오는 동안 중국의 첫인상은 대륙적일 거라고 생각했는데 기대와 달리 요란함이 첫인상이 되고 말았다. 만약 이 요란함이 계속 따라다닌다면 하루하루가 피곤한 여행이 될 것이 뻔했다.

백두산에 가기 위해 잘 알지도 못하는 관광단에 끼어 배를 탔지만 여정이 순조로울지는 알 수가 없다. 배 타기 전에 일행들과 인사를 나누기는 했으나 서먹서먹한 것은 배에서 내리고 나서도 마찬가지였다. 나는 맨 뒤에서 일행들을 따라 걸었다. 아까부터 우리를 따라온 조선족 아주머니들이 서로 자기네 집에서 묵으라며 계속 말을 걸어왔다. 그 가운데 말수가 적고 그냥 따라오는 아주머니가 있어 우리는 그 집에서 하룻밤을 묵기로 하였다.

❧

숙소에다 짐을 내려놓고 우리 일행은 오후 내내 시내 구경을 하고 다녔다. 거리에는 한글로 된 간판이 많이 붙어 있었다. 그만큼 한국 관광객들이 많이 온다는 얘기였다. 한 가지 아쉬운 점이 있다면 한글 간판이 걸려 있는 가게가 대부분 술집이라는 것이었다. 우리 일행들도 오늘 저녁에는 이 많은 술집 가운데 하나를 골라서 가게 될 것이다.

공원에 가보니 옛날 우리네 모습을 보는 것 같았다. 큰 저울에 올라가 몸무게를 재는 사람, 폐활량을 알아보는 기계를 갖고 나온 사람, 카메라를 목에 걸고 사진을 박아보라는 사람, 바닥에 책을 펼쳐놓고 책을 파는 사람… 그런데 벤치에 앉아서 다솜짓하는 젊은이들도 놀라울 정도로 눈에 많이 띄었다.

일행들이 대부분 대구 사람들이어서 그랬는지 저녁에는 '대구집'이라는 술집으로 들어갔다. 이 술집 분위기는 마치 1970년대 한국의 어느 골목 술집을 그대로 옮겨다놓은 듯했다. 손님 다루는 솜씨며, 젓가락 두드리며 흘러간 옛 노래를 부르고 있는 모습이 보통이 아니었다. 그러나 한국에서 온 관광객들의 비위를 맞추려고 애쓰는 그들의 모습을 보고 있으려니 갑자기 허탈감이 들었다.

1994년 4월 16일

아침에 눈을 뜨니 머릿속이 허하다. 어제까지만 해도 머릿속에 백두산과 아리랑이 있었는데 지금은 온데간데없고 채 가시지 않은 술기운이 마음을 어지럽히고 있었다. 문득 배 타고 올 때 다짐했던 맹세가 무사한지 걱정이 되었다. 뭔가 잔뜩 뒤엉킨 것 같고 왠지 아리랑이 나를 피해 달아나고 있다는 느낌도 들었다. 혹시, 우리 민족이 자기를 버렸다고 생각하는 것은 아닐까? 편치 않은 마음으로 배낭을 둘러메고 숙소를 나왔다. 이제 겨우 하루가 지났는데 이상하게도 마음이 불안하다. 아리랑꽃을 찾아 온 백성한테 바치겠다고 한 맹세가 연탄불 위에서 오므라든 오징어처럼 변해버린 것이다.

옌타이(烟台) 역 앞 광장은 보따리를 베고 누운 사람, 이불을 뒤집어쓰고 앉아 있는 사람 등등 많은 이들로 혼잡했다. 모두 다 기차를 기다리는 사람들이었다.

잠시 뒤, 개찰구 문이 열리자 광장을 차지하고 있던 사람들이 각자의 짐을 들고 돌격대처럼 뛰기 시작했다. 그야말로 인해전술이라는 말을 떠올리게 하는 장면이었다. 우리 일행도 그들을 따라 뛰었다. 알고보니 그들이 뛰었던 까닭은 자리를 먼저 차지하기 위해서였다. 우리는 왜 뛰었는지 모르겠다. 우리가 갖고 있는 기차표에는 좌석 번호가 또렷이 적혀 있었는데 말이다.

중국 영화를 볼 때마다 중국말이 참 재미있다고 생각했는데 기차 안의 중국말은 수산물 경매장처럼 요란하기가 이를 데 없었다. 우리는 비좁은 통로를 벗어나 앞칸으로 이동했다. 자리가 대충 정리되고 기차가 움직이자 그제야 승객들의 말소리가 차분해졌다.

한 시간쯤 지났을까, 갑자기 차창 밖으로 뭔가가 휙 지나갔다. 객차 안을 살펴보니 차창 옆에 앉아 있던 사람들이 빈 맥주캔과 쓰레기 들을 차창 밖으로 던지고, 나머지는 바닥에다 버리고 있었다. 그렇게 대충 식사가 끝나자 빗자루를 든 승무원이 바닥에 널브러진 쓰레기들을 쓸어다 승강구 밖으로 날려보냈다. 궁금했다. 들판에 버려진 저 쓰레기들은 또 누가 치우는지.

꿈꾸는 노란 기차

1994년 4월 17일

밤새 달린 기차는 오후 4시 좀 넘어서 베이징 역에 도착했다. 역 밖으로 나오니 비로소 중국에 왔다는 생각이 들었다. 한국말이 많이 들리던 웨이하이와는 달리 이곳에서는 여기저기서 중국말이 들렸다. 게다가 사람들이 얼마나 많은지, 다큐멘터리 영화 한 편을 찍고 싶은 충동이 생길 정도였다.

일행을 태운 승합차는 베이징 역을 벗어나 어디론가 달렸다. 백두산에 가려고 중국을 지나가고 있을 뿐인데, 베이징은 그런 나를 금세 관광객으로 만들어버렸다. 자꾸만 두리번거리게 되고, 거리의 건물이며 간판이며 자전거 타는 사람들까지 모든 것이 다 신기했다. 그 가운데 가장 신기한 것은 건물이었다. 대한민국 건물에서는 대한민국이 보이지 않는데 중국 건물에서는 중국이 보였다. 거리에서 풍기는 이상야릇한 냄새도 나한테는 무척 새로웠다. 무슨 냄새라고 한마디로 말할 수는 없지만 적어도 두 가지 냄새가 섞인 것은 분명했다. 한 가지는 자동차에서 풍기는 냄새 같은데 다른 하나는 알 수가 없었다.

숙소에다 짐을 풀고 저녁을 먹으러 갔다. 훠궈(火锅, 신선한 재료를 끓는 탕에 넣어 살짝 익혀 먹는 중국 전통 요리)라는 음식을 시켰는데 우리나라 식당에서 파는 샤브샤브와 거의 비슷했다. 샤브샤브가 일본말이라서 일본 음식인 줄 알았는데 일행 가운데 어떤 사람이 이 음식의 기원은 몽고라고 했다. 우동(うどん)이라는 말이 우리말처럼

쓰이더니 이제는 샤브샤브도 그렇게 되었다. 차라리 우리말로 '살랑'이라고 했으면 어땠나 싶다. 고기나 야채를 국물에 살랑살랑 담가가면서 먹으니까. 앞으로 샤브샤브 음식점 할 사람 있으면 '샤브샤브 전문점'이라고 하지 말고 '살랑 전문점'이라고 했으면 좋겠다. 혹시 아는가, 우리말로 바꾸면 장사가 더 잘될지.

중국의 훠궈는 채소 맛이 야릇했다. 입가심하느라고 조그맣게 생긴 만두를 하나 먹었는데 거기에서도 야릇한 냄새가 났다. 웨이하이에서는 한국 음식을 먹느라 잘 몰랐는데 이제야 중국 음식의 기본 향을 알게 되었다. 조선족 안내원한테 이게 무슨 향이냐고 물으니, 중국 음식에 빠짐없이 들어가는 '샹차이(香菜)'란다. 중국 요리에 큰 기대를 걸고 있었던 나는 크게 실망을 하고 말았다.

1994년 4월 18일

아침 식사를 하고 난 뒤 일행의 의견을 물어 관광 코스를 둘로 정했다. 한쪽은 만리장성 한쪽은 자금성이었다. 나는 자금성을 택했다. 한국에 있을 때는 몰랐는데 자금성을 보고 나니 경복궁이 자랑스럽게 느껴졌다. 일행 가운데 누군가가 말했다. 경복궁은 애들 장난감이라고. 아무도 그에게 묻지 않았지만 그는 계속해서 말했다. 경복궁은 자금성을 베낀 거라나. 제 나라 역사도 모르면서 남의 나라를 칭송하다니…. 경복궁은 자금성을 베끼지 않았다. 자금성보다 먼저 지었기 때문이다. 그 사람은 왜 경복궁을 하찮게 여기는지 모르겠다. 아마 규모 때문에 그랬는지는 모르겠지만 나는 규모보다 정서가 더 중요하다고 생각한다. 언뜻 보기에도 자금성과 경복궁은 서로 풍기는 맛이 다르다. 기와의 빛깔도, 처마의 곡선도 그렇다. 이렇게 '뭔가 다르다'는 것이 바로 정서가 아닐까? 어쨌든 자금성에서는 중국이 보이고 경복궁에서는 조선이 보이니 둘 다 훌륭한 건축물이라고 결론을 내렸다.

✦

일제강점기 시절에 짓밟힌 우리의 정서는 해방이 된 뒤에도 쉽게 살아나지 못했다. 오히려 일본 정서는 그대로 남아 그때 태어난 사람들은 일본 정서가 우리 정서인 줄 알고 살았다. 아직도 일본의 잔재가 있다는 것은 그때 우리의 정서를 제대로 되살리지 못했기 때문이다. 우리나라를 강점했던 일본에는 한국 자동차가 보이지 않는데 일본에게 짓밟혔던 우리나라에는 왜 일본 자동차가 그리도 많이 굴러다니는지 한 번쯤은 생각해볼 필요가 있다. 나라를 다스리는 사람들은 국민들이 무엇을 속상해하는지 알고나 있는지 모르겠다. 아마 관심도 없을 뿐더러 나라의 정서가 왜 중요한지도 모르고 있겠지.

우리는 일제강점기를 지나면서 우리의 슬픔마저 잃어버리고 말았다. 그 시절의 슬픔은 삶의 원동력이 되기도 하였는데 요즘에는 그런 슬픔이 없다. 혹시라도 이번 여행에서 그 슬픔의 흔적을 만난다면 아리랑꽃을 찾을 수도 있지 않을까?

✦

지금 우리가 옛날보다 잘산다고는 하지만 따지고 보면 잘사는
것도 아니다. 아무리 경제 대국이 된다 한들 내세울 정서가 없는
데 어떻게 잘산다고 할 수 있겠는가?

남북문제도 그렇다. 지금처럼 서로 정서가 다르면 설사 통일이
된다 해도 한마음이 되기까지 시간이 꽤 많이 걸릴 것이다. '통일
이 되었다'와 '하나가 되었다'는 의미가 좀 다르다. 통일이 되었다
는 것은 갈라졌던 나라가 다시 합쳐지는 것을 뜻하지만 서로 다른
정서가 한마음이 되려면 많은 시간이 필요하기 때문이다. 그러니
무조건 통일을 할 것이 아니라 아리랑을 바탕에 두고 문화, 교육,
경제 등등 하나하나 그림을 그려나가야 나중에 닥쳐올 혼란을 막
을 수 있는 것이다.

이제는 서로 힘겨루기 같은 거 하지 말고 하루라도 빨리 고향
찾아 오고가고 그랬으면 좋겠다. 진정으로 이 나라를 하나로 만들
수 있는 건 오로지 아리랑뿐이다. 아리랑으로 온 겨레가 하나된다
면 통일은 저절로 이루어질 것이며 우리가 원하는 잘사는 나라가
될 것이다. 우리의 정서 '아리랑'이 반드시 필요한 까닭이다.

꿈꾸는 노란 기차

1994년 4월 19일

일행들은 어디론가 놀러 나가고 나는 혼자 남아 숙소 근처를 돌아다녔다. 낯선 거리를 혼자 걸어다니다보니 즐겁기도 하고 외롭기도 하였다. 즐거운 것은 손수레에서 만두도 팔고 국수도 파는 상인들의 목소리였고 외로운 것은 국수 한 그릇 같이 먹을 동무가 없다는 것이었다. 나는 입맛을 다시며 손수레로 가서 국수를 시켜 먹었다. 놀랍게도 이 국수가 요 며칠 사이 중국에서 먹었던 음식 중에서 가장 맛있었다. 향신료 냄새도 없고 국물도 담백한데다 면발도 좋았다. 국수를 담은 그릇도 이가 좀 빠지긴 했으나 오히려 그것 때문에 더 맛있게 느껴졌다. 이런 걸 보면 음식에 있어서 그릇이라는 것도 한몫 하는구나 싶다.

우리나라도 길거리 음식이 많은데 가락국수 파는 데는 눈에 많이 띄지 않는 것 같다. 옛날 우리 동네 포장마차에 이런 글귀가 붙어 있었다.

'가락국수의 생명은 국물에 있습니다!'

그 나라의 정서를 가장 쉽게 접할 수 있는 것은 사람들이 입고 있는 옷, 거리의 간판과 건축물 그리고 음식이라고 생각한다. 중국은 어딜 가나 중국이 보인다. 그러나 우리나라는 외국 정서에 물든 경우를 더 많이 본다. 언젠가 막걸리 파는 음식점에서 파전을 시켜먹었는데 피자처럼 삼각 모양으로 잘려 나왔다. 편해서 좋긴 했지만 젓가락으로 잘라먹던 정이 사라진 것 같아서 조금은 서

글펐다.

그러고 보니 중국 와서 피자 가게를 본 기억이 없다. 내가 눈여겨보지 않아서 그런 거겠지만 설사 피자 가게가 많이 있다고 하더라도 중국은 어딜 가도 중국이 먼저 보인다. 외제차가 그렇게 많이 굴러다니는데도 중국의 정서는 꿈쩍도 하지 않았다. 어제는 땅밑으로 수십 미터 정도는 내려가야 하는 지하 여인숙에서 묵었는데, 우중충하고 이상한 냄새도 났다. 그러나 여러 가지로 불편했던 그 지하 여인숙에서조차 중국의 정서는 우쭐대고 있었다.

1994년 4월 20일

우리나라는 선진국이 되려고 많이들 애쓰는 것 같다. 1인당 국민소득이 3만 불에 가까워졌다고 하는데 그것이 5000불이면 어떻고 3만 불이면 어떤가? 오히려 나는 국민소득이 1000불이었던 시대가 그립다. 경제에 대해서는 아는 바가 없으나 나는 경제보다 교육이 더 중요하다고 생각하는 사람이다. 이렇게 말하면 세상에 먹고사는 것처럼 중요한 일이 어디 있느냐고 말하겠지만 단순히 먹고사는 문제보다는 어떻게 살 것인가 하는 물음이 자연스레 경제로도 이어지는 것 아닐까 싶다.

대부분 사람들은 경제가 어려우면 살기가 어렵다고 한다. 하지만 경제가 좋으면 살기가 더 어려울 수도 있다. 옷, 신발, 가방 같은 것은 얼마간 쓰다 버릴 것이고, 가전제품이나 자동차도 몇 년

꿈꾸는 노란 기차

쓰고 타다 바꿀 것이며, 먹다 남긴 음식물은 넘쳐날 것이다. 우리는 그렇게 경제가 뱉어낸 쓰레기 속에서 '편안한 불편'을 겪을지도 모른다. 그렇게 해서 경제가 잘 돌아간다 하더라도 교육이 받쳐주지 못하면 결코 잘산다고 말할 수 없다. 따지고 보면, 경제가 어려워서 살기가 어려운 것이 아니라 경제와 교육의 간격이 너무 벌어져서 살기가 더 어렵게 느껴지는 것이다. 그러니까 그 간격을 줄이려고 노력할 때 그나마 우리는 조금 더 잘살 수 있지 않을까.

올림픽, 아시안게임을 많이 한다고 해서 선진국이 되는 것도 아닌데 우리나라 일부 사람들은 그런 것 너무 좋아한다. 물론 경제 발전도 꾀하고, 국위선양도 되고 여러 가지로 좋은 면도 있겠지만 막상 국민들이 살아가는 데에는 별로 도움이 되는 것 같지 않다. 나는 우리나라가 올림픽 유치를 반대하는 그런 나라가 되었으면 좋겠다.

계속 후진국으로 살자는 게 아니다. 억지로 선진국이 되려고 애쓰지 말자는 것이다. 우리의 정서를 제대로 보여주지도 못하면서 대회 유치에만 열을 올리는 현실이 안타깝다. 정서의 빛깔만 또렷하면 저절로 선진국이 될 터인데, 우리는 스스로 아리랑을 천하게 여기고 있지 않은가. 아리랑 속에 경제는 물론 교육, 통일 등등 모든 해답이 들어 있는데도 말이다.

선진국의 기준이 뭔지는 몰라도, 아리랑을 버리고 선진국이라 여기는 나라의 정서를 가져다 쓰며 선진국 대열에 오른들 그게 무슨 의미가 있겠는가? 당장 우리가 쓰는 말만 들어보아도 알 수 있다. 한국어를 바탕에 두고 영어를 적절히 섞어서 써야지 우리말이 뭉개질 정도로 영어를 쓴다면 결국 우리는 뿌리가 없는 민족이 되고 말 것이다. 지금 이 상태로는 올림픽을 열 번이고 백 번이고 계속 유치한다 해도 선진국이 될 수 없다. 아니, 동계 올림픽, 하계 올림픽, 아시안게임, 월드컵, 세계육상대회 등등 모든 대회를 다 합쳐 100년 동안 유치한다 해도 한국을 알아주는 나라는 그렇게 많지 않을 것이다. 내세울 정서가 없기 때문이다. 제 나라의 뿌리를 스스로 갉아먹는 민족을 누가 알아줄 것인가?

아주 오래 전에 이 땅에는 어딜 가도 아리랑이 있었다. 하지만 일제강점기를 지나 전쟁을 치르면서 아리랑은 여기저기로 흩어지고 말았다. 거리에서도 사람의 눈빛에도 이제는 아리랑이 보이지 않는다. 해마다 '아리랑의 나라'를 보러 오는 관광객들은 늘어만 가는데 도대체 아리랑은 어디로 갔을까? 심지어는 아리랑 공연장에서도 잘 보이지 않는다.

퓨전 국악이 국악을 밀어내고 국악이라고 한다. 마치 서양 민들레가 토종 민들레를 밀어내고 그 자리를 차지한 것처럼 말이다. 관광객들은 퓨전 국악을 들으러 온 것이 아니라, 아리랑이라는 정서를 보러 온 것인데 막상 우리만 그걸 모르고 있는 것 같다. 퓨전 음악을 하지 말자는 게 아니라, 아리랑이라는 바탕을 버리고 퓨전에만 힘을 쏟는 것이 안타까워서 하는 말이다.

중국에 온지 엿새째다. 여기까지 오는 동안 무언가 나를 쭉 따라오는 것이 있었다. 가만히 생각해보니 바로 중국의 정서였다. 기차나 건물, 심지어는 산이나 하늘의 구름까지도 중국의 정서가 묻어 있는 것이다. 그걸 보면서 나는 내 나라를 생각해보았다. 우리나라가 작게 느껴지는 것은 땅덩이가 작아서도 아니고 인구가 적어서도 아니다. 정서가 하나로 이어져 있지 않고 흩어져 있기 때문이다. 우리도 남북이 하나가 되고 흩어진 정서가 하나로 이어지는 날이 온다면 썩 괜찮은 나라가 될 수 있을 것이다.

오늘은 별다른 일정이 없어서 각자 자유로운 시간을 보내기로 했다. 몇몇 사람들은 숙소에 머물고 몇몇 사람들은 시내 구경을 나갔다. 나는 숙소에 남아 간밤에 나를 괴롭혔던 놈에게 복수를 하기로 했다. 숙소 앞마당, 햇볕 잘 드는 담벼락에 기대앉아서 옷에 붙은 이(蝨)를 하나하나 찾아내어 죄를 물었다.

"네 이놈, 어젯밤 나를 괴롭힌 까닭이 무엇이냐?"

내가 마지막으로 이를 본 것이 20년 전 군대 훈련소였는데 여기서 다시 만나게 될 줄이야. 그때는 디디티(DDT)가 들어 있는 조그만 주머니를 속옷에 붙여놓고 이의 침투를 막았는데 이곳은 그런 약도 뿌리지 않은 것 같다.

그제는 땅 밑으로 수십 미터를 내려가야 하는 그런 여인숙에서 하룻밤을 보내고 어제는 이가 득실거리는 여인숙에서 하룻밤을 보냈다. 그렇다면 오늘은 또 어떤 여인숙에서 하룻밤을 보낼 것인가? 불편한 점이야 한두 가지가 아니지만 그래도 지낼 만한 것은 중국 정서가 그런 것들을 중화하기 때문이 아닐까 싶다.

1994년 4월 21일

건물도 커졌다 작아졌다 하는 모양이다. 다시 보는 베이징 역은 며칠 전보다 더 크게 보였다. 수많은 사람들이 역 안으로 들어가는 모습을 보니 마치 커다란 고래가 떼 지어 다니는 작은 물고기들을 빨아들이는 것처럼 보였다. 역 주변에는 여러 종류의 노점상들이 있었다. 그 가운데서 눈에 띄는 것이 하나 있었는데 바로 호두과자였다. 우리나라 곳곳에서 많이 본 것이라 반가운 마음에 한 봉지를 샀다. 과연 중국에서 파는 호두과자에는 호두가 들어 있을까?

영화에서나 보던 침대 열차를 처음으로 타보았다. 한쪽으로 통로가 있고 칸마다 차창을 사이에 두고 3층짜리 침대가 양쪽으로 놓여 있었다. 한 칸에 여섯 명이 사용할 수 있는 구조였다. 나는 왼쪽 가장자리 맨 아래 침대에 자리를 잡고 짐을 풀었다.

꿈꾸는 노란 기차

잠시 뒤, 기차가 움직였다. 연길 가는 기차는 중국에 첫발을 디뎠을 때보다 훨씬 더 내 마음을 설레게 했다. 왠지 아버지 고향에 가는 것 같고 형들과 누나, 조카들을 만나러 가는 것 같았다. 객차 안에도 중국말보다 평안도, 함경도 사투리가 더 많이 들렸다. 화장실 갔다 오면서 객실을 보니 대부분 카드놀이를 하거나 맥주를 마시면서 이야기꽃을 피우고 있었다. 젖을 빨고 있는 아이, 빨간 머리띠를 한 여성, 두 볼이 쏙 들어가도록 담배를 피워대는 할머니… 모두가 어릴 때 보았던 모습들이다.

차창 밖을 내다보면서 호두과자를 먹었다. 붕어빵처럼 겉모양이 호두이므로 호두과자였다. 앞으로 몇십 년 뒤에는 사랑을 지니고 있지 않는 사람들, 그러니까 겉모습만 사람인 사람들이 지금보다 훨씬 더 많아질 거라는 생각이 들었다.

객차 안을 신나게 오가던 우리말 사투리가 잠잠해지고 있을 때였다. 승무원 한 명이 우리 일행이 있는 침대칸으로 오더니 다짜고짜 요금을 더 내라며 목소리를 높였다. 외국인한테는 세 배의 요금을 물린다는 소문을 듣긴 했지만 이렇게 부닥뜨리고 보니 어이가 없었다. 모두들 어떻게 해야 할지 몰라 머뭇거리자 그 승무원은 또다시 높은 소리를 내며 손가락으로 승강구 쪽을 가리켰다. 돈 안 낼 거면 기차에서 내리라는 것이었다. 하는 수 없이 우리는 세 배

의 요금을 더 내고 말았다. 객차 안에 있던 어떤 사람이 우리가 한
국에서 온 관광객이라고 승무원한테 일러바쳤던 모양이다. 나중에
알게 되었지만 그 사람은 조선족이었다. 무엇 때문인지는 몰라도
조선족 동포들은 한국 사람들을 미워하는 것 같았다. 개인적인 감
정이 아니라면 이건 정서의 충돌이다. 참으로 기분이 씁쓸했다.

1994년 4월 22일

갑자기 빗소리를 듣게 되면 마음이 즐거워진다. 그것처럼 노래
도 불쑥 나타나야 반갑고 즐겁다. 백두산에서도 그렇게 노래를 만
나야 하는데 이번에는 내가 왜 노래의 주제를 미리 정해놓고 떠났
는지 모르겠다. 마음 어딘가가 영 찝찝하고 후회가 된다. 그냥 빈
마음으로 가야 하는 건데…. 아무리 생각해봐도 아리랑꽃을 찾는
다는 것은 나에게 너무 벅찬 숙제인 것 같다.

베이징 역을 떠난 지 서른 시간쯤 지나 연길에 도착했다. 대합
실은 누가 마중 나온 사람이고 누가 떠나는 사람인지 알 수가 없
을 정도로 많은 사람들이 뒤엉켜 있었다. 나는 그들을 둘러보며
형들과 누나를 찾았다. 마중 나올 리 없다는 것을 알면서도 나는
자꾸만 주변을 둘러보았다. 영화 촬영하는 것도 아닌데 나는 애가
타도록 형들과 누나를 찾고 있는 한 명의 배우가 되어 있었다. 심

꿈꾸는 노란 기차

지어는 나랑 비슷하게 생긴 사람이라도 찾으려고 애를 썼다. 얼마나 연기에 몰두했는지 나중에는 눈물까지 고이고 말았다. 하지만 그래 봤자 소용없는 일이었다. 내가 그들을 모르고 그들이 나를 모르는데 어떻게 서로를 알아볼 수 있겠는가?

역 밖으로 나오니 숨통이 트이는 것 같았다. 동포들이 많이 살고 있어서 그런지 베이징과는 달리 여기저기에 우리의 정서가 묻어 있었다. 중국 땅이 넓다고는 하지만 그곳에 어느 민족이 살고 있느냐에 따라서 정서도 이렇게 달라지는 것이었다. 시내로 접어드니 우리말도 많이 들리고 한글 간판도 많이 보였다.

1994년 4월 23일

여기가 중국이라고는 하나, 하룻밤 자고 나니 지금까지 구경한 중국과는 뭔가 다르다는 느낌을 받았다. 아마도 우리 동포들이 많이 살고 있어서 그런 거겠지. 고구려도 생각나고 발해도 생각나고 말달리던 독립군도 생각난다. 열흘 동안 중국 길을 걸어 바야흐로 보고 싶었던 두만강을 찾아가고 있으니 저절로 신이 난다. 도문(圖們)에 도착하면 강 건너 북녘땅에서 아리랑이 너울너울 날아올 것만 같다.

내가 처음으로 두만강을 보게 된 것은 어릴 때 보았던 어떤 만화책에서였다. 잿빛 연기를 내뿜으면서 달리던 증기기관차, 독립군을 찾아내기 위하여 객차 안을 뒤지고 다니던 일본군들, 두꺼운 솜옷에 털모자를 쓰고 얼어붙은 강을 건너가던 노인들과 아이들…. 지금은 잊힌 이야기가 되었지만 두만강을 보러 가는 지금, 그때 보았던 만화 속 장면들이 아련히 떠오른다.

갑자기 '그리움'이라는 말이 생각난다. 내 나름대로 그리움을 정의해보자면, 그리움이란 마음에서 마음으로 이어진 줄에 의해서 생겨나는 파동이다. 다시 말하자면, 서로의 사랑이 그 줄을 타고 마음에 전해지면 잔잔한 파동이 이는데 그 파동이 바로 그리움인 것이다. 물론 혼자만의 그리움도 있겠지만 서로를 그리워할 때 파동도 덩달아 크게 일어난다. 파동이 크게 일면 눈물이 나기도 하는데 아마도 그것은 만날 형편이 못되거나 너무 멀리 떨어져 있기 때문이 아닐까 싶다.

누군가를 그리워하는 나로 인해 누군가의 가슴에 파동이 인다면 나 또한 누군가의 그리움이 되겠지. 나는 어릴 때부터 그곳을 그리워했다. 아무것도 모르는 어린아이가 무슨 까닭으로 백두산, 두만강, 압록강을 그리워했겠는가? 한국 땅에서 태어나 살았으니 자연스레 그리움이 돋은 거겠지. 하지만 그게 어디 나만 그랬으랴, 한국 사람이라면 누구나 한 번쯤은 그런 종류의 그리움을 품은 적이 있었을 것이다. 지금 나는 두만강으로 간다. 내가 두만강을 그리워했던 것처럼 두만강도 내가 오기를 기다렸을 것이다. 여

꿈꾸는 노란 기차

기까지 오는 데 참으로 오랜 세월이 걸렸다.

◈

아버지 어머니도 고향을 떠나올 때 그리움 줄을 고향집에 단단히 묶어놓고 떠났으리라. 그러나 삼팔선이 가로막혀 돌아갈 수 없게 되자 고향으로부터 이어진 그 줄을 잡고 이제나저제나 고향 가는 날만 기다리는 신세가 되었다. 그 뒤로 아버지 어머니가 잡고 있던 줄은 애타는 그리움이 되었고 고향집에 묶여 있던 줄은 원망 섞인 그리움이 되고 말았다. 고향에 두고 온 어린 세 남매는 아버지 어머니가 자기네들을 버리고 간 것이라고 생각한 것이다. 세 남매가 줄을 당길 때마다 부모님의 가슴은 얼마나 아팠을까? 두 분은 그 아픔을 꾹 참고 기다리다가 끝내 고향을 보지 못하고 돌아가셨다. 하지만 부모님이 돌아가신 것을 모르는 아이들은 계속해서 원망 섞인 그리움 줄을 당겼으리라. 언젠가 통일이 되면 나는 형들과 누나를 만나서 아버지 어머니의 아리랑을 전해줄 것이다. 애타는 그리움 줄을 가슴에 꼭 품은 채 돌아가셨다고 말이다.

이제 나는 두만강 건너 북녘땅을 바라보면서, 부모님의 검게 탄 그리움을 바람에 실려보낼 것이다. 그렇게 해서라도 형들과 누나의 한을 풀어주고 싶다. 혹시 그들도 내 마음을 알아채고 고향 냄새를 바람에 실어보내지 않을까? 정말 그럴지도 모르니 나는 아버지 어머니의 심정으로 강 건너 북녘땅을 바라봐야 한다. 그러면

하늘나라에 계신 두 분도 고향 냄새를 맡고 애타는 그리움 줄을
내려놓을 수 있겠지.

✦

드디어 도문에 도착했다. 그리움의 끝을 잡고 조심스레 강을 바
라보았다. 내 나라가 거기에 있었다. 어딘가에 형들과 누나가 띄워
보낸 아리랑이 있을 것만 같았다. 나는 두 눈을 크게 뜨고 강 건넛
마을을 둘러보았다. 아버지 어머니의 고향 냄새도 바람을 타고 와
서 나를 찾고 있을 것 같았다. 얼마나 보고팠던 그리움인가! 나는
그제야 오랜 세월 동안 잡고 있었던 그리움 줄을 편안하게 내려놓
았다. 그런데 그 줄을 내려놓자마자 눈앞이 캄캄해지고 온몸에서
힘이 빠지기 시작했다. 서둘러 조금 전에 내려놓았던 그리움 줄을
찾아보았으나 보이지 않았다. 아, 그리움은 어디로 사라졌을까?

'속 도 전'

이 세 글자가 두만강과 나 사이에 이어진 그리움 줄을 한순간에
날려버리고 만 것이다. 참으로 오랜 세월을 걸어서 여기까지 왔는
데 두만강은 삭막하기만 했다. 강폭이 좁다보니 건너편 마을은 그
대로 다 보였다. 둔치에는 마른풀들이 길게 이어져 있었고 건물도
몇 채 있었다. 그리고 그 뒤로 산이 있었는데, 그 산에다 하얀 색으

로 큼지막하게 '속 도 전'이라고 써놓았던 것이다. 그렇게 보고 싶었던 강이었는데 대체 속도전이라는 이 절망적인 말은 무어란 말인가?

강물이 나를 피해서 어디론가 달아나는 것처럼 보였다. 무엇이 이 강을 슬프게 하는지 나는 잘 모른다. 강 한가운데를 물끄러미 바라보는데 슬픔이 흐른다고 생각한 그 지점에서 또다른 슬픔이 이어져 흐르는 것 같았다. 강 건너 내 나라를 바라보면서 북쪽에 있을 형들과 누나를 생각해보았다. 남쪽에서 태어난 동생을 알 까닭이 없는 그들이 나를 만난다면 진심으로 반가워해줄는지 그것이 궁금했다. 왜냐하면 그들과 나 사이에는 그리움으로 이어진 줄이 없기 때문이다. 도대체 이 전쟁은 언제쯤 끝이 나려는가?

1994년 4월 24일

이도백하(二道白河)로 가는 버스는 콜록콜록 기침을 하면서 떠났다. 저 상태로 목적지까지 갈 수 있을지 은근히 걱정이 되었다. 운전수는 버스에게 약도 주지 않고 태연하게 차를 몰았다. 차창 너머 거리의 풍경을 보고 있는데 길가의 큰 건물 유리창으로 황금빛 해가 울퉁불퉁 지나가고 있었다. 마치 유리창에 비친 일그러진 풍경이 마음에 안 든다며 뭉개버린 것 같았다. 문득, 백두산에 오르지 못할 거라는 불길한 생각이 들었다. 실제로 이 계절에 입산이 금지된다는 말을 들은 터라 만약에 그 때문에 오를 수 없게 된다면 헛걸음을 하게 되는 것이다. 그런 걱정을 하다보니 괜히 마음만 어수선해졌다. 설사 백두산에 오른다 해도 산신령이 나를 받아줄지, 그것도 걱정이 되었다.

내가 산신령에 대해서 말하면 미신을 믿느냐고 물어보는 사람도 있는데 나는 그저 산마다 산을 다스리는 신이 있다고 믿는 것뿐이다. 실제로 나는 산신령이 던져주는 노래를 많이 받았고, 그러다보니 자꾸만 산을 찾게 되었고, 산신령한테 기대는 버릇도 생겼다. 그뿐이다.

시내를 벗어나자 우리네 농촌하고 똑같은 들판이 나타났다. 힘겨워 보이는 버스는 기침을 하면서도 잘도 달렸다. 차가 덜컹거릴 때마다 조금씩 열리는 창틈으로 흙먼지가 들어왔다. 흙먼지는 머리에는 물론 속눈썹까지 내려앉았는데 자세히 보니 바깥에서 들어오는 먼지뿐만 아니라 버스 안에 쌓여 있던 먼지도 함께 날아다니는 것이었다. 버스 안에 타고 있는 사람들 모두가 먼지를 뒤집어쓴 마네킹처럼 보였다.

시골길은 시내와 달리 매캐한 냄새가 없어서 좋았다. 띄엄띄엄 보이는 초가집들, 어릴 때 보았던 시골 풍경이 정겹게 지나가고 있었다. 멀리 보이는 저 산의 이름은 뭘까? 우리나라 어딜 가도 볼 수 있는 산이 저기에도 있고 저 너머에도 있네. 그런데 마음 한

꿈꾸는 노란 기차

구석이 허전해지는 것은 무엇 때문일까? 심지어는 내가 애처롭게 느껴지기까지 했다. 마치 정치도 모르는 사람이 정치를 하겠다고 나선 것처럼, 나 역시 아리랑도 모르는 놈이 아리랑꽃을 찾겠다고 백두산에 가고 있는 것이다.

왠지 이번에는 산신령이 노래를 주지 않을 거라는 생각이 든다. 사실은 중국에 오기 전부터 두려움은 있었다. 짐짓 모른 척했을 뿐, 이미 두려움이 생긴 까닭도 알고 있었다. 예전엔 산신령이 주는 대로 받았는데 언제부턴가 내가 원하는 노래를 달라고 떼를 쓰기 시작했기 때문이다. 이번에도 노래 주제를 미리 정해가지고 오지 않았는가? 어쩐지 산신령이 나를 혼낼 것만 같다. 버스는 강을 거슬러오르는 연어처럼 온 힘을 다해 달리고 있다. 기침을 하면서도 제 길을 가고 있는 이 버스가 참 부러웠다.

1994년 4월 25일

드디어 백두산에 오르는 날이다. 서울역에서 기차 타고 달린다면 한나절 거리인 것을 열흘 동안 중국 땅을 거쳐서 여기까지 돌아왔다. 간밤에는 백두산이 자꾸만 아른거려 잠을 이루지 못했다. 어스름한 새벽, 차가운 공기를 마시며 숙소 주변을 거닐었다. 이곳은 지금까지 묵었던 다른 숙소와는 달리 주변에 아무것도 없어서 좋았다. 무엇보다도 별이 많고 바람이 청순해서 더욱 좋았다. 내가 중국에 온 목적은 오로지 백두산에 오르기 위해서이다. 이제 몇 시간 뒤면 백두산에 오르겠지. 그런데 조금씩 커지는 불안감을 감출 수가 없다. 인천항을 떠날 때, 그 늠름하던 마음은 간데없고 지금은 뭔가 잘못을 저지른 것처럼 가슴이 떨린다.

❧

두 사람만 배낭을 메고 나머지 사람들은 가벼운 몸차림으로 숙소 앞에서 차를 기다렸다. 얼마 뒤, 바퀴가 다섯 개 달린 이상한 모양새의 차가 도착했다. 차 뒷칸에는 천막을 씌웠는데 아무리 봐도 사람 태우는 차는 아닌 것 같았다. 아니나다를까, 차 주인은 우리를 짐짝처럼 밀어넣고는 하얀 눈길을 달렸다. 문득 차에 실려 어디론가 팔려가는 닭들이 떠올랐다. 내가 팔려가는 닭이라고 생각해보니 닭들이 참 가엾다는 생각이 들었다. 차 주인은 우리를 장백산보호국 앞에 부려놓고는 곧바로 되돌아갔다.

입산 통제 기간이라 그런지 주변이 조용했다. 그런데 마술처럼 차 한 대가 나타났다. 일행 가운데 한 사람이 보호국 직원에게 갔다 온 뒤였다. 물어보나마나 돈이 건너갔을 것이다. 보호국 직원은 자기가 몰고 온 지프차에 열 사람을 꾹꾹 눌러 태우고 천문봉으로 향했다. 또다시 닭들이 떠올랐다. 낑낑대며 올라가던 차는 천지 대문을 지난 지 얼마 되지 않아서 멈추었다. 길 한가운데 눈더미가 있었던 것이다. 차가 지나갈 수 있도록 눈을 치우려고 하는데 보호국 직원은 이런 눈더미가 또 있을 거라면서 못 가겠다는 것이었다. 그런 사실을 알고 있었다면 처음부터 갈 수 없다고 해야지 이제 와서 못가겠다고 하면 어쩌란 말인가? 자기네 나라보다 작은 나라를 업신여기기라도 하는 것인가?

보호국 직원의 마음을 돌려보려고 일행 가운데 한 사람이 버너에 불을 붙여 커피 물을 끓였다. 커피라도 대접해서 마음을 달랠 생각이었는데 보호국 직원이 그걸 보더니 우리더러 산불 방화범이라며 오히려 목소리를 높였다. 그는 차에서 완장을 꺼내 왼팔에 차더니, 자기가 삼림 감시원이라면서 보란듯이 차에 올라탔다. 이제야 빠져나갈 구실을 찾은 보호국 직원은 신고하러 가겠다며 도망치듯 차를 몰고 사라졌다. 나중에 알고보니 눈더미는 저들이 계획적으로 만들어놓은 것이었다. 아무리 중국이라고 해도 이건 좀 유치했다.

꼭 뭔가에 홀린 사람처럼 우리 일행은 멍하니 하늘만 쳐다보았다. 돈은 돈대로 날리고 게다가 산불 방화범 취급까지 받았으니 골치만 아프게 생겼다. 그렇다고 거친 바람 속에서 마냥 서 있을 수도 없는 일이었다. 결국 걸어서 올라가기로 했다. 그런데 바람이 얼마나 세게 부는지 사람이 바람을 밀어내면서 올라가야 하는 형국이었다. 앞서 가던 사람의 모자가 바람에 벗겨지더니 눈 깜짝할 사이에 허공으로 사라졌다. 눈을 제대로 뜰 수가 없어서 바람을 등진 채로 걸어가려고 했으나 아예 나아가지도 못하고 자빠지기만 했다. 우리를 가엾은 닭으로 만든 그 지프차가 그리워지는 순간이었다. 그렇다고 다시 내려갈 수도 없는 일이었다. 지금 못 올라가면 다음에 또 언제 올지 모르기 때문이다.

◆

한 발, 두 발, 눈길을 걸어 산 위에 다다르니 하얀 평지 위에 유령처럼 서 있는 낡은 건물 한 채가 눈에 들어왔다. 왼쪽으로는 천문봉으로 올라가는 비탈이 보였다. 그저 빨리 올라가 하늘못(天池)을 보고 싶었으나 금방 올라갈 것 같은 길은 왜 이리 멀게만 느껴지는지, 눈이 너무 많이 쌓여 발 한번 옮기기가 힘들었다. 무릎까지 빠지는 곳은 그래도 양호한 편이었다. 어떤 곳은 허리까지 빠졌다. 게다가 사방에서 불어대는 바람과도 싸워야 했다. 그렇게 봉우리로 향하는데, 그 시간이 지금까지 올라온 시간보다 훨씬 더 길게 느껴졌다.

어렵사리 비탈을 올라오자 이번에는 기다렸다는 듯이 바람이 달려들어 얼굴을 때렸다. 숨쉬기조차 힘든 상태에서 하늘못을 보겠다고 고개를 내밀었다. 가까스로 실눈을 뜨고 내려다보려던 찰나 어디서 달려왔는지 갈퀴 같은 바람이 내 얼굴을 훑었다. 도저히 눈을 뜨고 있을 수가 없었다. 백두산에 오르면 아버지 고향이 내려다보일 줄 알았는데 역시나 만화 같은 생각이었다. 나는 다시 실눈을 뜨고 하늘못을 내려다보았다. 안개 사이로 잠깐 하늘못이 보이더니 금세 두터운 안개로 채워졌다. 마치 나 같은 놈은 꼴도 보기 싫다며 커튼을 홱 치는 것 같았다.

　도대체 바람은 어디서 불어오는 것일까? 이렇게 미친바람은 태어나서 처음이었다. 독도에서 태풍을 만났을 때는 피할 곳이라도 있었지만 지금 이곳은 그냥 산꼭대기다. 아무래도 백두산 산신령이 나를 쫓아내려고 하는 것 같았다. 우려했던 일이었지만 막상 일이 이렇게 되고 보니 눈물이 핑 돌았다.

　바람은 숨 고를 사이도 없이 내 얼굴을 쥐어뜯으면서 나를 밀쳐냈다. 나는 나대로 조금이라도 더 보겠다고 안간힘을 썼다. 그랬더니 이번에는 회초리를 들고 나를 사정없이 휘갈기는 것이었다. 휭휭 내지르는 소리가 빨리 꺼지라는 말처럼 들렸다. 그래도 나는 어떻게든 하늘못을 보려고 타울거렸다. 몇 년을 벼르고 벼르다가 이제야 겨우 오게 된 산인데, 이대로 돌아설 수는 없는 일이었다. 하지만 그건 내 생각일 뿐 더이상 바람과 맞설 힘이 없었다. 마침내 나는 나둥그러지고 말았다. 그 순간 모자가 바람에 날려 허공으로 사라졌다. 마치 실 끊어진 연처럼 아리랑이 멀리 날려가는 것 같았다. 우리가 아리랑을 버린 것인지 아니면 아리랑이 우리를 떠난 것인지….

　반가운 마음으로 그리운 동무를 찾아왔는데 영문도 모른 채 문앞에서 내쫓기는 기분이었다. 북받치는 설움을 억누르며 터덜터덜 산을 내려갔다. 아리랑꽃을 찾아 백성들에게 바치겠다고 큰소리를 쳤는데 빈털터리로 돌아가게 생겼다.

아리랑꽃을 찾아보겠다고 먼 길을 거쳐온 백두산이었다. 하지만 문전박대를 당하고 나니 허무하기 이를 데 없었다. 백두산은 다른 산과는 달랐다. 아니, 내 마음이 순수하지 못한 탓이겠지. 백두산을 인자한 할아버지로 여겨 노래를 쉽게 얻으려 했으니 말이다. 그때 내 뇌리를 스치는 말이 있었다.

하늘은 스스로 돕는 자를 돕는다.

그 말뜻을 이제야 제대로 알게 되었다. 나는 스스로 돕지 않았다. 아무 노력도 하지 않고 하늘의 도움만 바랐을 뿐, 백두산에 오르기만 하면 큰 감동이 일면서 아리랑도 저절로 떠오를 거라고 착각했다. 노래를 얻는다는 것이 무슨 달리기 경주도 아닌데 그저 백두산에 빨리 도착하는 사람이 노래를 얻을 수 있다고 생각했다. 고생도 아니하고 거저 얻으려고 했으니 내가 산신령이라도 나 같은 놈에겐 노래를 내어주지 않았을 것이다. 온 백성에게 아리랑꽃을 바치겠다는 뜻은 좋았으나 결국 전부 허영이었다. 나의 허영이 온 천하에 드러난 것이 창피해서 도저히 얼굴을 들 수가 없었다. 그때 마침 거친 칼바람이 내 얼굴을 휘갈기며 고개를 쳐들지 못하도록 하였다. ■

2 ——————

가고 싶다

아름다운 것들이 사라진다는 것은

슬픈 일이지만 그 슬픔이 있어서

세상이 아름다운 건지도 모르겠다

이 산 저 산 다니면서 좋은 재료를 구해다가 음식을 만드는 요리사가 있었다. 그가 한번은 희귀한 재료를 구하기 위해 백두산으로 향했다. 그곳에 가면 좋은 재료들이 많이 있을 거라고 생각한 것이다. 그런데 그는 한 가지 재료도 구하지 못하고 돌아왔다. 그뿐만 아니라 백두산 산신령한테 "너 같은 놈이 무슨 요리사냐?"라는 말까지 들어야 했다. 백두산 산신령은 그가 남을 위해 요리를 하지 않고 자기 자신을 위해 요리를 한다는 것을 단박에 알아차렸기에 그에게 아무것도 내주지 않았던 것이다. 그런데 막상 요리사는 자기가 무얼 잘못했는지도 모른 채 계속 재료를 구하러 다녔다.

꿈꾸는 노란 기차

나도 그랬다. 백두산에 가면 좋은 노래들이 많이 있을 거라고 생각했던 것이다. 그러나 그 어떤 노래도 캐지 못했다. 맨 처음엔 그러지 않았는데 어느새 나도 나를 위해서 노래를 만들고 있었던 것이다. 결국 그것 때문에 백두산에서 쫓겨났지만 그때의 충격으로 나는 아무 일도 할 수가 없었다. 사람이 아무 일도 하지 않고 산다는 것이 얼마나 괴로운 일인지, 겪어본 사람은 알 것이다. 글도 써 보고 책도 읽어보고 운동도 해보았지만 그럴 때마다 백두산이 나타나서 나를 괴롭혔다. 사실 그것은 백두산이 아니라 백두산으로 둔갑한 욕심이었다. 욕심은 그렇게 나를 앞세워 백두산에 있는 노래들을 캐오라고 부추겼다. 나는 욕심에게 화를 냈다.

"제발 나 좀 그냥 내버려 둬!"

"무슨 소리야, 온 겨레가 함께 부를 아리랑을 찾아야지."

미칠 노릇이었다. 욕심은 능글능글 웃으며 나를 약올렸다. 하지만 욕심에게서 벗어나려면 욕심이 시키는 대로 하는 수밖에 없었다.

1996년 여름, 그렇게 욕심에게 떠밀려 다시 백두산으로 향했다. 다행히 같이 가는 사람이 있어서 심심하지는 않았다. 사진작가인 그는 백두산을 찍으러 자주 간다고 했다. 비행기 타고 심양까지

가서 다시 연길 가는 기차를 탔다. 바로 앞 침대칸에 앉아 있던 노인이 술 한 잔 하지 않겠냐면서 말을 걸어왔다. 그 노인은 자기도 한국에서 왔다고 말했다. 45년 전에 헤어진 동생을 연길에서 만나기로 했다는 것이다. 노인은 가족 애기를 한참 하다가 지갑 속에서 사진 한 장을 꺼내서 보여주었다. 빛바랜 가족사진이었다.

❧

세상 어딜 가나 가족은 참 소중한 것이다. 나의 할아버지는 5대 독자로 태어나 할머니와 결혼하여 아들 다섯을 두었다. 아버지는 다섯 형제 가운데 넷째다. 아버지 형제들도, 할머니 할아버지도 보고 싶지만 처음부터 떨어져 살아서 기억조차 할 수가 없다. 게다가 아버지에게는 가족사진마저 없기에 이북에 살고 있는 두 형들과 누나의 모습도 알지 못한다. 그런데 이상하게도 연길 가는 기차는 얼굴도 모르는 북쪽의 가족들을 저절로 떠오르게 하였다.

어쩌다 친척들이 많은 동무들을 보면 그게 얼마나 부러웠던지 엄마한테 우리는 왜 친척이 하나도 없느냐고 원망을 한 적도 있었다. 지금도 나는 이북에 살고 있는 친척들이 보고 싶다. 그리움이 간절해서 그런가, 가본 적도 없는데 아버지 고향이 아주 선명하게 떠오른다. 어떻게 그럴 수 있는 건지 참으로 신기한 일이다. 이럴 때 사진 한 장만 있어도 큰 위안이 될 터인데, 아버지는 왜 그 흔한 사진 한 장 없었던 걸까?

꿈꾸는 노란 기차

귀양살이

중공군이 쳐들어올 거라는 소문이 온 마을에 퍼지면서 사람들은 하나둘 마을을 떠나기 시작했다. 아버지도 큰 결정을 내린 듯, 일곱 살 난 딸아이와 열 살, 네 살 난 두 아들을 큰집에 맡겨놓고는 어머니와 함께 흥남부두로 향했다. 그 광경을 본 어린 세 남매는 아버지와 어머니가 자기네들을 버리고 가는 줄 알고 울면서 고갯마루까지 따라나섰다. 아버지는 곧 돌아올 거라며 아이들을 달래어 따라오지 못하게 하였다. 그런데도 아이들은 막무가내로 아버지 어머니를 따라갔다. 어머니는 임신 8개월의 무거운 몸을 끌고 매서운 바람이 쌩쌩 몰아치는 피난길을 힘겹게 걸었다. 사람들이 얼마나 많은지, 아버지는 어머니를 잃어버리지 않기 위해서 자신의 허리와 어머니의 허리를 줄로 묶어 연결했다. 이 먼 길을 아이들이 따라올 리 없다고 생각한 아버지는 혹시나 해서 뒤를 돌아다보았다. 당연히 아이들은 보이지 않았다. 아버지는 앞으로 밀려가면서 자꾸만 뒤를 돌아다보았다.

부두에는 커다란 화물선이 있었다. 엄청난 사람들이 그 배를 타려고 개미떼처럼 모여들었다. 아버지와 어머니도 그 틈에 끼어 겨우겨우 배에 올랐다. 배는 그렇게 만여 명의 피난민을 태우고 흥남부두를 떠나 거제도에 도착했다. 아버지는 낯선 땅에서 머물 곳을 찾아다녔고 어머니는 이듬해 2월 만삭의 몸을 풀었다. 그리고 2년 뒤 1월에 나를 낳았다. 그해 10월, 아버지는 고향에 가야 한다면서 가족을 데리고 거제도를 떠났으나 삼팔선이 가로막혀 고향으로 가는 꿈은 물거품이 되고 말았다.

🍃

1983년 여름, 대대적으로 이산가족 찾기 생방송이 진행되던 때였다. 아버지는 날마다 텔레비전 앞을 떠나지 않았다. 오랜 헤어짐 끝에 만난 노인들이 늙어버린 얼굴을 비비며 묵은 눈물을 흘리는 장면이 나올 때는 속내를 보이지 않던 아버지도 그때만큼은 소리 없이 눈물을 흘렸다. 어느 날 아버지는 나에게 방송국에 좀 갔다 오라면서 헤어진 가족들의 이름을 적은 쪽지를 주었다. 혹시라도 친척들을 찾을 수 있지 않을까 해서였다. 친척들 가운데 남쪽으로 피난 내려온 사람은 아버지와 어머니뿐이었다. 나는 그것이 이해가 되지 않았다. 다른 친척들은 고향을 떠나지 않았는데 왜 아버지와 어머니는 아무 연고도 없는 남쪽으로 피난을 가야 했을까? 고향 떠난 지 33년! 아버지는 그렇게 날마다 텔레비전을 보고 있었다.

방송국 앞에는 헤어진 가족들의 이름을 찾아 이리저리 헤매고 있는 사람들로 가득했다. 아버지가 나에게 이런 심부름을 시키는 걸 보면 아무래도 북에 두고 온 자식들이 궁금해서 그러는 것 같았다. 아버지가 몸이 불편하지 않았더라면 아마 며칠을 두고 찾아보았을 것이다. 하지만 나에게는 아버지처럼 애타는 그리움이 없었다. 집에 돌아온 나는 힘없는 소리로 못 찾았다고 말했다. 아버지는 그럴 줄 알았다는 듯이 고개를 끄떡거렸다. 그 다음날도, 또 그 다음날도 그렇게 아버지는 날마다 텔레비전을 보았다. 고향에 두고 온 아이들을 자꾸만 떠올리는 것 같았다. 마지막 배가 떠나자 흥남부두는 커다란 화염에 휩싸였다는데, 아버지는 그 화염 속에서 아이들이 죽었을지도 모른다는 생각을 하는 것 같았다.

텔레비전을 보다가 서로 만나는 가족들이 있으면 아버지는 소리 없이 울었다. 그런 아버지를 보며 나는 처음으로 아버지의 아리랑을 이해하게 되었다. 아버지는 흘러내리는 눈물을 나에게 보여주지 않으려고 나오지도 않는 코를 억지로 풀며 헛기침을 했다. 나는 아버지가 적어준 이름들을 열심히 찾아보지 않았다는 것이 자꾸만 마음에 걸렸다.

고향을 떠나 가족과 헤어져 살면 그건 귀양살이를 하는 거나 마찬가지다. 아버지 어머니는 그놈의 전쟁 때문에 팔자에도 없는 귀양살이를 하다가 돌아가시고 말았다. 돌아가시기 며칠 전부터, 아버지는 자꾸만 말씀하셨다.

"통일이 되면, 네 형들과 누나를 꼭 만나거라. 만나거든, 버리고 온 것이 아니었다고, 그 말을 꼭 전해주어라."

아버지가 나에게 고향 이야기를 한 것은 이것이 처음이었다. 그나마 피난 시절의 이야기는 어머니를 통해서 들었지만 무뚝뚝한 아버지는 단 한 번도 속내를 드러낸 적이 없었다. 나 또한 아버지의 마음이 되어본 적이 없었기에 아버지의 '아리랑'을 알지 못했다.

아버지가 돌아가시던 날 바람이 몹시 불었다. 나는 아버지의 아리랑을 차가운 땅속에 그냥 묻히게 할 수는 없었다. 흙을 뿌리는 순간, 나는 그것을 꺼내서 내 마음속에 넣었다. 언젠가 두 형과 누나를 만나면 새카맣게 타버린 아버지의 아리랑을 보여줘야 할 것 같아서였다. 지금이라도 당장 북에 살고 있는 두 형과 누나를 찾아가 아버지의 아리랑을 전해주고 싶다.

울 아버지 어머니는 그렇게 귀양살이를 하다가 가슴에 큰 못이 박힌 채로 하늘로 갔다. 그 못을 뽑으려면 형들과 누나를 만나서 아버지의 유언을 전해야 하는데 통일은 꿈쩍도 하지 않고 있다.

1983년에 나는 자동차 운전면허를 땄다. 언젠가 통일이 되면 아버지 어머니를 태우고 고향에 가기 위해서였으나 아버지 어머니는 그런 날을 보지 못하고 돌아가셨다. 이제 나는 더이상 통일을 기다리지 않을 것이다. 통일을 할 거면 총 내려놓고 얘기해야지 서로 총부리 겨누면서 통일하자고 하면 어느 세월에 통일이 되겠는가? 난 그저 아버지 고향이라도 오고갈 수 있게 해준다면 그것으로 고마워하겠다. 통일을 기다리던 나의 운전면허증은 지금도

꿈꾸는 노란 기차

장롱에서 잠을 자고 있다.

내 몸속에 흐르는 고향

누가 나에게 지금 가장 가고 싶은 곳이 어디냐고 묻는다면 어린 시절이라고 답할 것이다. 하지만 그곳으로는 어느 누구도 되돌아갈 수 없다. 그 다음으로 가고 싶은 곳이 어디냐고 묻는다면 고향이라고 말할 것이다. 하지만 나는 거기에도 갈 수가 없다. 고향이 없기 때문이다. 그래도 가고 싶은 곳이 있느냐고 다시 묻는다면 압록강을 거슬러 두만강까지 걷고 싶다고 말하겠다. 거기 가면 어린 날의 고향을 볼 수 있을 것 같아서이다.

기차는 열세 시간 정도 달려서 연길 역에 도착했다. 대합실은 많은 사람들로 혼잡했다. 나는 버릇처럼 두리번거리며 만날 수도 없는 형들과 누나를 찾는 시늉을 했다. 그때 어떤 사람이 안 동지한테 와서 인사를 했다. 그리고는 안 동지의 배낭을 가져다 제 등에 멨다. 안 동지가 그를 가리키면서 손 동무라며 인사를 시켜주었다. 그는 조선족인데 안 동지가 올 때마다 안내 역할도 하고 통역도 도와주고 사진 찍는 일도 도와주고 그러는 모양이었다.

여기가 중국이 아니라면 내 나라나 다를 게 없었다. 함경도, 평안도 사투리가 여기저기서 들려오고 심지어는 경상도, 전라도 말도 들려왔다. 나는 자꾸만 나랑 비슷한 얼굴을 찾아보려고 이리저리 둘러보면서 역 밖으로 나왔다. 역 밖으로 나오니 낡은 지프차 한 대가 우리를 기다리고 있었다. 차 안이 후끈했다. 앞으로 우리를 태우고 다닐 차라며 안 동지는 운전을 하고 있는 동무를 소개 했다. 성은 마 씨이고 우리말은 전혀 하지 못하는 한족이라고 했다.

♦

시내에 있는 어느 사진관 앞을 지나가는데 20대 때의 내 모습과 거의 똑같은 사진이 쇼윈도 안에 걸려 있었다. 너무 신기해서 한참 동안 쳐다보았다. 언뜻 내 조카가 아닐까 하는 생각도 들었다. 그렇게 형들과 누나를 만나는 환상에 젖어 있더니만 아예 똑 닮은 얼굴을 만난 것이다.

뒤에 오던 안 동지가 곧장 사진관으로 들어가기에 나도 따라 들어갔다. 사진관 주인이 안 동지한테 반가운 표정을 짓는 걸 봐서는 서로 잘 아는 사이 같았다. 사진관 주인이 뒤따라 들어오는 나를 보더니 고개를 갸우뚱거리면서 놀라는 표정을 지었다.

"저 쇼윈도 안에 똑같은 얼굴이 있습니다."

"네, 봤습니다. 혹시 저 사진 속의 남자를 아시나요?"

"네, 우리 가게 손님입니다."

"아, 저는 제 사진이 왜 여기 걸려 있나 해서 깜짝 놀랐습니다."

"그러게 말입니다. 어떻게 그리 똑 닮았습니까?"

내가 연락처나 이름을 알고 싶다고 하자 사진관 주인은 나중에 알아놓을 테니 다음에 들리라고 하였다. 일을 마치고 사진관을 나

　　　　　　　　　　　　　　　　　　　　　꿈꾸는 노란 기차

온 안 동지와 손 동무가 쇼윈도 안에 걸려 있는 사진과 내 얼굴을 번갈아 보더니 그제야 놀라는 표정을 지었다.

어릴 때 사진을 보면 우는 모습으로 찍힌 사진들이 몇 장 있는데, 사진 속의 그 눈물이 궁금할 때가 더러 있다. 무슨 일로 울게 되었는지는 기억이 나지 않지만 틀림없이 엄마가 보이지 않아서 그랬을 거라는 생각이 든다. 부디 북쪽에 살고 있는 형, 누나와 남쪽에 살고 있는 나의 아리랑이 서로 다르지 않기를.

❧

여기가 내 고향이었으면 좋겠다는 생각을 하면서 길을 걸었다. 그런데 아무리 걸어도 고향 냄새가 나지 않는다. 고향이 없는 나는 누가 고향 애기라도 꺼내면 금세 허전해진다. 특히 인구의 절반 이상이 고향으로 이동하는 큰 명절이 되면 그 허전함이 더해진다. 그것이 싫어서 산에서 며칠을 보내기도 하지만 그럴 수 없는 경우에는 그냥 집에서 쓸쓸한 명절을 보내곤 한다. 텔레비전 뉴스에 고향 가는 차량 행렬이 나오면 왜 그렇게 부럽게 느껴지던지, 그런 장면을 볼 때마다 나는 마치 어떤 대열에서 밀려나기라도 한 것처럼 깊은 소외감을 느낀다. 내가 태어난 곳은 경상남도 거제도다. 하지만 그곳에 대한 기억은 없다. 그러니까 피붙이라고는 아무도 없는데 거기서 태어났다는 것만으로 고향이라고 할 수는 없는 것이다. 만약 아버지 어머니가 피난을 가지 않았더라면 함경남도 영흥군 선

흥면 자산리, 그곳이 내 고향이 되었을 것이다.

아주 어렸을 적 일이다. 어느 날 동네 동무들하고 강가에서 고기잡이를 하다가 저녁 늦게 집으로 왔는데 어머니는 나를 보자마자 어딜 갔었느냐면서 야단을 쳤다. 내 기억으로는 그때 처음으로 어머니한테 회초리로 종아리를 맞았는데, 아마 어머니는 이북에 두고 온 세 남매처럼 나까지 잃어버릴까봐 그랬던 것 같다.

3학년이 되고 나서야 나는 한국전쟁에 대해서 알게 배웠고 그로 인해 내 나라가 남북으로 갈라졌다는 사실을 알게 되었다. 우리나라에서 가장 높은 산이 백두산이고 가장 긴 강이 압록강이라는 것도, 어머니 아버지의 고향이 함경남도 영흥에 있는 어느 산골 마을이라는 것도 알게 되었다. 무엇보다 어린 세 남매를 두고 피난을 왔다는 사실도. 어머니가 가끔씩 눈물을 비추었던 것은 바로 그 때문이었다. 어머니는 늘 고향을 그리워했다. 무슨 잔칫날이 되어 노래라도 하게 되면, 어떤 노래든 '그리운 내 고향아 지금도 변함없느냐'라는 노랫말로 바꿔 불렀다.

삼팔선이 가로막혀 고향으로 돌아가겠다는 뜻을 이루지 못한 아버지는 하는 수 없이 강원도 봄내(春川)라는 곳에서 새로운 삶을 시

꿈꾸는 노란 기차

작했다. 나는 그곳에서 아홉 해를 살았기 때문에 자연스레 내 고향은 봄내가 되었다. 하지만 그것도 아버지 어머니가 살아계실 때 이야기지, 두 분 다 돌아가신 뒤에는 봄내도 내 고향은 될 수가 없었다.

언젠가 한번 고향을 느끼고 싶어서 어릴 때 다녔던 초등학교도 가보고 옛집도 찾아보았으나 기억 속의 고향은 좀처럼 찾을 수 없었다. 혹시나 해서 산을 바라보았지만 흉물처럼 보이는 아파트가 내 기억을 지워버리고 말았다. 옛 동무들도, 정다웠던 동네 어른들도 찾을 길 없고 그야말로 낯선 도시에 온 것 같았다. 고향에 가면 가장 먼저 엄마 냄새가 나야 하고, 반겨주는 친척들이 있어야 하는데 엄마 냄새는커녕 아는 사람 하나 없으니 어찌 고향이라 할 수 있겠는가? 그토록 사랑했던 사람이 나를 버리고 떠난 것처럼, 나는 내 고향에서 고향 없는 설움을 달래야만 했다.

누가 나에게 고향이 어디냐고 물으면, 그냥 거제도에서 태어나 봄내에서 자랐다고 말한다. 그래도 마음속으로는 늘 가고 싶은 고향이 있다. 바로 아버지 어머니가 살았던 고향이다. 내가 태어난 곳도 아닌데 마치 거기서 살았던 것처럼 눈에 선하다. 내 몸속에 흐르는 고향! 그곳에 가면 어머니 아버지의 옛 그림자가 남아 있을 것이다. 언제쯤 나는 그곳에 갈 수 있을까? 거기가 바로 내 고향이다.

가고 싶다 아버지의 고향으로

내 아내와 아이들과 함께
그곳에 가고 싶다

아버지는 말씀하셨지
통일이 되면 고향에 가서
너의 형을 만나라고
산내들도 만나라고
만나거든,
버리고 온 것이 아니었다고
그 말을 꼭 전해달라고
애써 눈물 감추셨지

가고 싶다 아버지의 고향으로
내 아내와 아이들과 함께
그곳에 가고 싶다

여기서 가는 길이 있으면
거기서도 오는 길이 있겠지
오며가며 살고지고
고향 찾아 우리 가보세
아버지의 고향은 내 고향

어머니의 고향도 내 고향

내 몸속에 흐르는 고향

이 땅에 흐르는 핏줄

가고 싶다 아버지의 고향으로

내 아내와 아이들과 함께

그곳에 가고 싶다

—「가고 싶다」(2007)

백두산 민들레

오늘 아침까지만 해도 잊고 있었는데 백두산에 도착하니 처음 백두산을 오르던 때의 기억이 생생하게 떠올랐다. 혹시나 이번에도 그때처럼 문전박대를 당하는 건 아닌지 은근히 걱정이 되었다. 한국을 떠날 때만 하더라도 늦더위가 한창이었는데 백두산은 이미 겨울로 접어들고 있었다. 기상소 굴뚝에는 연기가 피어오르고 있었고 앞마당에는 관광객들을 태우고 내려가려는 지프차들로 혼잡했다. 2년 전에 처음 보았을 때는 유령의 집처럼 을씨년스러웠던 건물이었는데 이번에는 아늑하니 생동감이 넘쳐흘렀다. 역시 집에는 사람이 살고 있어야 한다. 나는 기상소 건물 앞에 배낭을 내려놓고 봉우리로 올라가 하늘못을 내려다보며 두 손 모아 절을 하고 내려왔다. 다행히 산신령은 나를 예전처럼 대하지는 않았다. 관광객들이 너무 많아서 나를 미처 알아보지 못했는지도 모르지.

어둠침침한 복도를 지나가는데 몇몇 아궁이에 불이 지펴져 있는 것이 보였다. 우리 방은 가운데쯤 있었는데 불을 미리 지펴놔서 그런지 꽤 훈훈했다. 짐을 풀고 방을 정리하고 있을 때였다. 시커먼 얼굴에 콧수염을 기른 중국 사람이 방 안에 들어오더니 손에 들고 있던 것을 바닥에 내던지며 안 동지를 부둥켜안았다. 바닥에 던져진 것을 보니 털이 그대로 붙어 있는 소 다리 여섯 개였다. 안 동지가 그 사람을 기상소장이라고 소개했다. 그는 놀라울 만큼 유머감각이 풍부한 사람이었다. 내 이름은 '흔돌'이고 '돌멩이 하나'라는 뜻이라고 말하자 그는 금방 '이돌'이라고 고쳐 불렀다. 중국말로 '하나'는 '이'로 발음한다는 것이었다. 그 뒤부터 그는 나를 부를 때마다 '이돌'이라고 불렀다.

백두산에서의 첫날밤을 그냥 보낼 수는 없었다. 나는 옷을 단단히 챙겨 입고 방을 나섰다. 어두컴컴한 복도를 지나 현관문을 나서는데 생각지도 않은 풍경이 눈앞에 펼쳐졌다. 걱정했던 칼바람은 간데없고 관광객들의 발자국으로 얼룩졌던 기상소 앞 너른 마당은 새하얀 솜으로 다시 깔아놓은 것처럼 깨끗했다. 그사이에 또 눈이 내렸던 것이다. 두리번거릴 것도 없이 나는 조심조심 눈밭을

꿈꾸는 노란 기차

걸어 봉우리로 향했다. 가슴이 쿵쿵 뛰었고 신발에서도 뽀드득 소리가 났다. 아, 이 소리! 정말 얼마 만에 들어보는 소리인가. 옛날, 어린 시절에 혼자서 하얀 눈 밟으며 집으로 걸어가던 겨울밤이 생각났다. 그때 나던 뽀드득 하는 소리는 내가 무서움을 느끼지 않도록 해준 고마운 소리였다. 발끝에 붙어 있던 꼬마 그림자 또한 고마운 길동무였지.

봉우리에 오르자 아주 커다란 달이 바로 눈앞에서 빛나고 있었다. 산 아래서 바라보는 달을 2700미터나 올라와서 본다고 생각해 보라, 얼마나 크고 밝은지 모른다. 금방이라도 달에서 선녀들이 내려올 것만 같았다. 게다가 바람도 불지 않고 포근하기까지 했다.

'오, 백두산에 이런 날도 다 있네!'

정말 상상도 할 수 없는 풍경이었다. 달빛 젖은 호수가 한눈에 들어왔고 달이 너무 훤해서 눈을 제대로 뜰 수가 없었다. 정말이지 이렇게 눈부신 달은 태어나서 처음이었다. 무슨 광약을 발랐는지 평소에 보던 달보다 서너 배는 밝은 것 같았다. 심지어는 내 마음의 찌든 때가 환한 달빛에 스르르 벗겨지는 것 같기도 했다. 백두산에 와서 하늘못 구경을 못했다는 사람도 많은데, 나는 이렇게 달빛 젖은 하늘못을 보았으니 참 복도 많은 사람이다. 커다란 달을 바라보며 조용히 입을 열었다.

"형님들 그리고 누님! 안녕하세요? 저는 남쪽에서 태어난 동생

입니다. 아버지 어머니는 피난 내려와 다섯 형제를 낳았습니다. 그러니까 이북에 있는 형들과 누나까지 하면 우리 형제들은 모두 여덟 남매가 되는 거지요. 지금 제 위로 형이 하나 있고 밑으로 여동생 하나와 남동생 둘이 있으니 우리가 함께 살게 될 날에는 제가 다섯째가 되겠군요. 저는 지금 형님들과 누님한테 아버지 어머니의 아리랑을 전하러 여기, 백두산에 와 있습니다. 남과 북을 합쳐 가장 높은 곳이니 서로 보일 수도 있지 않을까 해서 올라왔지요. 지난번엔 안개 때문에 뜻을 이루지 못했지만 오늘은 달도 밝고 환하니 잘 보이겠지요? 함께 살았어야 할 형제들이 전쟁 때문에 떨어져 살게 되었으니 참으로 억울한 세월입니다. 아버지 어머니는 남쪽으로 피난 내려와 살면서 형님들과 누님을 많이 그리워했습니다. 꼭 다시 만날 거라며 통일을 기다렸지만 끝내 고향에 가지 못하고 돌아가셨네요. 아버지는 돌아가시기 며칠 전부터 말씀하셨습니다. 통일이 되면 고향에 가서 형들과 누나를 꼭 만나라고요. 하지만 그 잘난 통일은 언제 오는지 한숨만 푹푹 나오네요."

그때였다. 오른쪽 방향에서 발자국 소리가 들렸다. 고개를 돌리는 순간, 어둠 속에서 뒤뚱뒤뚱 걸어오는 사람이 보였다. 아무도 없는 산에서 사람을 만난다는 것은 위험한 일이지만 달이 밝은 탓인지 그가 무섭지 않고 반가웠다. 그다지 추운 날씨도 아닌데 그는 외투와 털모자를 푹 눌러쓰고 있었다. 그 사람도 내가 반가웠

꿈꾸는 노란 기차

는지 "니하오마."라고 인사를 했다. 나를 중국 사람이라고 생각했던 모양이다. 내가 우리말로 "안녕하세요."라고 말하자 그는 깜짝 놀라며 한 걸음 뒤로 물러섰다. 그러더니 나를 유심히 쳐다보면서 천천히 모자를 벗었다. 나 또한 깜짝 놀랐다. 그의 모습이 내 모습과 꼭 닮아 있는 것이었다. 그는 반갑다고 말했고 나도 반갑게 인사를 건넸다. 그는 나와 나이가 같았고 나처럼 노래를 만드는 사람이었다. 온 겨레가 함께 부를 아리랑을 만들기 위해서 몇 년 전부터 이곳에 다녔는데 아직도 만들지 못했다고 한숨을 쉬며 말하는 것이었다. 나도 그렇다고 하니까 같은 일을 하는 사람끼리 만났다고 아주 좋아했다. 내가 그에게 물었다.

"그런데, 어디에 머물고 계시오?"

"달문(闥門) 쪽에 풍막을 치고 있소. 한번 놀러오시오."

"달빛도 좋은데 지금 가보고 싶소."

"아니 되오, 길이 좋지 않소."

나는 괜찮다고 했지만 그는 내 말이 끝나기도 전에 이미 기상소 쪽으로 향하고 있었다. 그가 잠시 걸음을 멈추더니 외투 주머니에서 납작하게 생긴 술병을 꺼내 한 모금 마셨다. 그리고는 나에게 술병을 건네면서 말을 이었다.

"백두산 반달하고 한라산 반달이 만나면 어찌 되겠소?"

"그야 커다란 보름달이 되지 않겠소."

"역시 같은 업종에 있으니 잘 통하는구려."

"그 보름달이 내 나라 구석구석까지 훤하게 비춰주는 날이 와야 할 텐데 말이오."

달빛이 스며든 눈길은 정말 아름다웠다. 나는 술 한 모금을 마시고 다시 그에게 술병을 건넸다. 그런데 방금 전에 있었던 사람이 보이지 않는 것이었다. 어? 이게 어찌된 일이지. 내가 귀신하고 얘기했나? 아무리 둘러보아도 그의 모습은 보이지 않았다.

생각해보니 손에 들고 있는 술은 내가 마시려고 가져온 것이었다. 내가 그만 달빛에 취해서 환상에 빠져 있었던 모양이다.

주머니 안에는 아버지 고향 주소와 북쪽 가족들의 이름을 적은 종이, 그리고 아버지와 어머니가 함께 찍은 사진 한 장과 짧은 편지가 있었다. 혹시, 우연히라도 아버지 고향 사람들을 만나게 되면 전해주려고 준비해온 것이었다. 하지만 무슨 수로 아버지 고향 사람들을 만날 수 있으랴?

봉우리에서 내려와 기상소로 돌아가는데 너른 마당에 쭉 이어진 하얀 발자국들이 나를 멈춰 서게 하였다. 처음으로 발자국한테 미안한 마음이 들었다. 이제까지 살면서 앞만 보고 걸었지 나를 위해 애쓴 발자국들에 대해선 한 번도 생각해본 적이 없었던 것이다. 갑자기 마음속에서 슈만의 꿈이 울려 퍼졌다. 만약에 기상소 앞에 커다란 스피커가 있었다면 나는 슈만의 〈꿈〉을 아주 크게 틀어놓고 내 고마운 발자국들을 기쁘게 해주었을 것이다.

동트는 새벽을 보려고 건물 밖으로 나갔다. 해는 벌써 일어나 구름을 벌겋게 물들였다. 해가 구름을 아름답게 하니 구름 또한 이에 화답했다. 잠시 뒤, 해가 구름을 벗어나자 마음의 때가 싹 벗겨지는 그런 느낌이 들었다. 눈도 초롱초롱해지고 머리도 맑아지며 몸과 마음이 깃털처럼 한없이 가벼워지는 것이었다. 마음의 때가 벗겨져서 몸이 가벼워진 것이라면 때의 무게는 대체 얼마인 것일까? 아무리 몸무게가 무겁다 할지라도 마음의 때가 없으면 가벼운 인생을 사는 것이고, 아무리 몸무게가 가볍다 할지라도 마음의 때가 있으면 무거운 인생을 사는 거겠지. 백두산에서 첫 아침을 맞으니 특별히 선택받은 사람이라도 되는 양 뿌듯함을 감출 수가 없었다. 지금 나는 무지 행복한데, 행복하다고 말하면 행복이 달아날까봐 말을 못하고 있다.

아침 커피를 내리고 있는데 기상소장이 들어왔다. 그는 다짜고짜 나에게 다가와서는 "어젯밤 달에서 노래가 내려오지 않았느냐"고 물었다. 참으로 놀라운 말이었다. 그의 말에 정신이 번쩍 들었다. 한국말도 서툰 사람이 어떻게 그런 생각을 할 수 있는지. 나는 기상소장을 물끄러미 바라보며 고개를 천천히 가로저었다. 그랬더니 그가 말하기를, 분명히 선녀들이 노래를 갖고 내려왔다는 것이었다. 어젯밤 내가 달을 보고 있을 때 그도 달을 보고 있었던 모양이다. 커피를 따라주려니까 그가 고개를 저으며 말했다.

"우리는 까만 커피 싫다. 믹스커피 좋다."

커피를 마시고 나서 도시락과 비옷을 챙기고 기상소를 나서는데 기상소장이 내 어깨를 툭 치면서 또다시 말했다.

"이돌, 분명히 어젯밤에 노래가 많이 내려왔다. 천지 내려가서 많이많이 주워라."

기상소장은 선녀들이 노래를 많이 갖고 내려왔다는 것을 마치 자기가 직접 본 것처럼 말했다. 그런데 기상소장은 내가 노래를 찾고 있다는 것을 어떻게 알았을까? 내가 없을 때 안 동지가 나에 대해서 말했던 모양이다. 그렇지 않고서야 내가 노래 만드는 사람이라는 것을 알 까닭이 없지 않은가?

하늘못 내려가는 길은 굵은 모래가 많아서 좀 미끄러웠다. 내려가는 사람들도 많아서 뒷사람이 미끄러지면 앞사람까지 미끄러지곤 했다. 폭포 쪽에서 올라오는 관광객들은 이쪽에서 내려가는 사람들보다 훨씬 더 많았다. 마치 한국 사람들은 이쪽에서 내려가고 중국 사람들은 저쪽에서 올라오기로 약속이라도 한 것 같았다. 모르긴 몰라도 백두산에 대한 두 나라의 생각은 많이 다를 것이다. 중국 사람들에게는 여러 산들 가운데 하나일 테지만 한국 사람들에게 백두산은 민족의 성산이기 때문이다.

달문 근처를 거닐고 있을 때였다. 놀랍게도 어젯밤 환상 속에서 만났던 사람이 산다는 풍막이 눈에 들어왔다. 참으로 이상한 일이다. 풍막은 어젯밤 내가 환상 속에서 떠올린 건데 어떻게 이곳에 있는 걸까? 신기한 노릇이었다. 얼른 풍막 안을 들여다보았다. 아마도 조선족 사진사들이 사용하기 위해 설치해놓은 것 같았다. 냄비와 솥이 굴러다닐 뿐, 풍막은 그냥 텅 비어 있었다.

❧

봉우리에서 내려다볼 때는 호수가 맑고 깨끗했는데 막상 가까이 와서 보니 그렇지도 않았다. 호수 물이 빠져나가는 달문 쪽에는 여러 종류의 쓰레기들이 모여 출렁대고 있었다. 쓰레기 가운데 가장 돋보이는 것은 단위가 낮은 지폐들이었다. 그것을 하늘못에 바치면 소원이 이루어지기라도 하는 건지는 몰라도, 결국 쓰레기가 되어버린 지폐는 달문뿐만 아니라 호숫가 주변에도 많이 널려 있었다. 기상소장의 말대로라면 호숫가에 노래가 있어야 하는데 엉뚱하게도 쓰레기 지폐들이 널려 있는 것이었다.

너저분한 호숫가를 보면서 속았다는 생각이 들었다. 우리가 보통 알고 있는 하늘못은 깨끗한 호수이지만 눈앞에 펼쳐진 하늘못은 그렇지 않았다. 무슨 일인지 호수 밖으로 밀려나와 죽은 산천어도 보였다. 통일이 된 뒤에 우리는 지금처럼 혼란스러운 일들을 겪게 될지도 모른다는 생각이 들었다.

호숫가를 거닐다가 하마터면 꽃을 밟을 뻔했다. 납작하게 얼굴만 내민 노란 민들레였는데 놀랍게도 꽃받침이 꽃의 밑동을 곧게 감싸고 있는 토종 민들레였다. 참으로 반가웠다. 하지만 서양 민들레가 점령한 이 땅에서 힘들게 살아남은 거라고 생각하니 가슴이 저렸다. 비록 납작하게 앉아서 얼굴만 내밀고 있지만 그래도 뿌리만큼은 깊게 내렸으리라. 민들레를 바라보며 부디 건강하게 피어서 삼천리 방방곡곡에 통일의 씨앗을 뿌려달라고 기도를 했다.

갑자기 비가 내렸다. 햇살 속에 비가 뿌려지니 빗줄기가 몹시도 반짝였다. 이에 바람까지 불어대니 더욱더 빛이 났다. 배낭에서 비옷을 꺼내려는데 바람이 비옷을 낚아챘다. 날려가는 비옷을 잡으려다가 그만 균형을 잃고 넘어지고 말았다. 그 바람에 허리를 조금 다쳤는데 비가 하도 예쁘게 내리니 아픈 척도 하지 못했다.

간밤에 선녀들이 갖고 내려왔다는 노래들은 도대체 어디에 있는 것일까? 아무래도 바람에 모두 날려간 것 같다. 아니, 어쩌면 호수에 살짝 잠겨 있는지도 모르지. 그렇다면 물속에 잠겨 있는 노래들을 어떻게 건진담? 달문 쪽으로 가보자. 물이 그쪽으로 흘러 나가니 노래도 그쪽으로 흘러갈 것이다. 아, 노래들은 이미 폭포를 지나 솔꽃강(松花江)으로 흘러갔겠구나. 그렇다면 할 수 없지, 다음 기회로 미루자. 그래, 내가 못 주우면 솔꽃강에서 노래를

꿈꾸는 노란 기차

찾고 있는 어떤 나그네가 줍겠지. 선녀들이 갖고 내려온 노래들인데 세상 사람들이 골고루 나누어 가져야 되지 않겠는가?

❦

천천히 걸어가야 좋은 풍경도 보고, 좋은 사람도 만나고 하는 건데 대부분 사람들은 목적지에 빨리 도착하려고만 하지. 가만있자, 나도 그런가? 그렇군. 내가 좀 서두르고 있군. 겉으로는 태연한 척하면서 속으로는 애타게 노래를 찾고 있네. 노래라는 것이 서두른다고 만들어지는 것도 아닌데 왜 이렇게 마음이 어수선하지? 산신령이 노래를 던져주지 않아 그러는 거겠지. 좋은 재료를 구하러 이 산 저 산 다닌다는 그 요리사는 어떻게 지내고 있을까? 아직도 자기가 뭘 잘못했는지 모르고 돌아다니고 있으려나.

낮에 다친 허리가 욱신거려 손 동무를 따라 목욕탕으로 향했다. 시설은 좋지 않았지만 그래도 온천물인데 뭐 어떠랴. 목욕탕 문을 열고 들어가니 수증기가 자욱했다. 목욕을 해본 지가 오래되어 얼른 탕 속으로 들어갔다. 그리고는 곧바로 비명을 지르며 탕 밖으로 튀어나왔다. 통일은 이처럼 뜨거운 물인가? 화끈거리는 부위에 찬물을 끼얹고 있는데, 손 동무가 다가와서 말했다.

"차츰차츰 들어가야디요. 그렇잖으면 뎀네다."

옛날에는 나뭇잎이 다 떨어진 계절이 되면 싱그러운 햇살을 만나러 산으로 가곤 했다. 그런데 요즘은 산에 올라도 그런 햇살을 만나기가 쉽지 않다. 무슨 조화인지는 모르겠으나 아무래도 공기가 예전보다는 많이 나빠진 게 분명하다. 어릴 때 겨울 햇살과 놀아본 사람들은 무슨 말인지 알 것이다. 아무리 가난해도 햇살만 있으면 마음이 푸근하던 시절이 있었다. 파란 하늘에 상쾌한 바람결, 그 바람결에 햇살이 묻어오면 마음에서 향기가 날 정도로 기분이 좋고 상쾌했었지.

오늘 아침이 그랬다. 그 하늘, 그 바람, 그 햇살이 지금 눈앞에 있는 것이다. 가슴이 뻥 뚫리는 상쾌한 바람과 싱그러운 햇살이 내 마음을 콕콕 찌른다. 변화무쌍한 백두산에서 이런 날씨를 만났다는 것은 복권에 당첨된 거나 마찬가지다. 하지만 이 좋은 아침을 두고 떠나야 하는 것이 너무 아쉽다. 이제야 비로소 백두산 품에 안기는구나, 했는데 떠나야 할 시간이 오고 만 것이다. 이제 가면 또 언제 오려나? 나는 봉우리에 올라가 하늘못을 내려다보며 작별 인사를 하고 내려왔다.

그사이 눈에 익은 차가 기상소 앞에 세워져 있었다. 열흘 전, 연길 역에서 타고 온 차다. 벌써 친한 사이가 되었는지 운전석에서 내린 마 동무가 나를 보며 싱글싱글 웃는다. 그때부터 마 동무와 나는 말이 필요 없는 사이가 되었다. 차에다 짐을 싣고 있는데 기상소장이 다가왔다.

"이돌, 선녀들이 갖고 온 노래들이 북조선으로 날아갔다."

"나는 거기에 못 간다."

"괜찮다, 압록강, 두만강에도 많이 숨겨놓았다."

기상소장은 나를 볼 때마다 노래 이야기를 한다. 이번엔 압록강, 두만강에도 숨겨놓았다며 너스레를 떤다. 노래를 한 곡도 줍지 못하고 떠나는 내가 무척이나 안타까웠던 모양이다. 나는 기상소장과 악수를 하며 고맙다고 말했다. 꼬불꼬불한 길을 내려오다 뒤돌아보니 빈 하늘만 보였다. 참으로 허전했다. 며칠 동안 뭔가 열심히 한 것 같은데 아무것도 건진 게 없다. 먼 바다로 고기 잡으러 갔다가 빈 배로 돌아가는 어부의 심정이 이런 것일까?

저기가 혜산이다

장백에서 강 건넛마을을 바라보면 거기가 혜산이다. 혜산을 보는 것만으로도 나는 아버지 고향을 본 거나 마찬가지다. 빨리 가서 고향의 빛깔도 보고 북녘의 바람 냄새도 맡아보고 싶다. 다른 나라에 가면 내 나라 전체가 고향이듯이 강 건너 북녘땅은 그곳이 어디든 다 내 고향이다. 압록강과 두만강, 백두산을 그토록 보고 싶어하는 마음도 그 때문이다.

아침부터 찌는 더위는 천문봉 날씨를 생각나게 했으나 몇 시간

뒤면 압록강 강바람이 이 더위를 물리쳐주겠지. 장백에 가면 건너편 혜산에서 형들과 누나가 나를 기다리고 있을 거라는 상상도 해보았다. 하지만 한 번도 서로 마주본 적이 없는데 어떻게 서로를 알아볼 수 있을까? 그래도 형제니까 금방 알아보리라 믿는다. 어젯밤에도 지도를 펴놓고 압록강을 몇 번이나 건너갔다 왔는지 모른다.

❧

아스팔트 길이 흙길로 바뀌면서 차가 흔들리고 먼지가 들어오기 시작했다. 사람도 고생이고 차도 고생이다. 한참을 달렸는데도 마을은커녕 사람 구경도 할 수 없으니 점점 지루해지기 시작했다. 휴게소 같은 건 아예 없고 똑같은 풍경만 길게 이어지다보니 어쩌다 들판이라도 보이면 반갑기까지 했다. 그런데 놀랍게도 혼자서 이 길을 걸어가는 사람이 보이는 것이 아닌가. 숨이 컥컥 막히는 이 메마른 길을, 그것도 긴소매 옷을 입고서 말이다. 마을이 나타나려면 적어도 열 시간은 걸어야 할 것 같은데 저 사람은 도대체 어디로 가는 걸까?

처음 가는 길이라 풍경을 감상하려고 했지만 똑같이 반복되는 풍경은 눈꺼풀만 무겁게 만들었다. 쏟아지는 졸음을 몇 번 참다보니 차가 뒤로 가는지 앞으로 가는지조차 알 수 없었다. 그때 갑자기 차가 급하게 멈춰 섰다. 마 동무의 손가락이 100여 미터 앞에 떨어져 있는 커다란 바윗돌을 가리키고 있었다. 하마터면 큰일이

날 뻔했다. 만약 마 동무가 졸았거나 조금만 더 빠른 속도로 갔으면 우리는 바위에 부딪치거나 깔리는 신세가 될 뻔했던 것이다.

🌿

또 다시 지루한 풍경이 이어지자 졸음이 몰려들었다. 그래도 어느 순간 새로운 풍경이 나타나리라는 기대감으로 무거운 눈꺼풀을 들어올리려고 애를 썼다. 그런데 이놈의 눈꺼풀이 얼마나 무거운지 자꾸만 아래로 향하는 것이었다. 그때 요금소가 눈에 들어왔다. 차창 밖으로 집들이 몇 채 보이면서 새로운 풍경이 펼쳐지자 아래로 향하던 눈꺼풀이 서서히 위로 올라가기 시작했다. 요금소를 지나고 조그마한 언덕길을 올라서는데 시야가 확 트이더니 멀리 산언저리에 커다랗게 써진 선전 문구가 눈에 들어왔다.

'21 세 기 의 태 양 김 정 일 장 군 만 세 !'

'아니, 저곳은?'

갑자기 잠이 확 달아났다. 마침 길옆에 2층으로 지어놓은 정자가 있어서 차를 세워두고 그곳으로 올라갔다. 그랬더니 차 안에서는 볼 수 없었던 풍경들이 눈앞에 펼쳐졌다. 20미터도 채 안 되어 보이는 강 건너편에 빨래하는 아낙네들과 물놀이하는 아이들이 보였다. 둑길에는 많은 사람들이 앉아서 더위를 식히고 있었고 그 뒤로 보이는 산 아래쪽에는 빈 건물들과 몇 채의 집들이 있었다. 강폭이 좁다보니 이편에서 물어보면 저편에서 대답하고 저편에서 물어보면 이편에서 대답하는 모습이 보이기도 했다.

'아, 헤어진 가족들이 저런 식으로 소식을 주고받는구나.'

나는 강물을 따라 천천히 걸었다. 얼마 걷지 않아 강물이 굽이도는 오른쪽으로 갑자기 넓어진 강이 눈에 들어왔다. 강변도로에는 작업복 차림의 사람들을 태운 트럭과 군인들을 태운 지프, 그리고 검은 벤츠도 달리고 있었다. 그리고 길에서 만난 아주머니들이 즐거운 표정을 지으며 무언가 이야기를 나누고 있는 모습도 보였다.

'아, 저기가 혜산이고, 저 강이 압록강이다!'

다시 한번 강 주위를 둘러보았다. 나에게 손을 흔들어주는 형들과 누나가 어딘가에 있기를 바라면서. 하지만 상상은 그저 상상일 뿐이었다.

혜산이 고향인 사람들은 참 좋겠다. 강 건너 고향을 바라볼 수 있을 테니 말이다. 부모님 고향이 혜산인 사람들도 부럽다. 아내와 아이들을 데리고 와 저 건너 혜산이 바로 너의 할아버지 할머니 고향이란다, 하고 말해줄 수 있으니 말이다. 혜산이 내 고향은 아니지만 그래도 이 정도면 고향 냄새를 맡았다고 할 수 있겠다. 나도 내 아내와 아이들을 데리고 아버지 고향에 가서 여기가 할아버지 고향이고 너희들의 고향이다. 그렇게 말해주고 싶다. 하지만 언제쯤 그런 날이 올지 모르겠다. 고향에 갈 수 없는 나 같은 사람들은 고향이 없는 거나 마찬가지다. 고향이 없으니 뿌리 없이 이세상을 사는 것 같다. 갑자기 부평초가 생각나면서 기분이 을씨년스러워진다. 무엇보다도 아이들에게 내 고향 이야기를 들려줄 수 없는 것이 참 슬프다. 사람은 고향이 있어야 하고 가족이 있어야 한다는 것을 뒤늦게 깨닫는다.

누덕산

장백(長白)조선족자치현은 말 그대로 조선족이 많이 살고 있었다. 한글 간판도 많고 여기저기서 우리말이 들리니 마치 내가 혜산에 있는 어느 마을에 온 것 같은 착각이 들기도 한다. 같은 민족인데도 혜산에 살면 북조선 사람이고, 장백에 살면 조선족이며, 나처럼 한국에서 온 사람은 한국 사람이다. 압록강은 우리 민족의 강이라면서 왜 우리를 서로 다른 깃발 아래서 살게 하는가!

장백 시내는 그리 크지 않았다. 병원도 있고 작은 호텔도 있었지만 번화가라고 할 만한 데는 눈에 띄지 않았다. 시장은 여느 시장과 다를 바 없었고, 주민들은 주로 산기슭에 많이 모여 사는 것 같았다. 싸구려 숙소를 구하려고 산중턱까지 올라온 우리는 그곳에서 오래된 1층짜리 건물 하나를 보았다.

건물 안으로 들어서자 양옆으로 좁은 복도가 나 있었는데 후덥

지근하면서도 분위기는 음침했다. 왼쪽으로는 조그만 방들이 다 닥다닥 붙어 있었고 오른쪽으로는 방을 터서 만든 것처럼 보이는 조그만 주점이 하나 있었다. 그 안에서 색안경을 낀 두 여자가 나한테 미소를 보내고 있었다. 방문을 열어보니 너무 작아서 다른 곳으로 옮겨야겠다는 생각이 들었다. 우리는 일단 짐을 내려놓고 점심을 먹으러 건물 밖으로 나갔다.

그때였다. 조금 전에 나한테 미소를 보내던 두 여자가 기다렸다는 듯이 내 양팔을 잡고는 아양을 떨었다. 야릇한 분내와 함께 희미한 술 냄새가 풍겨나왔다. 몸에다 술을 뿌리고 취한 척하는 건지, 아니면 정말 술을 마셨는지는 모르겠으나 문득 이 여자들에게 잡혔다는 생각이 들었다. 빨갛게 칠한 입술이 무섭게 보이기도 하고 안쓰러워 보이기도 하였다. 오른쪽 팔을 잡은 여자가 말했다.

"술 한 잔 하자요."

초록빛 색안경 너머로 무언가 다른 말을 하고 싶어하는 듯한 그녀의 눈동자와 마주쳤다. 순간, 그 여자가 북조선에서 넘어왔을 거라는 생각도 했지만 고향이 어디냐고 묻지는 않았다. 나이도 어려보이고 뭔가 어색해 보이는 것이 자꾸 안쓰럽다는 생각만 들 뿐이었다.

건물 창가에서 개똥모자 쓰고 색안경을 낀 젊은 놈팡이가 담배 연기를 내뿜으면서 이쪽을 계속 쳐다보고 있었다. 보아하니 저놈이 시킨 것 같았다. 울타리 문을 지나 왼쪽 길로 돌아서던 손 동무가 여자들한테 붙잡힌 내 모습을 보더니 킥킥거리면서 되돌아왔다.

손 동무가 나를 두 여자에게서 떼어놓으려고 하자 이들은 내 팔을 놓치지 않으려 더 꽉 붙잡았다. 안 되겠다 싶었는지 손 동무는 내 오른팔을 잡고 있는 여자의 손부터 떼놓으려 기를 썼다. 그런데 조그맣게 생긴 손이 어찌나 힘이 센지 풀어질 기미가 보이지 않았다. 놀란 손 동무가 다시 힘을 내어 손을 떼어내려고 기를 쓰자 결국 그 조그만 손은 조금씩 미끄러지더니 풀어지고 말았다. 얼마나 세게 잡았는지 내 팔뚝은 그녀의 손에서 나온 땀으로 흥건하게 젖어 있었다. 왼팔을 잡고 있는 여자의 손 또한 손 동무가 온 힘을 쥐어짜 떼어놓았다. 그사이 오른쪽 팔을 잡았던 여자가 다시 내 팔을 잡았고, 손 동무는 다시 그 손을 떼어내려 힘을 썼다. 손 동무의 이마에서 땀이 흐르기 시작했다. 잠시 뒤 오른팔을 잡고 있던 여자의 손이 풀리자 나는 양팔을 번쩍 들었다. 그런데 갑자기 두 팔이 찌르르 저려 왔다. 나는 땀에 젖은 두 팔을 번갈아가며 들여다보았다. 그건 땀이 아니었다. 그건 바로 그 어린 여성 동무들의 손바닥에서 흐르던 눈물이었다.

마당 문을 나서면서 뒤돌아보는데 두 여자의 뒷모습에 가슴이 아려왔다. 강 건너 낯선 중국 땅에서 얼마나 고생을 했으면 손바닥에서 눈물이 나오겠는가! 해는 뜨겁고 바람 한점 없는데 누이 같은 저 동무들! 술이라도 팔아줄 걸 그랬나 보다.

점심을 먹고 나서 숙소를 다른 곳으로 옮겼다. 전에 있던 것보다 방도 넓었고 텔레비전도 있었다. 텔레비전을 켜니 우렁찬 남성 합창단이 부르는 군가풍의 노래가 나왔다. 처음 보는 북한 방송이었다. 그 노래가 끝나면 무엇이 나올까 하고 기다렸는데 또다른 군가풍의 노래가 이어져나왔다. 텔레비전을 끄고 밖으로 나왔다.

쨍쨍 내리쬐는 햇볕을 맞으며 강물을 따라 걸었다. 강물이 흘러가는 쪽으로 내려가다보니 강폭이 꽤 넓어졌다. 건너편 물가에는 많은 사람들이 옹기종기 모여 있었다. 아이들은 벌거벗고 물놀이를 하는데 어른들은 강가에 우두커니 앉아 있었다. 그들 대부분은 어두운 빛깔의 옷을 입고 있었는데 긴 소매 옷을 입은 사람들이 의외로 눈에 많이 띄었다. 그늘도 없는 땡볕 아래서 무슨 수로 더위를 식히려는지 아무리 생각해봐도 이해가 가지 않는 풍경이었다.

강물은 왼쪽으로 굽이돌아 흘렀다. 흐르는 강물을 바라보다가 나는 눈을 크게 뜨고 걸음을 멈추었다. 어림짐작으로 한 200여 미터쯤 되어 보였는데 지금까지 본 적이 없는, 산이라고 할 수 없는 그런 산이 눈앞에 나타난 것이었다.

'아니, 어떻게 저럴 수가 있는 거지?'

숲은 간데없고 산 전체가 온통 밭으로만 되어 있는, 나무 한 그루 없는 산의 모습에 놀라움을 금치 못했다. 어찌 보면 머리를 박

꿈꾸는 노란 기차

박 깎은 사내아이 같기도 하고 누덕누덕 기운 스님의 옷 같기도, 또 어찌 보면 하늘을 향해 펼쳐놓은 커다란 조각보 같기도 했다. 마침 길옆 난간에서 쉬고 있는 노인들이 있어 강 건너 보이는 산을 가리키며 산 이름을 물어보았다. 노인들은 눈만 껌뻑거릴 뿐, 아무도 입을 열지 않았다.

"그럼, 저 산에는 왜 나무가 하나도 없지요?"

그랬더니 한 노인이 뒤돌아 산을 바라보면서 걱정스러운 듯이 말했다.

"먹고살기 바쁜데 저렇게라도 해야디."

노인의 말대로라면 저 산 밑에 사는 사람들은 나무보다 먹을 것이 더 중요한 건지 모른다. 하지만 큰비가 내려 산사태라도 나면 어쩌려는지 모르겠다.

"할아버지, 저러다 큰비가 오면 어떡합니까?"

"어떡하긴, 굶어죽으나 큰비에 죽으나 마찬가지지."

아니, 어떻게 그런 말을 저리도 쉽게 할 수 있는가? 갑자기 온몸에서 모든 기운이 빠져나가는 것 같았다.

왕이 백성들을 가난하게 만들면 창피해지는 건 백성들이 아니라 왕이다. 마찬가지로 산이 헐벗으면 창피해지는 건 산이 아니라 사람들이다. 창피함을 아는 사람들은 헐벗은 산을 되살리기 위해

나무를 심는다. 차라리 온 겨레가 한꺼번에 창피해져서 헐벗은 통일 동산에 나무 한 그루씩 심었으면 좋겠다. 그리되면 푸른 잎 생겨나고 가여운 저 누덕산도 제 이름을 되찾겠지. 문득, 싸구려 숙소에서 내 팔을 잡아끌던 어린 여성 동무들이 생각났다. 그들의 삶이야말로 나무 한 그루 없는 빈산에서 하루하루를 살아가는 꿈들이 아니던가. 어서 빨리 통일이 되어 우리 모두 함께 잘사는 날이 왔으면 좋겠다.

◈

숙소에 돌아와 텔레비전을 켰다. 텔레비전에서는 아직도 우렁찬 남성합창단의 노래가 흘러나왔다. 문득 노래라는 것도 무기가 될 수 있다는 생각이 들었다. 어린 처자들은 가족 먹여 살리겠다고 국경을 넘어 개고생 하는데 텔레비전에서는 김일성 찬양하는 노래가 계속해서 흘러나온다. 도대체 북녘의 인민들은 어떻게 살아가고 있는 걸까?

텔레비전을 끄니까 방 안에 꽉 차 있던 남성합창단의 노래들이 한순간에 사라졌다. 문득 우리 음악은 어디로 간 것인가, 하는 의문이 들었다. 북쪽은 북쪽대로 남쪽은 남쪽대로 다른 나라 음악들이 꿰차고 앉았으니 참으로 통탄할 노릇이다.

뽕짝에 대해서도 우리는 다시 생각해보지 않을 수가 없다. 뽕짝에는 크게 세 종류가 있다. 우리 음계로 된 뽕짝과 일본 음계로 된 뽕짝, 그리고 나머지 하나는 이상하게 변질된 관광버스 뽕짝이다. 뽕짝은 일제강점기 때 생겨나 사람들의 마음에 전염병처럼 파고들어 여기까지 흘러왔다. 어차피 이렇게 된 거, 이제는 우리 정서에 맞는 뽕짝으로 다시 태어나게 해야 하지 않을까? 그러려면 새로운 이름을 붙이는 일이 우선되어야 한다. '뽕짝'이나 '트로트'보다 훨씬 좋은 다른 이름이 있을 것이다.

방 안이 적적하여 다시 텔레비전을 켰다. 아직도 우렁찬 남성합창단의 노래가 흘러나오고 있었다.

꿈꾸는 노란 기차

하룻밤 자고 나니 고향에 온 것처럼 마음이 편하다. 처음 와본 곳인데 어떻게 내가 살던 고향이라고 여겨질 수 있는지 참으로 신기한 일이다. 눈앞에 추억이 펼쳐져 있다고 생각해보라, 흥분하지 않을 사람이 어디 있겠는가? 마을 전체가 어린 날의 추억을 상영하는 영화관 같이 느껴진다. 태어나서 이렇게 커다란 영화관은 처음 본다. 사방이 화면이고 그 가운데 내가 있는 듯하다.

꿈속에서나 그려보던 압록강을 내 눈으로 직접 보게 되다니 그야말로 꿈이 아닌가 싶다. 오늘은 압록강을 실컷 구경할 생각이다. 우리는 마 동무의 늙은 차를 타고 강변길을 달렸다. 마 동무에게 천천히 가달라고 했다. 다행히 오고가는 차들이 별로 없었다. 강물 따라 한참을 내려오다보니 강 건너에 아주 깨끗이 정돈된 마을이 보였다. 지금까지 보았던 마을 풍경과는 전혀 다른 느낌이었다. 마치 동화책에 나온 그림처럼 평화롭게 보였다. 손 동무에게 물어보니 김일성 부인의 이름을 딴 김정숙 마을이라고 한다. 사람들도 눈에 띄지 않고 시간이 멈춘 것처럼 아주 조용했다. 저 산 뒤편에는 사람들이 살고 있겠지. 나는 어느새 산을 넘어가 아버지 고향으로 가는 버스를 기다리고 있는 모습을 상상하고 있었다. 아, 정말 그런 날은 언제 오려나? 나는 어머니를 통해 이북에 형제가 살고 있다는 걸 알게 되었지만 형들과 누나는 남쪽에서 태어난 동생이 있다는 사실을 전혀 모른다. 그러므로 내가 형과 누나를 만나러 가야 비로소 우리는 형제가 될 수 있는 것이다.

❦

김정숙 마을을 지나 조금 더 내려오니 아까보다 넓은 강이 나타났다. 그냥 지나치기에는 너무 평화로워서 우리는 잠시 내려 쉬어가기로 했다. 차를 세워놓고 강가로 내려가는데 강 둔치에 커다란 거울이 버려져 있는 것이 보였다. 값어치가 좀 있어 보이는데 어쩌다가 이런 강가에 버려졌는지 모르겠다. 가까이 가서 보니 거울 속에서 하얀 구름이 천천히 흐르고 있었다. 구름은 어떻게 이 거울에다 자기 모습을 비춰 볼 생각을 했을까? 거울을 세우니 구름

꿈꾸는 노란 기차

이 후다닥 도망가고 강 건너 풍경이 불쑥 나타났다. 거울은 움직이는 대로 여러 가지 그림을 만들어냈다. 하지만 금이 간 거울 속 풍경은 온전하게 보이지 않았다.

나는 거울을 눕혀놓고 뒤돌아보았다. 강 건너편으로 온전한 풍경이 드러났다. 강가에서 빨래하는 아낙네들과 물장구치는 아이들이 보였다. 그 모습이 너무 반가워서 큰소리를 지르며 손을 흔들었다. 그런데 아무 반응이 없다. 내 목소리가 들리지 않는 건지 아니면 못 들은 척하는 건지 잘 모르겠지만 계속 소리치면 이 좋은 풍경에 금이 갈 것 같아 더이상 소리를 지르지는 않았다.

강가 풍경이 어릴 때 내가 자랐던 풍경과 어쩌면 그리도 비슷한지, 벌거벗은 아이들이 햇살 맞으며 뛰놀고 있는 모습 또한 어쩌면 그리도 내 어릴 적 모습을 닮았는지 마치 동영상으로 어린 날의 추억을 보는 것 같았다. 이 모든 장면을 놓치지 않으려고 카메라를 들고 셔터를 마구 눌러댔다. 그때 아이들이 뛰노는 모습 너머로 작은 역과 조그만 다리가 뷰파인더 속으로 들어왔다. 그런데 너무 고요한 탓인지 조금은 밍밍하게 보인다. 저 풍경에 간을 맞추려면 기차가 지나가야 한다. 이럴 땐 기차가 소금이다.

세상 어딜 가나 아름다운 곳에는 슬픔이 배어 있기 마련이다. 저 마을의 평화도 언젠가는 사라질 거라고 생각하니 괜히 슬픔이 아른거린다. 통일이 되면 틀림없이 저 자리에 강변 카페나 모텔, 흉물 아파트들이 우후죽순 들어설 것이다. 다른 나라 사정은 어떨지 몰라도 우리나라에서는 사람들이 끼어들면 아무리 아름다운 곳이라도 쉬이 망가진다.

건물 이야기가 나왔으니 하고 싶은 말이 있다. 우리나라는 어딜 가나 건물 모양이 비슷하다. 아파트나 관공서도 그렇고, 초등학교 건물에서도 한국이라는 나라는 보이지 않는다. 교훈이니 급훈이니 아무리 잘 써놓아도 아이들은 그런 것에 관심이 없다. 좀더 깊은 고민이 담긴 건물을 짓는다면 알게 모르게 아이들 교육에 큰 도움이 되지 않을까?

나라도 마찬가지다. 새로운 도시를 개발할 때, 우리 정서가 배어 있도록 설계하면 훨씬 살기가 좋을 텐데 왜 그렇게 안 하는지 모르겠다. 디자인, 디자인 하는데 정말 해야 할 디자인은 나라가 아닐까. 지금 우리는 균형이 잡혀가는 나라에서 살고 있는 게 아니라 균형이 무너지는 나라에서 살고 있다. 각 지방마다 멋을 살려서 균형을 잡아주는 것이 아니라 시골구석까지 파헤쳐 나라 전체에 똑같은 아파트를 지어대고 있으니 정말 안타까운 노릇이다.

옛날에는 몰랐는데 건축가가 참으로 중요한 역할을 하는 사람이라는 걸 알아간다. 건축 하나하나가 사람들에게 얼마나 큰 영향을 주고 있는지 나랏일 하는 사람들도 알아야 한다. 통일이 되면 어떤 건물을 짓든 제발 남의 나라 흉내내지 말고 우리 정서를 되살릴 수 있도록 설계해줬으면 좋겠다. 건축가는 단순히 건물을 설계하는 사람이 아니라 그 나라의 정서를 설계하는 사람이니까.

❦

날마다 밀려오는 것만이 새로운 세상이 아니라 잃어버린 옛 것을 만나는 것 또한 새로운 세상이다. 생각해보라, 밀려오는 것들 가운데 우리가 볼 수 있는 건 얼마 되지 않는다. 워낙 빠른 속도로 지나가기 때문에 우리가 미처 보지 못한 것들은 고스란히 세월에 묻혀버린다. 날마다 쏟아지는 책들을 우리가 다 읽을 수 없는 것처럼 말이다. 나에게는 낯선 달나라보다 꿈속에서 그려보던 압록강이 훨씬 더 새로운 세상이다. 통일이 되면 아름다운 이곳에 다시 오리라 다짐을 해본다. 남의 땅 밟지 않고 내 땅 밟으며 몇 날이 걸리더라도 천천히, 천천히 걸어서 다시 오리라.

❦

나는 어렸을 때부터 기차를 좋아했다. 날마다 기차 소리를 듣고 자라서 그런지 풍경화를 그릴 때면 어김없이 기차가 등장했다. 지금도 기차를 좋아하는 걸 보면 기차는 내 인생에 없어서는 안 될 존재인 것 같다. 지금 나는 강 건너 빈 철길을 바라보고 있다. 마치 내 인생에서 기차가 사라진 것처럼 쓸쓸한 기분이 든다. 화물 열차라도 지나갔으면 좋겠다마는 기차를 기다리는 사람도 없구나. 그

러고 보니 빨래하는 아낙과 뛰노는 아이들이 있어서 참 고맙다는
생각이 든다. 저들마저 없었다면 이 풍경이 얼마나 밍밍했을까?

❧

한적한 강변길에 변방 부대 차 한 대가 흙먼지를 날리면서 지나
간다. 길옆에 키 큰 들풀들이 자기 몸에 쌓여 있는 먼지를 터느라
고 몸부림을 친다. 차 때문에 생긴 먼지를 피하려는 게 아니라, 제
몸에 이미 쌓여 있던 먼지를 털어내려는 것이다. 하지만 그래 봤
자 그 차가 일으킨 먼지를 다시 뒤집어쓰게 된다. 그러니 먼지로
뒤범벅이 된 들풀에게 비는 얼마나 황홀한 사랑인가!

통일을 가운데 두고 양쪽에서 서로 잡아당기다보면 통일만 고
통스럽다. 남북 회담이 열리면 통일에 쌓였던 먼지가 사라지는 듯
해도 그것이 끝나면 사라진 먼지는 다시 통일에 달라붙을 것이다.
통일 스스로 먼지를 털어내려고 애를 써도 찌든 먼지는 잘 털리지
도 않는다. 아, 통일은 언제쯤 아리랑을 만날 수 있을까? 통일이
되면 아마도 나는 북녘땅 어딘가를 떠돌고 있을 것이다.

나비 두 마리가 길 아래쪽에 난 들풀 위로 왔다갔다하는 것이
보인다. 풀잎 위에 희끗희끗 쌓인 먼지가 꽃으로 보였던 모양이
다. 다투는 건지, 짝짓기를 하려는 건지, 나비들 사정이야 알 수 없
지만 짝짓기를 하려는 거라고 생각하니 갑자기 두 마리의 나비가
아름답게 보인다.

강 건너 아이들이 마침내 나를 보았다. 손을 흔드니까 아이들도 나를 향해 손을 흔들었다. 그때 어디선가 빠앙, 하고 기적이 울렸다. 소금 없는 마을에 소금 실은 기차가 나타난 것처럼 갑자기 생기가 돌기 시작했다. 오지도 않는 님을 기다렸는데 정말로 나타난 것이다. 어떻게 생긴 기차인지 빨리 보고 싶다. 그래 봤자 시커먼 화물 열차겠지만. 아, 그런데 이게 어찌된 일인가! 장난감처럼 생긴 노란 기차가 천천히 굴속에서 빠져나오고 있는 것이었다. 빛깔이 좀 바래기는 했지만 시커먼 증기기관차와 견주어보면 얼마나 예쁜지 모르겠다. 우리나라도 저 예쁜 노란 기차처럼 어두운 굴속에서 빠져나왔으면 좋겠다.

물론 사람에 따라서는 저 가난한 노란 기차가 예쁘게 보이지 않을 수도 있겠지만 그래도 이건 놀라움 자체다. 그림에는 소질이 없을 거라고 생각했던 아이가 그림대회에 나가서 최우수상을 받은 것과 같은 그런 놀라움. 언젠가는 내 아이들도 저 노란 기차를 타고 압록강, 두만강을 유람할 수 있는 날이 오겠지. 수학여행도 가고 신혼여행도 가고…. 비록 지금은 느리게 달리고 있지만 통일이 되면 온 누리를 힘차게 달리는 희망의 열차로 다시 태어나리라.

파란 하늘과 흰 구름 그리고 초록의 산은 그냥 있는 것이 아니었다. 지금껏 살아오면서 나는 내 주위에 아무도 없는 줄 알았다.

하지만 그 생각을 다시 해봐야겠다. 나는 오늘 하얀 구름과 파란 하늘 그리고 초록의 산이 저 가난한 노란 기차를 빛나게 해주는 것을 보았다. 내 주위에 아무도 없다는 것은 나만의 생각일 뿐, 가끔은 누군가가 나를 빛나게 해주었는지도 모른다. 나 또한 앞으로는 누군가를 빛나게 해주며 살아가리라.

  다리 위를 천천히 지나가는 기차를 향해 벌거벗은 아이들이 손을 흔든다. 나도 멀어지는 기차를 바라보며 손을 흔든다. 기차는 천천히 멀어지고 빨래를 끝낸 아낙들이 아이들과 함께 집으로 돌아간다. 아름다운 것들이 사라진다는 것은 슬픈 일이지만 그 슬픔이 있어서 세상이 아름다운 건지도 모르겠다. ■

꿈꾸는 노란 기차

3 ——————
아득한 북소리

별들이 아까보다 더 심하게 흔들린다
저 별들이 떨어지기 전에 찾아야 한다
어린 날에 바라보았던 내 작은 별을

내가 지금까지 아무 탈 없이 살아온 것은 틀림없이 누군가의 도움이 있었기 때문이다. 이제까지 나는 나 혼자의 힘으로 살아온 것처럼 착각에 빠져 살았다. 노래도 그랬다. 분명히 산신령의 도움으로 노래를 얻었음에도 마치 내가 만든 것처럼 오랜 세월을 시치미 떼고 살았다.

보물찾기

새벽녘, 어디선가 아득한 북소리가 들려온다. 내 마음이 허해서 생겨나는 환청이라고 생각했지만 북소리는 사라질 듯 말 듯 계속 들려왔다. 가만히 귀를 기울여보니 백두산 쪽에서 들려오는 것 같기도 하고 어린 날의 들판에서 들려오는 것 같기도 했다. 창가에 어른거리는 나뭇잎이 말했다.

"저 북소리를 따라가면 아리랑꽃을 만날 수 있을 거야."

정신이 번쩍 들었다. 저 나뭇잎은 내가 아리랑꽃을 찾는다는 것을 어떻게 알았을까? 혹시 욕심의 농간이 아닐까? 나는 슬픔이 없으면 노래를 보지 못하는 사람인데 이런 상황에서 저 북소리를 따라간다 한들 아리랑꽃이 보이겠는가? 부스스 일어나 숙소 밖으로 나왔다. 그리고는 은근슬쩍 눈을 돌려 백두산 쪽을 바라보았다. 빛을 머금은 잿빛 구름이 나를 비웃는 것 같았다.

며칠 진부터 이야기했던 압록강 발원지를 보러 가는 날이다. 마 동무가 아침부터 땀을 뻘뻘 흘리며 자동차 점검을 한다. 자동차 앞 뚜껑을 열어놓고 뭔가 열심히 들여다보기도 하고 문 네 짝을 다 열어놓고 걸레질도 하고 바퀴도 툭툭 쳐보고 그런다. 그런데 바퀴가 영 시원치 않다. 네 짝 모두 표면이 닳았는데 달리다가 펑크라도 나면 어쩌려고 그러는지 걱정이 앞섰다. 나는 마 동무를 보며 집게손가락으로 바퀴를 가리켰다. 그랬더니 마 동무는 싱글싱글 웃으며 고개를 가로젓는다. 다 닳아버린 바퀴를 보고 중국은 괜찮다고 하고 한국은 안 된다고 하는데 여기는 중국이므로 중국이 하자는 대로 따르기로 한다.

아침 식사를 하러 어제 갔던 만둣집으로 향했다. 그 집에 가는 까닭은 두 자매의 미소 때문이었다. 그런 걸 보면 음식의 맛보다 중요한 것은 식당의 주인이 아닐까. 식당 안으로 들어서니 두 자매가 미소를 지으며 반갑게 맞이해주었다. 민낯에 저렴해 보이는 옷을 단정하게 차려입은 모습이 조금은 시골스럽게 보였지만 오히려 그래서 더 정이 갔다. 자매와 나는 살가운 눈웃음으로 서로의 마음을 나누었다. 오히려 말을 주고받았다면 속마음이 전해지지 못했을 것이다.

　나는 주인이 친절한 식당이 좋다. 음식은 그 다음이다. 음식이 아무리 맛있어도 주인이 불친절하면 그곳은 잘 가지 않게 된다. 반대로 주인이 친절하면 그 식당을 찾게 된다. 주인이 친절하면 음식도 덩달아 맛있게 느껴지기 때문이다. 바로 이 집이 그렇다. 주인이 친절하니 만두가 맛있을 수밖에.

　식사를 마치고 떠나려는데 자매들이 문밖까지 따라나와 헤어짐을 아쉬워하며 눈웃음을 보내주었다. 해맑은 미소라는 것이 저런 것이었구나. 사람들이 모두 다 저렇게 눈으로 말한다면 세상은 얼마나 평화로울까? 온 세상이 단 하루만이라도 말하지 않고 살았으면 좋겠다. 다음에 다시 이곳에 오게 된다면 가장 먼저 이 만둣집부터 찾으리라.

　늙은 차는 압록강 발원지를 향해서 달렸다. 사람이 무엇인가를 찾는다는 것은 그게 뭐가 됐든 그 사람한테는 보물이나 마찬가지라고 생각한다. 사실 과학자든 시인이든 결국은 무언가를 찾기 위해 애쓰는 것 아닌가? 어린 시절 소풍 가서 보물찾기 놀이를 하던 생각이 난다. 여기저기 숨겨놓은 쪽지를 찾아오면 선생님은 그 쪽지에 적힌 상품을 주었다. 공책도 주고 필통도 주고 연필도 주고…. 그때는 쪽지에 뭐가 적혀 있는지도 모르고 그냥 쪽지 자체를 보물로 여겼는데, 지금은 노래를 보물이라 여기며 나 홀로 보물찾기를 하고 있다.

❦

　시내를 벗어나자 곧바로 비포장 길이 나타났다. 길이 울퉁불퉁하니 차가 춤을 추고, 차가 춤을 추니 차 안의 사람들도 춤을 추었다. 나는 옆에 앉아 있는 손 동무와 부딪치고, 손 동무는 차 천장에 머리를 부딪치고, 앞에 앉은 안 동지는 힘들게 운전하는 마 동무 얼굴에 머리를 처박았다. 깜짝 놀란 마 동무가 운전대를 부여잡고 안 동지를 노려보는데 그 모습이 얼마나 우습던지….

　그런데 잠시 뒤, 무슨 마술에 걸려든 것처럼 낡은 차는 고요한 세상 속으로 들어갔다. 움직이는 거라고는 더운 바람에 살랑대는 나무 잎사귀와 흘러가는 구름 그리고 차를 인도하는 오리들뿐이었다. 마을은 거의 정지된 화면처럼 조용했고 오리들은 차를 끌고 가는 것처럼 차 앞에서 뒤뚱거리며 걸었다. 커다란 나무 아래 앉아 부채질 하던 노인들이 이 광경을 보고는 아기 재롱 보듯 즐거워하고 있었다. 가만히 보니 이런 조용한 마을에서 차는 정말 어울리지 않는 흉물이었다. 마치 우리가 평화를 헤쳐버리러 온 악당들 같았다. 악당이 되지 않으려면 빨리 이곳을 벗어나는 수밖에 없었다. 하지만 오리 뒤를 따라가야 하는 늙은 차는 언제쯤 이 길을 벗어날 수 있을지 알 길이 없다. 땀이 비 오듯 흘렀고 덜컹거릴 때마다 일어나는 차 안의 먼지가 끈적이는 살갗에 내려앉았다. 얼마 뒤, 오리들이 줄줄이 사라졌다. 그제야 기어가던 차는 속도를 올렸다.

오리 마을을 벗어나자 잔잔한 강이 나타났다. 차도 사람도 쉬어가기로 했다. 강물 속에는 산과 나무들이 거꾸로 서 있고 구름도 제 몸을 담가놓고는 살살 몸을 씻고 있었다. 모두 다 무더운 날씨 때문에 강물에 모여든 것 같았다. 강물은 놀러온 손님들이 몹시도 반가웠던지 보석을 뿌려놓은 것처럼 반짝거렸다. 강 건너로 두 명의 북조선 병사들이 한가로이 왔다갔다하는 모습이 보였다. 이 더위에, 어깨에 걸쳐 멘 소총이 무거워 보였지만 이 풍경 속에서는 저들도 평화의 한 구성원이었다.

어디선가 또 북소리가 들려왔다. 새벽에 창가에서 어른거리던

꿈꾸는 노란 기차

나뭇잎이 하던 말이 떠올랐다. 정말 이곳에 아리랑꽃이 있다는 말인가? 한가로이 풀을 뜯고 있는 소 두 마리를 뒤로하고 다시 발원지로 향했다. 마 동무에게 북소리가 들리는 쪽으로 가자고 하고 싶었으나 그렇게 말했다가는 차 안에 있는 사람들이 나를 이상하게 생각할 것 같아서 그만두었다. 한참을 덜컹거리며 올라가는데 생각지도 않은 검문소가 나타났다. 이렇게 깊은 산속에 검문소가 있다는 것이 놀랍기도 했지만 그보다는 사람들이 더 반가웠다. 그런데 그 사람들이 도로 내려가라고 손짓을 하는 것이었다. 손 동무가 차에서 내려 그들과 뭐라고 얘기를 주고받더니, 고개를 저으며 되돌아왔다. 얼마 전에 큰비가 왔는데 길이 무너져서 갈 수가 없다는 것이었다. 어렵게 여기까지 왔는데 맥이 탁 풀렸다. 사람이 길을 선택하는 것이 아니라 길이 사람을 선택하는 것 같았다.

"그럼, 걸어서 가보면 안 되냐고 물어보지 그래."

손 동무가 다시 그들에게 가서 말해보았지만 이번에도 고개를 저으며 되돌아왔다. 안 동지가 담배 한 보루를 손 동무에게 건네주며 다시 한번 부탁을 해보라고 했더니 그제야 가도 좋다는 답변을 얻어가지고 왔다.

막상 길을 걸어보니 상태가 엉망이었다. 비가 얼마나 세차게 내렸기에 이렇게 됐을까? 울퉁불퉁한 고갯길을 넘으니 마치 폭탄 맞은 것처럼 커다란 구덩이가 나타났다. 나는 조심스레 발을 디디며 구덩이 바닥으로 내려갔다. 한 10미터 정도는 파인 것 같았다. 한 발 한 발 옮기며 다시 건너편 쪽으로 올라가는데 발을 디딜 때마다 흙더미가 스르르 흘러내렸다. 그렇게 기우뚱거리면서 올라가한 100여 미터 걸으니 개울 건너편에 나지막한 너와집이 보였다.

'와, 이런 곳에 집이 있다니?'

하지만 막상 나를 놀라게 한 것은 개울이었다. 서너 걸음이면 건널 수 있는 개울! 이 개울을 건너면 바로 내 고향이다. 개울 건너편에서 아낙이 감자를 씻고 있었다.

"아주머니, 좀 쉬었다가도 되겠습니까?"

아낙은 아무 대꾸도 하지 않은 채, 씻은 감자를 바구니에 담아 가지고 돌아섰다. 담배를 피우고 있던 두 남자와 꼬마 아이들이 나를 쳐다보다가 눈이 마주치자 이내 딴전을 부렸다.

"아저씨, 여기서 압록강 발원지까지 얼마나 걸립니까?"

이번에는 담배를 피우고 있던 두 남자가 아무 대답도 없이 일어나 자리를 피했다. 이제 남은 건 세 아이들뿐, 개울 가까이 서 있던 아이에게 말을 붙여보았다.

"꼬마야, 너 몇 살이니?"

그랬더니 아이들마저 모두 자리를 떴다. 이제 다시 보이는 사람은 부엌에서 일을 하고 있는 아낙.

"아주머니, 물 좀 얻어먹을 수 있을까요?"

아니, 이런! 부엌문마저 살짝 닫히고 말았다. 누가 저들을 감시하는 걸까? 그렇지 않고서야 어떻게 이럴 수가 있지? 남조선 사람이라고 생각되면 무조건 말하지 말라는 교육을 받은 것 같았다. 괜히 우리 때문에 저들이 불편하게 되었음을 뒤늦게 알아차렸다. 물이야 개울물을 먹어도 되지만 나는 이왕이면 고향 사람이 직접 떠다주는 다정한 물을 마시고 싶었다. 그 아낙도 우리에게 쉬었다 가라는 말을 하고 싶었을 것이라 생각하며 아쉬운 마음을 달랬다.

❦

손 동무가 이상한 느낌을 받았는지 빨리 내려가자고 말한다. 왜 그러느냐고 물었더니, 아무래도 우리를 신고하러 간 것 같다고 말하는 것이었다. 그러고 보니 자리를 피했던 두 남자가 보이지 않았다. 만약 손 동무의 말이 맞다면 우리는 압록강 꼭대기에서 국경을 넘었다는 올가미에 걸려들 수도 있는 것이었다. 그래도 나는 그렇게까지 생각하기 싫었다. 하지만 이곳 사정을 잘 안다는 손 동무가 그리 말하고 있으니 따를 수밖에.

결국 압록강 발원지는 보지 못하고 쓸쓸히 돌아서고 말았다. 하지만 나는 북소리의 진원지를 찾지 못하고 돌아서는 게 더 아쉬웠다. 산 위에 오르면 북소리가 크게 들릴 줄 알았는데 그런 일은 일어나지 않았고 아까부터 마음 한쪽이 저려오는 것이 자꾸만 내가 뭔가 잘못했다는 생각만 들었다. 세상에 까닭 없이 일어나는 일은 없으니 잘못한 것이 있다면 그게 무엇이든 곧 드러나게 되겠지.

더위도 식힐 겸, 검문소 앞에 있는 숲속으로 들어갔다. 나무들이 울창하니 시원함이 이루 말할 수 없었다. 개울은 아낙이 감자를 씻던 그쪽보다 더 세차게 흘렀다. 개울 건너편에서 나이 어린 북조선 병사 두 명이 윗옷을 벗고 나무에 기대어 쉬고 있는 것이 보였다. 나는 먹을 것하고 담배라도 전해주고 싶어서 다시 숲 밖으로 나왔다. 그걸 본 중국 병사들이 낌새를 채고 달려와서는 손사래를 치며 뭐라고 하는 것이었다. 손 동무의 통역을 들어보니 북조선 병사들을 자극하지 말라는 얘기였다. 혹시라도 예기치 않은 일이 일어날까봐 그러는 것 같았다. 괜찮다고 말해보았지만 중국 병사 한 사람이 주먹으로 제 이마를 두드리며 골치가 아프다는 시늉을 했다.

북조선 병사들이 무슨 짐승이라도 되는 건가? 여기가 무슨 동물원도 아니고 이거야 원, 빨리 통일을 해야지 언제까지 이런 수모를 겪으며 살아야 하는가. 비록 남조선, 북조선이 서로 총부리를 겨누고 있지만 내 형제가 중국 병사한테 짐승 취급을 받고 있다는 것이 싫었다.

혹시 북조선 사람들도 남조선 사람 만나면 말도 하지 말고 물건도 받지 말고 자극하지 말라는 교육을 받았을까? 그렇다면 참으로 슬픈 일이다. 우리 형제들은 서로 만나고 싶은 마음이 더 클 터인데 누군가에 의해서 짐승이 되었구나! 나는 허공을 향하여 긴 한숨을 토했다. 그때 내 한숨 소리에 놀랐는지 북한 병사들이 본능적으로 총을 잡았다. 그것을 본 손 동무가 재빨리 말을 건넸다.

"안녕하시오? 날씨가 참 덥수다."

역시 아무런 반응이 없다. 그들 가운데 한 병사가 나와 비슷하게 생겼다고 손 동무가 말해주었다. 그러고 보니 정말 나와 비슷했다. 문득, 내 조카일 수도 있다는 생각이 들었다. 왜 그런지 몰라도 중국에 온 뒤부터 나와 조금이라도 비슷한 생김새의 사람만 보면 본능적으로 친척이라고 생각하는 버릇이 생겼다.

나무에 기대앉은 소년병들은 멍하니 개울물이 흘러가는 쪽을 바라보고 있었다. 우리는 그런 그들의 모습을 바라보며 한 번쯤은 이쪽으로 눈길을 보내주기를 기대했다. 하지만 그들은 단 한 번도 우리 쪽으로 고개를 돌리지 않았다. 내가 사진 좀 찍어도 되겠느냐고 물었더니 나를 닮았다는 어린 병사가 대답 대신 본능적으로 나무에 걸쳐놓은 총을 만졌다. 사진을 찍거나 개울을 건너오면 총을 쏘겠다는 분위기였다. 실제로 압록강 어느 마을에서 총에 맞아 죽은 사람이 있었다고 손 동무가 말했다.

"평소에는 북조선 군인들이 고기를 잡아놓으면 이쪽에서 술을 들고 건너가서 놀다 오곤 했디요. 그런데 어느 날 이쪽에서 술을 들고 건너가는데 저쪽에서 건너오지 말라며 총을 겨누었단 말입네다. 그런데 그게 장난인 줄 알고 계속 건너가다가 총에 맞았디요. 그게 불과 얼마 전 일이야요."

"아니 왜 갑자기 그렇게 된 거야?"

"황장엽 때문이야요. 그 양반이 한국으로 망명하는 바람에 국경 수비대원들이 새파란 아이들로 싹 바뀌었디요."

어쩐지 분위기가 이상하다 했다. 이제야 너와집 사람들이 아무 말 하지 않았던 이유가 설명이 되었고 우리에게 제발 좀 내려가라고 소리를 지르던 중국 병사들도 이해가 되었다. 개울 건너 어린 병사들은 중국 병사의 목소리가 시끄러웠을 텐데도 돌부처처럼 꼼짝도 하지 않았다. 그래도 나는 무슨 말이든 하고 싶었다.

"동무들 잘 있으시오!"

그렇게 말하고 돌아서는데 괜히 목이 메었다. 소년병과 나는 싸운 일도 없고 잘못한 일도 없는데 왜 말 한마디 제대로 나누지 못하는가. 말 안 통하는 중국 사람과도 인사만 잘 하는데 왜 같은 민족끼리는 서로를 짐승처럼 대해야 하는가?

차는 다시 아랫마을로 향했다. 어떻게 된 게 올라올 때보다 내려가는 길이 더 안 좋은 것 같았다. 심하게 흔들리는 차 안에서 우리는 서로 부딪치지 않으려고 손잡이를 꼭 잡았다. 하지만 아무리 꼭 잡아도 부딪치지 않을 수 없었다. 이번엔 손 동무가 차 천장에 머리를 세게 부딪친 것 같았다. 손 동무가 많이 아파하는 것 같아 우리는 다시 강가에 있는 나무 그늘에서 쉬어가기로 했다. 강건너 북조선 병사들은 여전히 왔다갔다하고 있었고 아까 올라올때는 보이지 않았던 아이들이 강가에서 고기를 잡고 있었다. 나는 풀밭에 드러누워서 하얀 달에게 말했다.

"달님 동무, 저 아이들이 고기를 많이 잡을 수 있도록 좀 도와주시게."

그때 내 귓가에 또 북소리가 들리기 시작했다. 나는 벌떡 일어나 북소리가 들려오는 상류 쪽을 바라보았다. 아리랑꽃은 너와집에도 있었고 강 건너 어린 병사들한테도 있었다고 말하는 것 같았다.

늙은 차는 다시 덜컹거리며 아랫마을로 향했다. 마을에 다다르자 아까 그 오리들이 또 차 앞으로 모여들었다. 이 마을의 오리들은 차만 보면 길 안내를 하려고 한다. 거참, 이번에는 또 어디로 인도하려는 건지? 우리는 또다시 평화를 헤쳐놓은 악당이 되어 기우뚱기우뚱 오리 뒤를 따랐다. 하지만 이번에는 그리 오래 걸리지 않았다. 대장 오리가 오른쪽으로 돌아서는 바람에 뒤따르던 오리들이 자연스럽게 오른쪽으로 돌아섰다. 덜컹거리던 차는 이때다 하고 속도를 올렸다. 잠시 뒤 아스팔트 길로 올라서자 모두들

긴 한숨을 내뿜었다. 차는 한 번 더 속도를 올렸고, 나는 마술에서 풀려난 듯 제정신으로 돌아왔다. 마치 어떤 영화 속에 들어갔다가 이제 막 화면 밖으로 빠져나온 것만 같았다.

자라는 벽

한참을 달려 시내로 접어드니 점심때가 훌쩍 지났다. 배도 고프고 해서 식당을 찾고 있는데 저만치 '아리랑식당'이라고 쓴 간판이 눈에 들어왔다. 아리랑이라는 말이 반가워서 무조건 그 식당으로 향했다. 식당 앞에는 멀리서도 알아볼 수 있는 북조선 트럭 한 대가 서 있었다.

식당 안은 많은 사람들로 벅적댔고 돼지갈비 냄새가 진동을 했다. 어디서 어떻게 구워 내오는지 모르겠으나 식당 안에 진동하는 갈비 냄새 때문에 금세 군침이 돌았다. 마침 창가 옆에 앉았던 손님들이 일어나자 주인아주머니는 우리를 그쪽으로 안내했다. 나는 자리에 앉자마자 식당 앞에 세워둔 북조선 트럭 주인을 찾아보았다. 술이나 한잔 하며 이야기를 나누고 싶어서였다. 그런데 거의 대부분의 사람들이 색안경을 쓰고 있어서 누가 누군지 알아볼수가 없었다. 이 지역 사람들이 대체적으로 색안경을 즐겨 쓰기때문이다. 식당 안에서만 보더라도 열에 아홉은 색안경이다.

그때 마침 내가 찾으려고 했던 트럭 주인이 눈에 띄었다. 알고보니 바로 우리 옆 식탁에 앉아서 갈비를 먹고 있었다. 두 사람이

　　　　　　　　　　　　　꿈꾸는 노란 기차

었는데, 모두 마른 얼굴에 색안경을 쓰고 있었고 나이는 한 40대로 보였다. 왼쪽 가슴에는 김일성 배지가 붙어 있었다. 내가 그들에게 말을 건네려고 하자 손 동무가 그러지 말라고 내 발을 툭툭 쳤다. 황장엽 때문이었을까? 손 동무는 평상시와 다르게 심각한 표정을 지었다. 트럭을 타고 온 아저씨들, 아무 말 없이 독한 중국 술을 큰 잔에 따라 한입에 죽 들이키더니 거의 동시에 갈비를 집어들었다. 그 중에 한 사람이 갈비를 먹으면서 나를 쳐다보았는데 색안경 때문에 눈빛은 보이지 않았다.

가끔 북조선 차나 사람들을 보게 되면 남북 왕래가 자유로워졌다는 착각을 하곤 했는데 오늘은 그렇지가 않았다. 감자 씻던 아낙도 그렇고, 어린 병사들도 그렇고, 지금 이 트럭 아저씨들도 그렇고 모두 다 약속이나 한 것처럼 말을 하지 않았다. 남조선 사람들 만나면 말을 나누지 말라는 교육을 아주 철저하게 받은 게 틀림없었다. 그렇지 않고서야 어떻게 이렇게까지 말을 안 할 수 있겠는가? 그게 아니라면 그들과 나 사이에 보이지 않는 벽이라도 있는 걸까? 아니, 어쩌면 내 마음속에 나도 모르는 벽이 있는 건지도 모르겠다.

만약 마음의 벽을 넘지 못해서 그런 거라면 이 무슨 창피한 일인가. 아침에, 압록강 상류에서 만난 동포들에게 내가 뭘 그렇게 잘못했던 것인지 의문이 들었는데 바로 이것 때문이었을까? 그래서 마음이 그토록 저렸던 걸까? 만일 그것 때문이라면 정말로 창피한 일이다. 어릴 적부터 학교에서 배우고 신문, 방송에서 보고 들은 것들이 이렇게 높은 벽으로 쌓였을 줄이야….

아, 우리는 언제까지 이렇게 없어도 되는 벽을 지니고 살아야 하는가? 불신의 벽은 여러 번에 걸쳐 높아지는 게 아니었다. 한번 쌓은 벽이 스스로 자라나 높아진 것이다. 나는 화가 났다. 그 벽은 누군가가 내 마음에 몰래 쌓은 것인데 내가 왜 그 벽 때문에 괴로워해야 하는가?

♦

한국 떠날 때 생각했다. 이번 여행에서 북한 동포 만나면 술 한 잔 하겠다고. 그런데 막상 북한 동포를 만나서는 한마디도 하지 못했다. 트럭 아저씨들이 갈비와 술을 깨끗이 비우고 자리에서 일어났다. 떠나가는 그들을 바라보는데 갑자기 맥주 거품처럼 슬픔이 차올랐다.

'미안하오!'

그들에게 미안할 까닭이 없는데도 자꾸만 미안하다는 생각이 들었다. 생각해보면, 그들만 말하지 않은 것이 아니었다. 말을 건네지 않은 건 나도 마찬가지였다. 그들의 벽이 너무 높아서가 아니었다. 스스로 마음에 쌓은 벽을 넘지 못해서 그런 것이었다. 창밖으로 트럭이 떠나는 모습이 보였다. 멀어지는 트럭을 바라보며 애꿎은 술만 들이켰다.

꿈꾸는 노란 기차

식당을 나오자 나는 손 동무에게 카메라를 맡기고 혼자서 강으로 향했다. 내 치부를 많은 사람들한테 보여주고 싶어서 일부러 비틀비틀 걸었다. 이럴 때 누군가가 나에게 시비를 걸어서 나를 막 때려줬으면 좋겠다마는 아무도 지나가는 사람이 없었다. 그때 하얀 달이 눈에 들어왔다.

'낮에 나온 반달은 하얀 반달은…'

이런 노랫말로 시작되는 노래가 있었다. 그런데 미술 시간에는 왜 노란 달만 가르쳤을까? 마침 내 앞으로 아이들이 지나갔다. 나는 아이들을 불러놓고 물어보았다.

"애들아 달은 노란 색이니 하얀 색이니?"

아이들이 나를 이상한 사람처럼 쳐다보았다.

"낮에 나온 달은 하얀 색이고, 밤에 나온 달은 노란 색이야요."

그렇구나. 그렇게 쉬운 걸 가지고 괜한 걱정을 했구나. 나는 어릴 때부터 한번 가르쳐 주면 그것만이 정답이라고 생각하는 버릇이 있었다. 교육은 그렇게 무서운 것이다. 아무것도 모르는 어린 아이들에게 북한 사람 얼굴은 빨갛다고 가르친 것은 정말 슬프고 잘못된 일이었다. 만약 북한 사람 얼굴도 우리와 똑같다고 가르쳤더라면 지금 이 압록강에서 이렇게까지 허우적대지는 않았을 것이다.

술 취한 압록강

내가 네 살 때였던가, 다섯 살 때였던가. 어느 날 아버지 고향 동무라는 사람이 아버지를 찾아오면서 나에게 소고를 선물했다. 장난감이 없었으므로 소고는 아주 훌륭한 놀잇감이었다. 나는 신나게 소고를 두드리며 동네 아이들을 불러놓고 자랑을 했다. 그랬더니 아이들이 모두 자기네 집으로 달려가는 것이었다. 그러고는 얼마 뒤 소고를 두드리며 나타났다. 나만 없었지 다른 아이들은 이미 다 갖고 있었던 것이다. 장단이 뭔지도 모르고 흥겹게 두드리며 놀았던 그 시절이 참 순수하고 좋았던 것 같다. 꽃하고도 놀고 햇살하고도 놀고 별하고도 놀고 그랬으니까.

멀쩡한 사람도 생각의 샘이 말라버리면 하루아침에 허수아비가 된다. 먹고 자는 일이야 본능적으로 되풀이되지만 머리가 비어 있으니 의욕도 떨어지고 열정도 사라져버렸다. 삶의 균형을 잃은 내 눈동자는 초점마저 없어졌다. 사실 이렇게 된 것은 두 해 전에 백두산에서 문전박대를 당한 충격 때문이었다. 그것은 산신령이 더 이상 나에게 노래를 주지 않는다는 것을 뜻했다. 그렇게 생각하고 보니 내 힘으로는 노래를 만들 수 없다는 것을 스스로 증명한 꼴이 되고 말았다. 노래 캐던 사람이 노래를 캘 수 없게 되었다는 것은 목소리를 잃어버린 가수와 다를 바가 없지 않은가.

꿈꾸는 노란 기차

높낮이에 얽매여

장단을 놓치고

그것을 뉘우치다

셈여림을 잊었네

—「까불다가」(1996)

한국에 있을 때보다 중국에 와서 더 허한 마음이 들었다. 머리
는 텅 비어 있고, 귀에서는 이상한 소리가 들렸다. 지금도 귓가에
서 낯선 목소리가 들린다. 누군가 하여 주위를 둘러보면 아무도
없다. 그러다 하얀 달과 눈이 마주쳤는데 신기하게도 달이 나에게
말을 건네는 것이었다.

"이제 자네는 노래를 만들 자격도 없는 사람이야."

나는 깜짝 놀랐다. 달이 나한테 말을 걸다니? 그렇지만 분명히
달이었다. 내가 달을 뚫어지게 바라보자 달은 못마땅하다는 듯이
말을 이어갔다.

"뭐? 온 겨레가 함께 부르는 아리랑을 만들어보시겠다고? 자네
같은 사람을 보고 나무거울이라고 하지."

"나무거울이라니?"

"자네처럼 겉모양만 그럴듯하고 아무짝에도 쓸모가 없는 사람

을 일컫는 말이지."

그 순간 갑자기 쿵 하는 소리가 나더니 아무 소리도 들리지 않았다. 머리를 세게 얻어맞은 것 같기도 하고 어디에 부딪힌 것 같기도 했다. 보이는 건 그대로인데 사방이 고요했다. 잠시 뒤, 어디선가 사람들이 모여들었고 나를 향해 손가락질하는 사람들도 눈에 띄었다. 정신을 차리고 보니 내가 어디에 걸려서 넘어졌던 모양이다. 왼쪽 광대뼈 쪽이 까지고 피가 조금 흐르고 있었다.

다시 일어나 비틀비틀 걸었다. 중국 와서 이렇게 비틀대며 걸어보기는 또 처음이었다. 압록강 상류에서 내가 강을 건너지 못한 것은 아낙이 말을 하지 않아서가 아니었다. 그리고 강 건너 어린 병사에게 손을 내밀지 못한 것도 그들이 총을 지니고 있어서가 아니었다. 스스로 쌓은 유리벽 안에 갇혀 있는 내 모습 때문이었다. 이제 속내가 다 드러났으니 더이상 창피해지지 않으려면 이곳을 떠나야 한다.

다행히 달이 보이지 않았다. 달에게 속내를 보여주지 않으려 고개를 숙이고 걸었다. 그때 강가에 버려진 나무 작대기 하나가 눈에 들어왔다. 그것을 칼로 대충 다듬은 다음 지팡이 삼아 넋 나간 사람처럼 걸었다. 아무도 내 모습을 보고 관광객이라고 할 사람은 없었다. 그런데 다시 나타난 달이 내 걸음을 멈추게 하였다.

"유리벽에 갇혀 있었다는 말로 핑계 대지 말게. 자네는 얼마든지 유리벽을 깰 수 있었어. 하지만 손이라도 다칠까봐 지레 겁을 먹은 거지. 겁쟁이가 어떻게 온 겨레를 위한 노래를 만들 수 있다는 게야. 껍데기만 온 겨레를 위한 노래면 뭐하나, 속 알맹이가 들어 있어야지. 그러니까 말도 안 되는 소리 집어치우고 집으로 돌아가시게."

그 소리를 듣고 나는 길바닥에 털썩 주저앉고 말았다. 이제는 영영 노래를 만들 수 없을 거라는 생각이 든 것이다. 스스로에게 너무 화가 난 나머지 마음속을 들여다보려고 두 손으로 윗옷을 찢었다. 단추가 떨어져나가고 옷이 찢어졌다. 아, 이 바보 같은 놈아, 그렇게 한다고 마음속이 보이니?

강가에는 어제처럼 많은 사람들이 나와 있었다. 갑자기 그 사람들이 관객으로 보이기 시작했다. 강을 사이에 두고 내가 있는 쪽이 무대, 강 건너 저쪽이 객석이라는 생각이 든 것이다. 무슨 소문을 듣고 왔는지 많은 관객들이 내 행동을 하나하나 지켜보는 것만 같았다. 어서 이 무대에서 퇴장하고 싶었다. 그런데 그때 각본에 없는 배우가 등장했다.

"안녕하십네까? 저, 남조선에서 온 촬영가 선생이시지요?"

그 사람은 다짜고짜 나를 '남조선에서 온 촬영가'라고 불렀다. 아마 내가 카메라를 메고 다니는 것을 어디서 봤던 모양이다. 놀라는 기색을 감추고, 그 사람을 뚫어져라 쳐다보았다. 한국 사람을 보면 술집으로 안내해서 바가지를 씌운다는 얘기를 들은 적이 있는 데 혹시 그런 사람이 아닐까 싶기도 했다. 그는 검은 안경에 개똥모자를 쓰고 있었다. 그 사람의 안경에 술 취한 내 얼굴이 비쳤다.

"이봐 동무, 내가 남조선 사람으로 보이는가?"

그가 내 얼굴에서 풍기는 술냄새를 맡고 미간을 찡그리다가 찢어진 옷을 보며 고개를 갸우뚱거렸다. 나는 지팡이를 짚으면서 노인처럼 걸으며 그를 지나쳤다. 이 모습을 본 그는 내 등에다 대고 '아편쟁이'라고 소리를 쳤다. 뒤이어 이번에는 또다른 패거리들이 나를 향해 걸어오고 있었다. 아까 그 사람과 한패인 듯, 똑같은 차림의 남자 세 명은 내게 시비를 걸기 위해 오고 있는 것 같았다. 나는 만일의 사태에 대비해서 지팡이를 꽉 잡았다. 얼마 전에도 한국 사람이 납치되었다는 소문을 들었던 터였다. 웬만하면 혼자 다니지 말라고 했는데….

이윽고 그들과 얼굴이 마주쳤다. 그런데 별다른 말도 없이 그대로 나를 지나치는 것이었다. 지나가는 사람들을 바라보면서 스스로가 한심했다. 아무리 분위기가 흉흉해도 그렇지, 왜 그들이 나를 납치할 거라고 생각한 것일까? 문제는 색안경이었다. 색안경을 끼고 있었던 건 그들인데 막상 내가 색안경을 낀 꼴이 되지 않았는가? 나는 그렇게 아편쟁이가 되어 강물 따라 비틀거리며 걸었다. 이런 무대에는 서고 싶지 않았으나 강 건너 관객들은 아직도 돌아가지 않고 내 추한 모습을 계속 지켜보고 있었다. 아무래도 어둠이 내려와야 자리를 뜰 건가 보다.

🍃

다시 나타난 달이 나에게 괴로우냐고 물었다. 고개를 끄떡이며 달을 쳐다보았더니 뭐가 그리도 괴로우냐며 비아냥거렸다. 마음이 움직이지 않는다고 하니까 마음이 마비된 거라며 어서 집으로 돌아가라고 말했다. 내가 아무 말도 하지 않자 달이 목소리를 가다듬고 다시 말을 이었다.

"맨 처음엔 그래도 순수했어. 아리랑꽃을 찾으러 백두산에 간다고 했을 때 말이야. 그때는 나도 자네에게 뭔가 도움을 주려고 했지. 그런데 뭐에 홀렸는지 금세 변하더군."

"변하다니?"

"인천항을 떠날 때 배에서 다짐했던 말을 떠올려봐. 그때 분명히 아리랑꽃을 찾아 백성들한테 바치겠다고 했어. 그러다가 말을 바꿔서 온 겨레가 함께 부를 아리랑을 찾겠다고 한 거지. 그건 의미가 좀 다르다고 생각해. 아리랑꽃을 찾아 백성들한테 바치겠다고 한 것은 맑은 마음이지만 온 겨레가 함께 부를 아리랑을 찾겠다는 것은 탁한 마음이지."

"탁한 마음이라니?"

"허허, 온 겨레가 함께 부를 아리랑을 찾겠다는 것 자체가 욕심 아닌가?"

"아니, 온 겨레가 함께 부를 아리랑을 찾겠다는 것이 어째서 욕심인가?"

"이 사람아, 그런 일은 하늘이 하는 일이지. 사심 없이 열심히 일한 자에게 하늘이 내리는 선물이란 말이야. 그걸 자네가 직접 찾겠다고 하니까 하늘이 노하신 거지. 혹시, 그런 노래를 찾아서 백성들한테 칭찬이라도 받고 싶었나? 그렇게 자신을 빛내고 싶었느냐, 그 말이야."

나는 그런 적이 없다고 말했다. 그랬더니 자신을 속이지 말라며 이번에는 타이르듯이 말하는 것이었다.

"자네 마음속에 깃발이 꽂혀 있는 거 여기서 다 보여. 자신의 존재를 알리려고 자네가 직접 꽂아놓은 거잖아. 그 깃발에 가려 노래가 보이지 않는다는 걸 자네도 잘 알지 않는가? 난 이 꼭대기에서 내려다보기 때문에 자네의 행동은 물론 마음속까지 다 볼 수가 있어."

"그럼 나는 어찌해야 하는가?"

"어쩌긴, 집으로 돌아가야지. 산신령도 자네에게 실망하여 더이상 노래를 주지 않잖아. 그러니까 괜한 고집 부리지 말고 돌아가시게. 솔직히 자네는 실력이 안 되잖아. 제 분수도 모르면서 어떻게 온 겨레가 부르는 아리랑을 만들겠다는 건가? 술도 그만 마시게. 술 마신다고 해결될 일도 아니지 않은가? 도대체 순수했던 자네 마음은 다 어디로 간 거야?"

"그런데 노래는 왜 보이지 않는 거지?"

"어둠을 멀리해서 그런 거지."

"좀 알아듣기 쉽게 말해주면 안 되는가?"

"자네 산 좋아한다며? 야간산행 할 때를 떠올려 봐. 랜턴을 켜고 걸으면 불빛 따라 걸을 수는 있지만 주위는 컴컴해서 아무것도 보이지 않지. 하지만 랜턴을 끄면 말이야, 달빛 젖은 길이 나타나고 능선도 보이고 별도 보이고 그러는 거지."

거짓은 거짓을 낳고….

사실 나는 음악에 대해서 아는 것도 없으면서 마치 잘 아는 것처럼 나 자신과 사람들을 속이면서 살았다. 언젠가는 그것 때문에 괴로워할 거라는 것도 잘 알면서 말이다. 이번 여행도 그렇다. 백두산을 오르고 압록강에 가는 것이 무슨 큰 이력이 되는 것도 아닌데 무슨 대단한 일이라도 하고 있는 것처럼 폼을 잡지 않았는가? 겉으로는 겸손한 척하면서 속으로는 내 존재를 알리고 싶어하는 그런 위선이 나는 싫었다. 왜 그걸 알면서도 계속 이런 짓을 하는 걸까. 깃발을 들고 다니면서 나를 알리기는 창피하니까 마음속에다 몰래 깃발을 꽂아놓은 것 아닌가? 그래 봤자 펄럭이지 않는 깃발은 깃발도 아니지. 강 건너 보이는 저 커다란 깃발 조형물처럼 말이다.

사실대로 말하자면 깃발은 내가 꽂은 것이 아니라 욕심이라는 놈이 꽂은 것이었다. 하지만 그렇게 말하면 사람들이 나를 치사한 놈으로, 자기가 한 짓을 욕심한테 전가시키는 놈으로 생각할까봐 아무 말 못하고 가만있었다. 달님마저 날 보고 집으로 돌아가라고 하는 마당에 내가 한 짓이 아니라고 한들 누가 내 말을 믿어주겠는가. 하지만 이유야 어찌되었든 내가 나를 지키지 못한 것은 사실 아닌가.

한국에 있을 땐 몰랐는데 중국에 와서 돌아다니다보니 한국이 저절로 그리워진다. 집 생각도 나고 동무들도 보고 싶고 심지어는 나에게 사기를 쳤던 사람들마저 하나하나 다 그리워진다. 내가 나를 벗어나야 나를 볼 수 있고 노래를 벗어나야 노래를 볼 수 있음이다. 말은 그럴싸하게 했지만 사실 방법을 모르겠다. 한국을 벗어나려면 비행기를 타거나 배를 타면 되지만 노래에서 벗어나려면 어떻게 해야 하는 것일까? 어쩌면 나는 노래를 잊으려는 노력은 해보지도 않고 그냥 잊기를 바랐는지도 모른다. 언제였던가, 잊고 있었던 빗소리를 듣는 순간 그 소리가 너무 반가워서 집 밖으로 뛰쳐나가 온몸으로 비를 맞았지. 노래도 그렇게 잊고 살다보면 어느 날 갑자기 노래의 향기가 풍겨와 나를 기쁘게 해주지 않을까?

눈을 감고 천천히 지난날을 떠올려본다. 그동안 나는 노래 늪에 빠져서 허우적대고 있었다. 허우적댈수록 더 깊이 빠지는 줄도 모

꿈꾸는 노란 기차

르고 말이다. 그러니 노래가 보일 턱이 있었을까. 선녀들은 내려
오지 않았다. 그러니까 하늘에서 내려온 노래 또한 없었던 거다.
없는 노래가 어떻게 솔꽃강으로 흘러가고 압록강, 두만강으로 날
아간단 말인가. 나를 볼 때마다 노래 이야기를 했던 백두산 기상
소장은 알고 있었다. 내가 노래를 보지 못한다는 사실을. 그는 나
를 위로해주려고 그런 말을 했던 것이다.

　지금 내 몸은 불 밝은 장백에 있지만 내 마음은 강 건너 불빛처
럼 어둡다. 강 건너 드문드문 보이는 불빛은 어둠을 밝히려는 게
아니라 오히려 여기는 어두운 동네라고 알리고 있는 것만 같다.
모두들 일찍 잠자리에 든 모양이다. 아까 낮에 강가에서 고기 잡
던 애들도 곤히 잠들었겠지? 아참, 애들아, 고기는 많이 잡았니?

　　장백의 불빛이 아무리 밝다 한들
　　혜산만 하겠는가
　　저 하늘에 걸려 있는 달이
　　혜산의 가로등이거늘
　　어찌 장백의 가로등과 견줄쏜가
　　달빛에 반짝이는 저 강물을 보라
　　혜산의 불빛이 아니더냐

　　―「강 건너 불빛」(1996)

3＿ 아득한 북소리

별들이 흔들린다. 단단히 박혀 있던 별들이 금방이라도 떨어질 것 같다. 저 별들이 떨어지면 무서운 세상이 되겠지. 비틀거리던 나는 결국 강가에 쓰러지고 말았다. 물 흐르는 소리가 아련히 들리고, 꿈결인지 바람결인지 어디선가 아득한 북소리가 들려왔다. 멀리 백두산에서 들려오는 것 같기도 하고 강 건넛마을에서도 들려오는 것 같기도 했다. 도대체 북소리는 나에게 무슨 말을 전하려는 걸까? 북소리 들리는 그곳에 가면 욕심 없는 마음을 만날 수 있다는 것을 알려주려는 걸까? 별들이 아까보다 더 심하게 흔들린다. 저 별들이 떨어지기 전에 찾아야 한다. 어린 날에 바라보았던 내 작은 별을.

바로 그때 소고 소리가 들리기 시작했다. 눈을 살짝 떠보니 어디서 나타났는지 네다섯 살 먹은 아이들이 나를 에워싸고는 소고를 두드리고 있는 것이었다. 내가 다시 환각에 빠진 것이다. 부스스 일어나 무릎을 꿇었다.

"산신령님 제가 잘못했습니다. 이제 온 겨레가 함께 부르는 아리랑은 더이상 찾지 않겠습니다."

그때 어디선가 또 북소리가 들려왔다. 천천히 하늘을 올려다보았다. 저 멀리서 한줄기 별빛을 타고 내려오는 소리가 보였다. 어릴 때 바라보았던 그 작은 별에서 보내는 소리였다. ■

꿈꾸는 노란 기차

4 _____

나무 없는 길

숨겨놓은 것이 소중한 것이 아니라

늘 곁에 있는 것이 소중한 것이다

어렸을 때 나랑 같이 놀던 동무들은 다 어디로 갔을까?
채송화, 백일홍, 복슬강아지, 아침마다 나를 깨우던 햇살 그리고
내 마음과 내 발을 지켜주던 일기장과 신발들, 외로울 때 나를 위
로해주던 기타와 비…. 그때는 그것들이 소중한지도 몰랐는데 이
제 와서 소중하게 여겨지는 것은 왜일까? 그렇다면 지금 내 옆에
있는 물건들도 먼 훗날엔 소중한 보물이 되겠네.

꽁꽁 숨겨놓은 것이 소중한 것이 아니라 늘 곁에 있는 것이 소
중한 것이다. 그것들은 더 잃어버리기가 쉽다. 어른이 되어서 잃
어버린 것들 가운데 가장 소중했던 물건은 수첩이었다. 그 수첩에
는 산신령이 던져준 노래들로 가득했는데 그걸 그만 잃어버린 것
이다. 다행히 몇 곡은 다듬어서 옮겨놓았지만 나머지는 안타깝게

도 두 번 다시 떠올릴 수 없었다. 그런데 최근 들어 나는 소중한 것을 또 잃어버리고야 말았다. 바로 슬픔이다. 요 몇 년 동안 단 한 곡도 캐지 못한 것은 따지고 보면 산신령이 노래를 주지 않아서가 아니라 슬픔이 사라진 탓이기도 하다.

뜻한 바가 좌절되거나, 사랑하는 사람들과 헤어질 때 우리는 슬픔을 느낀다. 그런데 지금 내 안에서 사라져버린 슬픔은 그런 종류의 것이 아니다. 나에게 있어 슬픔은 건전지와도 같은 존재다. 지금 내 모습은 마치 건전지가 다 되어 멈춘 시계 같다. 설령 내 가슴에 슬픔이 남아있다고 해도 수명을 다한 건전지와 다를 게 없으니 아무런 소용이 없다. 슬픔도 건전지처럼 갈아끼울 수 있다면 얼마나 좋을까?

땅이 슬픔이라면 그 땅에서 나오는 곡식과 채소, 과일이나 꽃 들은 기쁨이다. 그래서 농부들은 가을걷이가 기쁜 것이다. 나는 슬픔이란 바탕을 잃어버렸으니 노래도 인생도 사라진 셈이다. 슬픔이라는 땅이 없어서 꽃을 피우지 못하고 있는 내 심정을 누가 알아주겠는가? 뒤늦게 나는 깨닫는다. 슬픔은 인생의 그림자라는 것을.

오늘은 일정이 없어서 아무 생각 없이 연길 시내를 거닐었다.

그러고 보니 중국 와서 한가로이 거리를 걸어다닌 적이 없었던 것 같다. 덕분에 연길 동포들을 눈여겨볼 수 있었다. 청소년들은 우리네 청소년들과 머리 모양과 옷맵시만 다를 뿐이었고 어른들 역시 말투만 다를 뿐 크게 다를 것이 없었다. 그런데 그들은 왠지 한국 사람들을 좋아하지 않는 것 같았다. 말로는 같은 동포라고 하는데 무슨 까닭인지 묘한 거리감이 느껴졌다. 물론 상점이나 유흥 음식점 주인들은 한국 사람들을 반긴다지만 그것은 장사를 위해 어쩔 수 없이 그러는 거겠지.

전 세계에 흩어져 살고 있는 우리 민족이 하나의 정서로 이어지지 못하는 것은 이 나라에 제대로 된 통치자가 없었다는 것을 뜻하기도 한다. 재일 동포, 재미 동포, 고려인, 조선족 등등 이렇게 서로 다른 이름으로, 서로 다른 모습으로 살아가고 있는데도 정부에서는 아무런 관심을 갖지 않고 있다. 전 세계에 흩어져 살고 있는 우리 민족을 하나의 정서로 이어주는 제대로 된 통치자가 나온다면 우리나라도 썩 괜찮은 나라가 될 수 있을 것이다.

며칠 전 연길 시내에서 내 얼굴과 똑같은 사진이 걸려 있는 사진관에 들렀을 때, 사진의 주인공이 혹시 내 조카가 아닐까 싶어 사진관 사장에게 이름이나 연락처 좀 알아봐달라고 부탁을 했었다. 오늘 들르면 반가운 소식이 기다리고 있을 것 같아서 설레는

꿈꾸는 노란 기차

마음으로 사진관으로 향했다. 사진관 앞에 도착해 나는 쇼윈도 안에 걸려 있는 사진을 다시 한번 쳐다보았다. 아무리 봐도 나랑 비슷하게 생겼다. 저 사진 속 얼굴이 내 조카가 맞다면 형들과 누나의 소식을 알 수 있을 것이다. 기적 같은 만남을 기대하며 사진관 문을 열고 안으로 들어갔다. 그런데 사장이 보이지 않았다. 그는 지금 일을 보러 베이징에 갔다고 했다. 허전한 마음을 감춘 채 쇼윈도 안에서 웃고 있는 사진을 바라보며 다음에 다시 보자고 손을 흔들어주었다.

날이 어두워 숙소로 돌아가다가 어스름한 골목에서 한국 음식을 파는 식당 간판을 보았다. 모처럼 우리 음식을 먹고 싶던 차에 미끼에 걸려든 물고기처럼 그곳으로 향했다. 식당에 들어서니 구수한 된장찌개 냄새가 코끝에서 맴돌았다. 자리에 앉자마자 해물 된장찌개를 시켰다. 잠시 뒤, 보글거리는 된장찌개가 내 앞에 놓였다. 구수한 냄새가 콧속을 찌르자 곧바로 침샘이 돌았다. 아, 얼마 만에 먹어보는 된장찌개인가! 황홀한 느낌으로 국물 한 숟가락 떠서 입에 넣었다.

'음, 바로 이 맛이야!'

이번엔 반가운 마음으로 조개를 집었다. 그런데 빈 껍데기였다. 국물을 떠먹으면서 주방장이 내가 올 것을 알고 일부러 빈 조개껍데기를 넣은 것인지도 모른다는 생각을 했다. 내가 빈껍데기뿐인 인간이라는 것을 나 자신에게 일깨워주려고 말이다. 그렇게 생각하니까 그 주방장에게 참 고마웠다.

　나 같은 놈도 이 세상의 구성원으로 쳐줄까? 만약 나도 이 세상의 구성원이라면 내 역할은 뭘까? 난 그저 구색용 인간인 건가. 아니지, 나 같은 구색용도 있어야지. 그래야 사람들이 나 같은 빈껍데기를 보고 정신을 차리지.

❦

　원래 껍데기라는 말은 겉을 싸고 있는 물질이란 뜻인데 언제부턴가 알맹이가 없다는 뜻으로도 쓰이게 되었다. 대부분 사람들은 지저분한 껍데기보다는 깨끗한 껍데기를 선호한다. 껍데기라는 것이 알맹이를 보호하다보면 더러워질 수도 있는데도 말이다. 문제는 껍데기 노릇을 못하는 껍데기들이다.

　정치인, 종교인, 교육자 등 이들 중에서 껍데기 역할은커녕 오히려 추한 짓을 일삼는 사람들이 있다. 그런데 이런 사람들은 자기가 무슨 짓을 하고 다니든 겉모습만 번지레하면 국민들이 믿어주고 존경해주는 줄 알고 있는 것이다. 하지만 껍데기가 번지레하다는 것은 그만큼 농약을 많이 쳤다는 얘기 아니겠나? 그들이 진심으로 백성들을 위해서 일을 했다면, 일 하다가 더러워진 껍데기를 뭣 때문에 감추려고 하겠는가? 86년 아시안게임과 88년 올림

꿈꾸는 노란 기차

픽 때 우리는 대한민국을 알리려고 얼마나 애를 썼는가. 덕분에 한국을 알리는 데는 성공했지만 세상 사람들은 한국이라는 나라를 알아주지 않았다. 왜냐, 깨끗한 껍데기만 보여줬기 때문이다. 그때 더러운 껍데기도 함께 보여줬더라면 좋았을 것을.

하늘 어디에선가 아득히 헬기 소리가 들려왔다. 그 소리에 잠을 깨어 창밖을 내다보니 눈부시게 빛나는 파란 하늘과 뭉게구름이 온 마을을 감싸고 있었다. 오늘도 메마른 날씨다. 갑자기 빗소리가 듣고 싶어졌다. 그러고 보니 비 구경 한 지도 꽤 오래되었다. 빗속에서 풍기는 흙냄새, 풀 냄새 그리고 비에 젖은 바람 냄새, 사람 냄새가 그립다. 사람들은 그걸 그냥 비 냄새라고 하는데 나는 비 비린내라는 말이 더 정겹고 좋다. 어찌되었든 내 마음은 쭈글쭈글한데 파란 하늘과 뭉게구름은 뽀송뽀송하기만 하다.

오늘은 두만강 발원지를 보러 가기로 했다. 발원지는 물줄기가 처음 시작한 곳을 말하는 것인데 어떻게 그토록 작은 물방울 하나하나가 모여 이다지도 큰 강줄기를 이룰 수 있는지 참으로 경이롭다는 생각이 든다. 문득 내가 어느 강줄기에도 합류하지 못한 물방울 같다는 생각이 들었다. 아마 그래서 세상의 구성원이 될 수 없었나보다. 그래도 일단은 발원지 가서 물빛이나 확인해보자고, 지나가는 풍경을 바라보며 억지로 기운을 차렸다. 사실 궁금하긴 했었다. 두만강은 처음부터 슬프게 흘렀는지, 아니면 흐르다가 슬퍼졌는지.

❧

뭘 좀 먹고 가려고 어느 조그만 마을에 차를 세웠다. 사람도 자동차처럼 며칠 분 식사를 한꺼번에 했으면 좋겠다. 하루에 세 번이나 밥을 먹는다는 것은 시간 낭비이자 식량 낭비 아닌가 싶다. 그런데 식당이 보이지 않는다. 마침 지나가는 아주머니가 있어서 여기가 어디냐고 물어보니 '개산둔(開山屯)'이란다. 다음 마을은 또 얼마나 더 가야 할까. 하루 세끼 식사에 길들여진 내 배에서 꼬르륵 소리가 난다.

얼마나 달렸을까? 드디어 마을이 나타났다. 그런데 이 마을 분위기가 심상치 않다. 모든 것이 정지된 가운데 움직이는 것이라고는 바람에 살랑대는 나무 이파리들과 조용히 흐르는 강물뿐, 며칠 전에 보았던 압록강 상류 마을과 다를 게 없었다. 강가 쪽으로 조그만 식당들이 몇 채 보이기는 했지만 마을은 마치 버려진 영화 세트장처럼 썰렁했다. 아무리 외진 마을이라도 그렇지 이렇게 고요할 수가 있나? 몇 년 전에 만주리(滿洲里)라는 국경 마을에서 강도를 만난 일이 있었는데 혹시 이 마을에서도 그런 일이 일어나지 않을까 싶어 나는 조심스럽게 주위를 살펴보았다. 설마, 나비 한 마리도 보이지 않는 이런 마을에 무슨 일이 있으려고?

꿈꾸는 노란 기차

압록강 마을에서는 오리들이 차를 인도했는데 이곳은 개 짖는 소리조차 들리지 않았다. 유리창에서 반사되는 햇살처럼 나뭇잎에서도, 길바닥에서도 뜨거운 햇살이 튕겨져나와 눈을 부시게 했다. 길 상태가 좋지 않아 마 동무는 아주 천천히 차를 몰았다. 하늘을 바라보니 하얀 구름들이 빙산처럼 보였다. 어쩌면 이곳은 구름들이 쉬어가는 마을인지도 모르겠다. 잠시 뒤, 마을을 완전히 벗어난 우리는 모두들 안도의 한숨을 쉬었다.

날씨가 얼마나 메마르고 더운지 바람 한점이 그리웠다. 조금 전 지나온 마을은 쉴 곳이라도 있었지 이 길은 그야말로 따분하기 그지없었다. 등에서는 땀이 줄줄 흐르지, 열린 차창에서는 더운 바람이 들락거리지…. 이거야 원, 나무 그늘이라도 있어야 쉬어갈 것 아닌가. 길가에 나무가 한 그루도 없다는 사실을 알고 나니까 갑자기 삭막한 기분이 들었다. 사실 삭막한 걸로 말하자면 내 마음도 마찬가지다.

길가에 나무들이 왜 서 있어야 하는지 이제야 알 것 같다. 평소에는 가로수를 본체만체 했는데 세상살이라는 게 뭔가 있던 것이 없어져 봐야 정신을 차리는 모양이다. 사랑이 떠나도 사랑을 그리워하고 꿈이 사라져도 꿈을 그리워하며 살아야 하는 까닭이다. 생각해보면 슬픔이란 길가의 나무와 같다. 슬픔 없이 산다는 것은 나무 없는 길을 걸어가고 있는 것과 다를 바가 없는 것이다.

　가난하다고 불행한 것이 아니고 풍요롭다고 행복한 것이 아니다. 지금 우리는 왠지 행복의 껍데기만 좇으며 사는 것 같다. 무엇이 진정한 가난이고 풍요인지 모를 때도 많다. 그야말로 가난한 세상이 된 것이다. 이렇게 행복의 껍데기만 바라보고 산다면 머지않아 슬픔이 사라질 것이다. 새는 한쪽의 날개로는 날 수 없다. 사람도 그렇다. 슬픔과 기쁨의 날개가 같이 움직여야 날 수 있고 행복과 불행의 날개가 같이 움직여야 날 수 있다. 그럼에도 사람들은 슬픔, 불행은 보지 않고 기쁨, 행복만 본다. 풍요가 지나치면 가난이 된다는 것을 모르고 있는 것이다. 아무리 훌륭한 사람이라고 할지라도 한쪽 날개만 쓴다면 한쪽 방향으로 날 수밖에 없다.

　이 길은 흙먼지가 심하게 날려서 마주 오는 차가 보이면 얼른 차창을 올려야 한다. 그렇지 않으면 흙먼지가 차 안으로 들어와 꼼짝 없이 횟가루를 뒤집어쓰게 된다. 차가 지나가고 먼지가 사라지면 다시 차창을 내리는데 손잡이가 어찌나 뻑뻑한지 그걸 잡고 돌리다보니 땀이 비 오듯 흘렀다.

　나 어릴 때만 하더라도 헐벗은 민둥산을 보는 일이 어렵지 않았고 길가에 서 있는 나무들 또한 별로 없었다. 당시 〈대한 뉴스〉를 보면 우리가 얼마나 가난하게 살았는지를 알 수가 있다. 그런데 왜 사람들은 그때보다 더 각박해진 걸까?

방금 좋은 생각이 떠올랐다. 우리 모두가 마음속에 나무 한 그루씩 심는 것이다. 그러면 서로 그늘이 되어줄 테니 메마른 곳은 없을 거라는 생각이다. 하지만 그 나무를 잘 키우려면 슬픔이라는 거름이 있어야 한다. 슬픔은 사랑의 다른 말이기도 하다.

산 아래 샛강에서 북조선 군인들이 트럭을 세워놓고 세차를 하고 있는 모습이 보인다. 그들을 처음 보았을 때는 우리와 복장도 다르고 낯설게 느껴져 자꾸만 쳐다보곤 했는데 자주 보니까 이제는 아무렇지도 않다. 어릴 적 초등학교에서는 왜 북한 사람과 남한 사람은 다르다고 가르쳤는지 모르겠다. 자본주의, 사회주의라는 '껍데기'가 달라서 그런걸까? 몇 년 전에 어느 방송에서 북한에 대한 요즘 아이들의 생각을 조사한 적이 있었는데 놀랍게도 북한을 외국이라고 생각하는 아이들이 적지 않다는 내용이었다. 그것을 보고 무척 속상했다. 우리나라를 북한과 남한 둘로 나누어 가르치지 말고 함경도, 평안도, 황해도, 경기도, 강원도, 충청도, 전라도, 경상도, 제주도… 이렇게 하나로 가르쳤더라면 적어도 북한을 외국이라고 생각하는 아이들은 없었을 것이다.

저만치 검문소가 보인다.

군인 두 명이 나와서 되돌아가라는 시늉을 한다. 손 동무 얘기를 들어보니, 길이 망가져서 3일 뒤에나 갈 수 있다고 한다. 맥이 탁 풀렸다. 그렇다면 길 아래쪽에다 안내판이라도 세워놓을 것이지, 괜히 힘들게 올라온 늙은 자동차한테 미안하다는 생각이 들었다. 그들은 그저 지나가지 못하게 하는 것이 자기네들의 임무라고 생각하는 것 같았다. 압록강 발원지 갈 때처럼 이번에도 그리되었으니 길이라는 게 내가 가고 싶다고 가게 되는 건 아닌 모양이다.

허탈한 기분으로 되돌아가는데 자동차가 영 시원치 않다. 다행히 마을에 내려와서 멈췄기에 망정이지 중간에서 멈췄으면 개고생을 할 뻔했다. 마 동무가 차를 고칠 동안 나는 강둑에 앉아서 북녘땅을 바라보았다. 강폭이 20미터 정도밖에 안 되는데다가 너무 조용하다보니 북녘땅 어느 마을에 들어와 있는 것처럼 느껴졌다.

혹시 누가 나를 감시하고 있는 것은 아닐까 하는 생각도 들었다. 그때 마침 건너편 강둑에서 사람 하나가 불쑥 고개를 내미는 것이 보였다. 자세히 보니 그 사람은 나무 뒤에서 이쪽을 계속 살펴보며 누군가와 접선을 하려는 것 같았다. 그때, 이쪽에서 저쪽으로 헤엄쳐가는 사람이 있었다. 그가 맞은편 강 언저리에 다다르자 나무 뒤에 있던 사람이 강 쪽으로 내려왔다. 두 사람은 무언가를 주고받고

꿈꾸는 노란 기차

얼른 돌아섰다. 아마 필요한 물건이나 헤어진 가족들의 소식이 전해졌을 것이다. 저렇게라도 소식을 전해줄 수 있는 '사설 배달부'가 있어서 그나마 다행이다. 돈이 좀 있는 사람들은 어떤 방법으로든 가족들과 연락을 할 수 있고 약속한 장소에서 만날 수도 있다. 하지만 그렇지 못한 사람들은 그저 좋은 세상 오기만을 기다리며 살 수밖에 없다. 그런데 그 놈의 좋은 세상이라는 게 언제 온다는 건지, 오기나 하는 건지.

✦

고요하던 마을에 무슨 일이 일어났는지 한 200여 미터쯤 앞에 사람들이 모여 있는 것이 보였다. 궁금한 생각이 들어 그쪽으로 가보려고 자리에서 일어나는데 색안경을 쓴 젊은 남자 하나가 우리 쪽으로 걸어오는 것이었다. 그 사람이 우리에게 다가와서는 대뜸 남조선에서 온 기자 선생이 아니냐고 물었다. 카메라를 메고 있던 우리 모습이 기자처럼 보였던 모양이다. 안 동지가 쳐다보기만 하고 아무 대꾸를 해주지 않자 그는 시큰둥한 말투로, 시체 한 구가 떠올랐는데 가보지 않겠느냐며 억지 미소를 지었다. 그래도 아무 대꾸를 해주지 않자 우리 뒤에서 투덜거리며 따라오다 슬그머니 사라졌다.

사람들이 모여 있는 곳으로 가보니 모두들 강 가운데에 있는 모래톱을 바라보고 있었다. 자세히 보니 모래톱 가장자리에 엎드려 있는 여자 시체가 보였다. 동네 사람들이 하는 얘기를 들어보니 먹을 것을 구하러 일주일에 한 번씩 강을 건너오던 여자란다. 원래는 두 여자가 함께 다녔는데, 다른 한 여자는 지금 누군가의 집에서 보호를 받고 있다는 얘기도 들렸다. 참 이상한 일이다. 아까 이 마을을 지날 때만 해도 사람들이라고는 볼 수가 없었는데 어디서 이렇게 많은 사람들이 나타났을까? 마을 사람들은 카메라를 메고 있는 우리를 보자 신문사에서 기자들이 왔다며 수군댔다. 안 동지가 사진을 찍으려 하자 조금 전 우리에게 말을 붙이던 그 남자가 불쑥 나타나서는 큰소리로 말했다.

"구경만 하라 그랬지 누가 사진을 찍으라고 했소?"

그는 다짜고짜 카메라 렌즈를 손으로 가리면서 안 동지를 노려보았다. 그러자 안 동지가 낮은 목소리로 말했다.

"바로 네놈이 그놈이로구나."

"시끄럽소. 국경에서는 함부로 사진을 찍을 수 없다는 걸 모르오?"

어느 특집 방송에서 시체를 보여주고 돈을 받는다는 얘기를 한 적이 있었는데 혹시 그런 일인가 싶었다. 안 동지가 그의 멱살을 틀어잡고 말했다.

"동무래 나한테 시체 보여주고 돈을 요구하려고 했지?"

하마터면 큰 싸움이 일어날 뻔했다. 옆에서 지켜보던 노인 한 사람이 둘 사이를 갈라놓고는 말했다.

"제발 사진 잘 찍어서 세상에 좀 알려주시오, 기자 선생."

노인의 그 말 한마디에 그 남자는 뒤로 물러나고 말았다. 하지만 왠지 기분이 좋지 않았다. 한 동포는 물에 빠져 죽고, 한 동포는 죽은 동포 보여주고 돈 받을 궁리나 하고, 또다른 한 동포는 그 동포의 멱살을 잡고….

이런 일도 따지고 보면 다 방송 때문에 생겨난 것이다. 언젠가 북한에 관한 특집 방송을 보았는데 압록강, 두만강에 날마다 수십 구의 시체가 떠내려간다는 해설을 들었다. 비록 오늘 두만강에서 처음으로 시체를 보긴 했지만 날마다 수십 구의 시체가 떠내려간다고 했던 그때 그 특집 방송에 대해선 여전히 공감하기가 어려웠다. 또 강가에서 어떤 아주머니가 토하는 장면을 보여주면서 먹을 것이 없어 나무껍질을 삶아먹고 토하는 거라고 했다. 화면을 보면 강 건너에서 찍은 것 같은데 어떻게 토사물을 나무껍질이라고 단정할 수 있는지, 그리고 설사 그렇다 치더라도 이런 식으로 남북을 비교하는 것은 좀 고리타분하지 않은가 하는 생각도 들었다. 더더군다나 그것이 시청률 때문이라면 정말 딱한 노릇이다. 남북이 서로 가까워져야 하는데, 이렇게 되면 오히려 더 멀어지는 것을 부추기는 일이 아닌가?

입장을 바꿔서 북한에서도 똑같은 방법으로 남한에 관한 특집 방송을 했다고 생각해보자. 돈 안 준다고 늙은 어미를 흉기로 때려죽인 아들, 성노예가 되어버린 길 잃은 아이들, 야단치는 선생님을 폭행한 학생들, 집세 낼 돈이 없어서 자살을 택한 가족들, 희망을 잃고 주저앉은 슬픈 노숙자들, 또는 그보다 더 좋지 않은 것들을 편집해서 방송을 했다면 그걸 본 북한 동포들은 무슨 생각을 하겠나. 남쪽은 남쪽대로, 북쪽은 북쪽대로 서로 자기가 더 잘 산다고 하면 통일은 또 얼마나 멀어지겠는가? 남과 북 모두, 그러니까 온 겨레가 같이 울고 같이 웃는 그런 프로를 만들어야 했던 것은 아닐지.

신문이나 텔레비전을 보면 좋은 소식보다 안 좋은 소식이 훨씬 더 많은 것 같다. 안 좋은 부분을 들추어내야만 신문이 잘 팔리고 시청률이 높아지는 거라고 생각하는 것이다. 그러다보니 우리도 안 좋은 이야기에 더 길들여져 있다. 만약에 신문, 방송에서 나쁜 이야기보다 좋은 이야기를 더 많이 다루었다면 훨씬 더 좋은 세상이 되었을 것이다. 무슨 이야기를 하든, 껍데기 갖고는 시청률을 올리지 못한다는 이야기다.

마을을 떠난 지 얼마 되지 않아서 검문을 당했다. 안 동지와 내 여권을 가져간 부대원은 마 동무와 손 동무를 내리라고 한 다음 부대 안으로 데리고 들어갔다. 불현듯 아까 강가에서 다투었던 그 사람이 생각났다. 좀 다퉜기로서니 설마 그가 우리를 부대에 일러바친 건 아니겠지. 만약 그랬다면 이 무슨 고약한 일인가. 나는 그 사람이 그렇게까지는 하지 않았을 거라고 믿었다. 얼마쯤 지났을까. 마 동무와 손 동무가 여권을 돌려받고 나오는데 그 사람이 보였다. 설마 했는데 정말로 일러바친 것이다. 부대원이 차 있는 데로 다가와서는 손 동무에게 뭐라고 말했다. 손 동무가 통역한 말을 들어보니 아까 강에서 찍은 필름을 다 내놓으라는 것 같았다. 손 동무가 나에게 눈짓을 했다. 하는 수 없이 필름을 빼주고 말았다. 그런데 이번에는 다른 필름까지 내놓으라는 것이었다. 다른 것은 여기서 찍은 필름이 아니라고 말했지만 소용이 없었다. 꼭 이렇게까지 해야 하는지, 속이 부글부글 끓었다. 그래도 동포라고 생각했는데 일이 이렇게 되고 보니 서글프기만 했다. 필름을 빼앗겨 속상했지만, 그 덕분에 풀려났으니 오히려 필름에게 고맙다고 해야 할 판이었다.

차는 다시 먼지 나는 흙길을 달렸다. 미친 듯이 흘러내리는 땀 때문에 옷은 벌써부터 살에 달라붙었다. 이글이글 쏟아지는 햇볕이 쇳덩어리 차를 뜨겁게 달궈놓았는데, 얼마나 뜨거운지 머릿속에 쌓아놓은 생각들이 모두 다 녹아서 흘러내리는 것 같았다. 이토록 날씨가 더운 것은 길가에 나무가 없는 탓도 있었다.

갑자기 차 안에 있는 사람들이 눈을 크게 떴다. 저만치 낮은 언덕 위에 커다란 나무가 있는 것이었다. 마치 무언가 횡재한 것처럼 모두들 차에서 내려 그늘 밑으로 달려갔다. 그늘 밑에 들어가 앉으니 예기치 않은 바람이 불어와 축 늘어진 마음을 어루만져주었다. 나무가 하느님이고 바람이 하느님이다.

그늘 밑에서 꽃잠 한번 자고 나니 축 늘어졌던 몸이 가벼워졌다. 기지개를 펴다가 무심결에 언덕 아래쪽을 보았는데 나귀 한 마리가 수레를 끌고 올라오는 것이 보였다. 오늘 하루 더위 때문에 힘들었는데 나보다 훨씬 힘들어 보이는 나귀를 보고 있자니 나의 하루는 아주 양호한 편이었다. 한 20분쯤 흘러 나귀가 내 앞을 지나가자 나도 모르게 감탄사가 흘러나왔다. 지금까지 중국에서 본 것 가운데 가장 아름다운 풍경이 지나가고 있었다. 챙이 넓은 둥근 모자를 쓴 소녀가 수레 위에 앉아서 책을 읽고 있었고 노인은 나귀를 어루만지듯 살살 채찍질을 하고 나귀는 한 발 한 발 메마른 언덕길을 올라가고 있었다. 내가 손을 흔들자 소녀는 잠깐 웃음을 짓고는 다시 책을 들여다보았다. 노인의 채찍질은 정확한 박자로 움직였고 나귀는 노인과 소녀를 위하여 더운 공기를 꿀꺽꿀꺽 삼키며 메마른 언덕을 넘어가고 있었다. 더위에 지친 나귀의 발걸음을 보면서 언제 저 언덕을 넘어갈까 싶었지만 아름다운 풍경은 이미 저만

꿈꾸는 노란 기차

치 멀어지고 있었다. 아까는 보지 못했던, 수레바퀴에 일어나는 조그만 흙먼지가 이 아름다운 풍경의 마지막을 장식했다.

❧

두만강 푸른 물에 노 젓는 뱃사공이라! 하지만 두만강 푸른 물은 이미 사라진 지 오래, 노 젓는 뱃사공은 어디로 갔을까. 어쩌겠나, 세상이 마구 변하는데 두만강이라고 변하지 않을 수 있겠는가? 이제 개발이라는 이름으로 남은 것마저 사라지게 되면 몇 년 뒤에는 더 슬픈 강으로 흐를지 모른다. 그래도 개발은 계속될 것이고 관광객들은 해마다 넘쳐나 결국 두만강 아리랑은 눈물을 흘리며 먼 바다로 흘러가겠지. 통일이 되면 우리는 두만강을 바라보며 강을 배신한 죗값을 치러야 할 것이다.

❧

이 강엔 노래가 살지 않는다. 빛을 잃었는데 무슨 노래가 살 수 있으랴. 먼 바다로 흘러간 아리랑이 목 놓아 우는데도 아무 말 못하는 두만강이 못내 원망스럽다. 저기 녹둔도(鹿屯島)가 보인다. 가난하고 힘없던 내 나라가 허무하게 잃어버린 땅. 기억에서 멀어지며 우리는 우물쭈물 잊고 말았지. 아, 그렇군! 녹둔도 아리랑도 그렇게 먼 바다로 흘러갔겠군. 흙먼지 날리는 두만강 길. 어쩌다 사람들이 보이면 목마른 산길에서 샘을 찾아낸 것처럼 반갑다. 하지만 말라버린 샘처럼 아무런 표정이 없다. 누가 두만강을 푸르다 했는가? 껍데기만 남은 노래들이 썩은 내 풍기며 흐르는 강! 두만강이 이렇게 아픈데 무슨 통일을 하자는 것인가. 통일이 되면 썩은 강물이 금방 맑아지기라도 한단 말인가? 통일이 아니 되어도 좋으니 두만강이라도 안 아팠으면 좋겠다. 두만강이 되살아나면 바로 그것이 통일일 테니. 지나가다 만난 북조선 식당. 헤어진 가족이 그립다. 복무원 한 명에게 고향이 어디냐고 물으니 고개를 살짝 쳐든다. 예쁘다, 참 예쁘다! 저렇게 예쁜데 왜 통일이 안 되는 걸까? 맞은편에 서 있는 지배인 동무, 말을 나누지 말라고 눈짓을 보낸다. 고향 음식 앞에 두고 말을 나눌 수 없으니 젓가락이 한숨짓는다. 메마르고 무더운 길. 흙먼지 날리며 지나가는데 시커먼 구름 한 덩어리가 너울너울 날아온다. 아름다운 나비도 저렇게 무리지어 날면 무서운 구름이 되는구나. 나비가 길을 잃었는가, 노래가 길을 잃었는가? 차 유리창에 줄지어 부딪친다. 퍽퍽, 퍽 퍽 퍽, 퍽퍽 퍽 퍽…. 차가 멈춘다. 앞이 보이지 않는다. 하얀 나비들이 차 유리창에 붙어서 마지막 노래를 부른다.

—「길 잃은 나비」(1996)

꿈꾸는 노란 기차

드디어 마 동무가 식당을 찾았다. 마 동무도 이제는 우리 생활에 익숙해졌다. 가다가 조그만 식당이라도 나타나면 쉬어갈 건지 그냥 갈 건지를 묻더니만 이번에는 묻지도 않고 차를 세웠다. 더 가 봐야 식당이 없다는 뜻이었다.

만두를 전문으로 하는 곳인데 식탁이 세 개밖에 없는 아주 작은 식당이었다. 그래도 격식은 모두 갖추고 있었다. 주방장 겸 주인인 늙은 아저씨와 열대여섯 살쯤 되어 보이는 소녀가 공손히 인사를 한 다음, 주인아저씨는 주문을 받고 소녀는 엽차를 따랐다. 얼굴 생김새를 보니 아버지와 딸인 것 같았다. 기름때가 잔뜩 껴서 빨아도 지워지지 않을 것 같은 하얀 앞치마와 모자를 쓴 그들의 모습에서 평화가 보였다. 주방으로 들어가는 문에 걸려 있는 팔(八)자 모양의 커튼도 몇 년 동안 한 번도 빨지 않은 게 분명했다. 하지만 우리는 호텔 식당보다 더 융숭한 대접을 받았다. 주문을 받고 돌아서는 그들의 뒷모습에서 활기가 넘쳐흐르는 것이 보였다.

잠시 뒤 만두가 나왔는데 접시는 엽차 잔처럼 가장자리가 드문드문 깨져 있었고 때가 낀 것처럼 얼룩무늬가 있었다. 그렇지만 만두는 맛있게 보였다. 그런데 식초병에 파리가 빠져 있는 것이었다. 주인을 불러 다른 것으로 바꿔달라고 했다. 그랬더니 소녀가 웃으면서 얼른 식초병을 들고 주방으로 들어갔다. 워낙 작은 식당이다보니 소녀가 식초병에서 파리를 꺼내고 있는 모습이 그대로 다 보였다. 소녀가 그 식초병을 다시 들고 나오자 내가 말했다.

"이거 파리만 빼고 다시 갖고 온 거지?"

그랬더니 한국말을 모르는 소녀는 방긋 웃으면서 어서 들라는 시늉을 했다. 마치 자기네 식당에서 개발한 '파리 식초'를 맛보라는 것 같았다. 간장이 담겨 있는 종지에 소녀가 권하는 '파리 식초'를 따라서 만두를 찍어 먹었다. 만두는 소녀의 천진한 미소처럼 아주 맛있었다. 변두리 시골길에서 이런 만두를 먹을 수 있다는 것은 행운이었다. 하긴 맛있는 음식에 시골, 도시가 어디 있겠는가? 주방장이 음식과 한몸이라면 먹어보나마나 맛있는 것이다.

우리가 이 식당을 발견하고 반가워했던 것처럼 식당 가족들도 자기네들을 찾아준 우리가 반가웠던 모양이다. 식당 밖까지 따라나와 오랫동안 손을 흔들어주는 그들의 모습을 보면서, 어떻게 하면 저런 평화스러운 눈을 가질 수 있는 건지 존경스럽기까지 하였다. 우리가 첫 손님이자 마지막 손님일지 모르는데도 그들은 그런 것에 아랑곳하지 않고 우리에게 맛있는 만두를 만들어주었다.

장미의 행복이나 들꽃의 행복이나 모두 다 같은 행복이다. 행복하지 않다고 해서 불행한 건 아니지만, 행복을 찾아 멀리 떠날 필요는 없다고 생각한다. 나는 멀어지는 만둣집 식구들을 바라보면서 행복은 행복이 뭔지도 모르는 사람한테 깃드는 거라고 생각했다.

꿈꾸는 노란 기차

여기가 어디인지 모르겠으나 늙은 차는 오늘도 어제와 비스름한 길을 달리고 있다. 날씨가 너무 더우니까 움직이는 것조차 싫다. 어쩌다 마주 오는 차에서 흙먼지가 들어오면 차 안에 있는 사람들은 고스란히 흙먼지를 뒤집어썼다. 나도 흙먼지를 뒤집어쓴 채로 차창 밖을 바라보았다. 혹시라도 잃어버린 슬픔이 보이지 않을까 해서였다. 나에게 있어서 슬픔이란 하느님이나 마찬가지다. 나는 그것이 없으면 아무 일도 하지 못한다. 오늘도 슬픔을 찾아 떠도는 여정은 계속 된다. 이 차가 슬픔이 있는 곳으로 인도해주었으면 좋으련만 늙은 차는 그저 흙먼지만 날릴 뿐, 내 하느님에 대해선 전혀 관심이 없다.

　내가 하느님이라는 말을 하는 것은, 분명히 나를 지켜주는 누군가가 있는데 그 누군가를 뭐라고 호칭해야 할지 알 수 없어서 그냥 하느님이라고 말하는 것뿐이다. 언젠가 어느 모임에서 무슨 말을 하다가 하느님이라는 말을 하게 되었는데 날 보고 어느 교회에 나가느냐고 묻는 사람이 있었다. 나는 아무 교회도 나가지 않는다고 말했다. 하느님이라는 말은 교회에만 내리는 비가 아니기 때문이다.

오늘날 세상은 알 수 없는 기쁨으로 넘쳐나고 있지만 그런 기쁨은 바탕이 없는 것이다. 바탕이 없으니 금방 사라진다. 슬픔은 기쁨의 반대말이 아니라 기쁨의 바탕이라고 해야 옳다. 만약 우리가 기쁨을 느낀다면 그 뒤편에 드리워진 슬픔이 있기 때문일 것이다. 세상에 오직 기쁨만으로 채워진 기쁨은 없다.

◈

혹시 '슬픔으로 가는 길'이라는 이정표가 나타나지 않을까 싶어 두 눈을 똑바로 뜨고 살펴보았다. 이 세상 모든 슬픔들이 모여 사는 마을! 그런 마을로 가면 나의 슬픔도 찾을 수 있을까. 언제부터 내 안에 슬픔이 생겨났는지는 모르겠다. 확실한 것은 그 슬픔이 나에게 많은 도움을 주었다는 것이다. 노래도 글도 잘 떠오르게 도와주었고 심지어는 내가 외로울 때 같이 놀아주기도 했다. 그 소중한 슬픔을 나는 바보처럼 잃어버리고 말았다. 어디서 어쩌다 잃어버렸는지도 모르겠다. 어쩌면 내가 잃어버린 것이 아니라 슬픔이 나를 버리고 떠난 것인지도 모른다. 아무튼 지금 내 소원은 딱 하나. 슬픔을 만나 다시 예전의 나로 돌아가고 싶을 뿐이다.

◈

손 동무네 집은 화룡 시내에서도 한참 들어갔다. 어떻게 연락이 되었는지 손 동무 아내가 집 앞에서 기다리고 있었다. 그 평화

꿈꾸는 노란 기차

로운 모습에 덩달아 마을도 평화롭게 보였다. 자동차 소리를 듣고 모여든 동네 아이들도 손 동무가 반가운 모양이었다. 저녁에는 동네 조그만 식당에서 술 한잔 하며 석별의 정을 나누었다. 마 동무는 다음에 다시 만날 것을 기약하며 집으로 떠났고 손 동무는 아침에 우리를 화룡 시내까지 바래다주기로 하였다.

연길 가기 전에 용정에 들려 윤동주 형을 보고 가기로 했다.

'하늘을 우러러 한점 부끄럼이 없기를'

저절로 떠오른 그 말에 곧바로 하늘을 올려다보았으나 몇 초도 못 넘기고 고개를 숙였다. 그때였다. 길 건너 커다란 건물 앞에서 사람들이 웅성대는 모습이 보였다. 택시 기사들과 흥정을 하고 있던 손 동무에게 물어보았다.

"손 동무, 저기 왜 사람들이 많이 모여 있는 거야?"

"공개 처형하는 날인가 봅네다."

손 동무는 대수롭지 않다는 듯이 말했지만 나에게는 뜬금없고 당황스러웠다. 무얼 잘못했기에 공개 처형을 하는 건지는 모르겠지만 갑자기 이 도시가 무섭게 느껴졌다.

"손 동무, 흥정은 나중에 하기로 하고 우리 저기 가보자."

나는 군중 속을 헤치고 건물 가까이 가보았다. 눈길이 닿는 곳마다 슬픈 얼굴들이 보였다. 얼마 뒤 큰 문이 열리면서 트럭 한 대가 보이기 시작했다. 그러자 여기저기서 웅성대는 소리가 들렸고, 한 무리의 사람들이 군중 속에서 달려나와 트럭 뒤꽁무니를 따라가며 울부짖었다. 이어서 또 한 대의 트럭이 모습을 보이자 또다른 무리의 사람들이 울부짖으면서 트럭을 향해 달려나왔다. 그렇게 트럭이 나올 때마다 가족들이 달려나오는 장면들이 계속 이어졌다. 트럭 뒤칸에는 죄수 한 명과 공안 네 명이 타고 있었으며 뒤칸 앞쪽에는 죄수의 죄명과 이름을 큼지막하게 쓴 팻말이 세워져 있었다. 죄수들의 죄명은 모두 다 '절도'였다.

❧

아홉번째 트럭이 나오자 어느 노인이 죄수가 된 자기 아들의 이름을 부르며 트럭 옆으로 다가섰다. 트럭 위의 죄수가 고개를 돌려 늙은 어머니를 내려다보며 슬픈 미소를 지었다. 그 모습이 얼른 이해가 되지 않았다. 아들이 어머니에게 무언가 말을 하려고 하는데 입을 움직이지 못하는 것이었다. 트럭은 가족들과 마지막 상면이라도 하라는 듯이 아주 느리게 움직였다. 노인이 아들의 손을 잡으려고 따라붙었지만 트럭과의 거리가 조금씩 벌어지면서 끝내 넘어지고 말았다. 어떤 사람이 노인을 안고 재빨리 차 옆으로 빠졌다. 하마터면 뒤에 오던 트럭에 치일 뻔했다. 노인은 하염없이 눈물을 흘리면서 멀어져가는 아들을 향해 손을 흔들었다.

죄수들은 가족들에게 아무 말도 하지 못했다. 손 동무 말에 의하면 죄수에게 혀를 마비시키는 주사를 놓거나 아니면 독한 술에 약을 타서 마시게 한다는 것이다. 그래서 죄수들은 입과 혀가 굳어 아무 말도 못한다는 것이다. 정말 그 말이 맞았던 건지 죄수들은 아무 말이 없었다. 그래도 그렇지 어떻게 마지막 인사도 못하게 하는가? 가족들과의 짧은 상면은 트럭이 멀어지면서 끝이 났다.

"단 한 번의 절도로 공개 처형을 해도 되는 건가?"

"당연하디요."

"그래도 그렇지, 좀 심하지 않은가?"

"심하다니요. 저는 남조선을 도저히 이해할 수 없습네다. 어드러케 '전과 10범, 20범'이라는 게 있을 수 있습네까? 거저 저런 놈들은 싹 없애야 합네다."

마지막 트럭이 나오자 큰 문이 닫히고 군중들은 서서히 흩어졌다. 흩어지는 군중들 사이로 검은 옷을 입은 여인이 트럭을 바라보며 천천히 걸어가고 있는 모습이 보였다. 트럭은 시내를 한 바퀴 돈 다음 공개 처형장으로 간다고 한다. 그리고 처형이 끝나면 나중에 죄수의 집을 방문하여 총알 값도 받는다고 한다. 나는 손 동무가 제멋대로 하는 말이라고 생각했다. 사형을 시켜놓고 총알 값을 받으러 간다는 게 말이나 되는 얘기인가 싶어서였다.

남의 물건을 훔쳤다고 공개처형을 시킨다면 나처럼 남의 슬픔을 훔친 사람도 죗값을 치러야 할 것이다. 어떤 이유로든 훔치는 것은 안 되는 일이니까.

연길 가는 택시 안에서 심한 환각에 시달렸다. 처형장으로 끌려가는 죄수들 모두가 나에게 손을 내미는 모습이 떠올랐다. 하지만 나는 그들의 손을 잡아주지 않았다. 용정을 지나가는데 윤동주가 또다시 내 속으로 들어왔다.

'하늘을 우러러 한점 부끄럼이 없기를'

이 말은 화살이 되어 그대로 내게 날아왔다. 화살이 양심 한가운데 꽂혔다. 순간 모든 생각들이 지워지며 맥이 풀렸다. 화살을 맞은 채로 도망가야 했다. 무엇이 두려운 것인가? 손을 내미는 죄수들이 두려워서인가, 아니면 그들의 손을 잡아주지 못한 것이 부끄러워서인가? 비참해진 내 신세를 생각하면서 차창 밖을 내다보았다. 멀리 산 위에 소나무 한 그루가 보였다. 문득, 항일 투사들이 떠올랐다. 도대체 이게 무슨 꼴인지. 나는 기껏 남의 슬픔을 훔친 절도범이 아닌가! 아무리 아닌 척해도 머지않아 나의 추잡한 모습이 모두 드러나고 말 것이다.

차라리 보지 말 걸 그랬다. 군중 속을 비집고 들어가 무슨 특종이라도 발견한 기자처럼 카메라 셔터를 마구 눌러대던 내 모습이

　　　　　　　　　　　　　　　꿈꾸는 노란 기차

한심하게 느껴졌다. 그렇게 남의 슬픔을 훔쳐다가 도대체 뭘 어쩌려고 했던 것인지.

＊

　공안들이 나를 잡으러 온다. 내가 슬픔을 훔친 절도범인 것을 알고 사이렌 울리며 잡으러 온다. 또 한참을 환각에 시달렸다. 이불을 뒤집어쓰고 잠을 자려고 해도 낮에 보았던 풍경들이 눈앞에서 사라지지 않는다. 아들을 향해 손을 내밀다 쓰러진 노인, 검은 옷을 입고 멀어지는 트럭을 향해 천천히 걸어가던 여인, 트럭 뒤 꽁무니를 쫓아가던 가족들, 슬픈 웃음으로 어머니를 내려다보던 죄수의 얼굴! 그들을 생각하니 내가 더욱 질 나쁜 절도범처럼 느껴졌다. 함께 슬퍼하지는 못할망정 그 슬픔을 훔쳐다가 노래를 만들어? 아무리 노래를 만들고 싶어도 그렇지 어떻게 남의 슬픔을 훔치기까지 한단 말인가?

　화룽에서 훔쳐온 슬픔을 가슴속에서 꺼내어 조심스럽게 열어본다. 슬픔 속에는 군중 속에서 구경하던 내 모습만 보일 뿐, 아무런 이야기도 들어 있지 않다. 내가 훔친 것은 슬픔의 껍데기였을 뿐 슬픔이 아니었다. 어리석은 자여! 그대는 강에 빠진 달을 건질 수 있는가? 마음에 두드러기가 돋는다. 여기저기 돋아난 낯선 슬픔을 보며 소스라치게 놀랐다. ■

5 ———————

슬픔을 기다리며

일하지 않는 예리한 칼보다

일 열심히 한 무딘 칼이 더 멋진 칼이다

우리 집 앞에는 목련나무 한 그루가 있다. 처음 봤을 때는 1층 높이만 했는데 어느새 3층 높이만큼 자랐다. 하루는 하얀 꽃망울들이 얼굴을 내밀고 베란다 창문 앞에서 노래를 했다. 그 모습이 너무 예쁘고 우아해서 창문을 열고 한참 동안 내려다보았다. 손에 닿을 듯 예쁜 사랑은 입가에 미소를 번지게 했고 마음의 묵은 때를 싹 벗겨주는 듯했다. 하지만 점차 하루가 다르게 변해가는 목련을 보면서 실망스러움을 감출 수 없었다. 며칠 전만 하더라도 그토록 우아하게 피었던 꽃봉오리가 꽃잎을 활짝 펼치더니 한 잎 두 잎 떨어지기 시작했다. 왜 저렇게 빨리 꽃을 피우려는 걸까? 추하게 떨어진 목련을 보면서 안타까움과 배신감을 느꼈다. 목련은 사람들을 사랑해서 피었던 것이 아니었다. 사람들로부터 사랑을 받고 싶은 마음에 다른 꽃들보다 서둘러 피어났던 것이었다. 그때 나는 다짐했다. 결코 목련꽃처럼 살지 않겠노라고.

✿

어떤 사람은 꽃으로 살고, 어떤 사람은 잎사귀로 살고 또 어떤 사람은 뿌리로 산다. 그것은 타고나는 것도 있겠지만 결국은 선택이다. 나는 뿌리로 살고 싶었지만 그럴 만한 그릇이 되지 못했다. 꽃처럼 살아보려고도 했지만 그러기에는 딱히 내세울 향기가 없었다. 이제 남은 건 잎사귀인데 솔직히 나는 잎사귀로도 살아갈 그릇이 되지 못했다. 그러던 중에 잎사귀가 내 손을 잡아주었다. 나로서는 아무것도 선택할 수 없는 상황이었는데도 먼저 내 손을 잡아주어서 얼마나 고마웠는지 모른다.

✿

나무를 좋아한다. 자신을 드러내지 않으면서 남한테 도움을 주기 때문이다. 곤충들에게는 영양분을, 새들에게는 쉴 곳과 열매를, 심지어는 자기를 쓰러트린 사람들에게조차 제 몸을 목재로 내준다. 나무에 핀 꽃은 또 얼마나 예쁜가! 벌과 새들이 찾아오고 사람들도 즐거워한다. 그런데 꽃이라는 놈은 자신을 드러내기에 바쁘다. 향기를 뿜어내기도 하고 빛깔을 뽐내기도 하면서 말이다. 그래서일까? 대부분 사람들은 꽃을 보고 그 나무의 이름을 기억해

낸다. 하지만 꽃이 지고 나면 그만이다. 그나마 잎사귀마저 떨어져 앙상한 가지만 남게 되면 잊힌 나무가 되는 것이다. 그런데도 나무는 봄을 기다리며 다시 꽃 피울 준비를 한다.

꽃이 기쁨이라면
잎사귀는 슬픔이다
꽃이 시들면
잎사귀는 오래도록 남아서
꽃을 생각나게 한다
어찌 보면
꽃이 슬픔이고
잎사귀가 기쁨이다

—「꽃과 잎사귀」(1997)

새잎 돋고
꽃 피고
풋꿈 영글어도
뿌리는 땅 밖으로 나오지 않는다

꿈꾸는 노란 기차

―「그냥 사랑」(1997)

내 마음속에는 세상에서 하나밖에 없는 나무 한 그루가 있다. 오래전에 '트래'라는 이름의 요정이 내 마음속에 씨앗을 하나 심었는데 그것이 자란 것이다. 나는 그 나무를 '트래나무'라고 불렀고 트래나무도 나를 벗으로 받아주었다. 트래나무는 꽃을 피우지 않았다. 꽃을 피우면 사람들이 자기를 알아본다는 것이 그 이유였다. 그만큼 트래나무는 자기 모습이 드러나는 것을 좋아하지 않았다. 대신 잎사귀에서 은은한 향기가 났다. 그마저도 자기를 알아달라는 향기가 아니라 남을 위해서 베푸는 향기였다. 트래나무는 가끔씩 무성한 잎사귀를 흔들어서 내게 향기를 보내주곤 했는데 신기하게도 그 향기 속에서 노래가 흘러나오는 것이었다. 이렇듯, 내가 노래를 만들 수 있었던 것은 순전히 트래나무 덕분이었다.

언젠가 고요한 산사에서 풍경 소리를 듣다가 한참 동안 생각에 잠긴 적이 있었다.

'저 소리는 풍경 소리인가, 바람 소리인가?'

나뭇잎 소리를 들었을 때도 그런 생각을 했다.

'저 소리는 나뭇잎 소리인가, 바람 소리인가?'

생각 끝에 결론을 내렸다. 처음엔 풍경 소리라고 생각했는데, 이내 바람이 풍경을 통해서 자기 뜻을 전하고 있다는 생각에 이르게 되었다. 그것은 나뭇잎 소리도 마찬가지였다. 얼마 뒤, 나는 세상의 모든 소리는 다 하늘의 말씀이라고 생각하게 되었다. 실제로 우주의 수많은 언어들은 지구에 닿자마자 매개체를 찾는다. 예를 들자면, 똑같은 비라도 풀잎 위에 떨어지는 소리와 양철 지붕 위에 떨어지는 소리는 느낌이 다르지 않은가?

이렇듯 토래나무는 여러 매개체를 통한 우주의 이야기들을 하나하나 모아서 전해주었다. 난 그저 토래나무가 전해주는 이야기들을 엮기만 하면 되는 것이었다. 어떤 것들은 처음 접하는 이야기임에도 너무 재미있어서 밤을 새운 적도 있었다. 이와 같이 노래를 위해서 내가 하는 일은 이게 전부다. 결과적으로 보면 나 역시 우주에 떠도는 수많은 노래들을 세상에 전달하는 매개체 가운데 하나일 뿐이다. 그러니 그런 나를 작사가나 작곡가라고 부르는 것은 정말 당치도 않은 말이다. 이건 내가 일부러 겸손하려고 하는 말이 아니다. 실제로 나는 스스로 노래를 만들지 못한다. 바람이 불지 않으면 소리를 낼 수 없는 풍경처럼 말이다. 설령 내가 멋있는 해돋이 사진을 찍었다고 해도 사실 그것은 하늘에 그려진 그림을 보고 셔터만 누른 것 아니겠는가?

솔직히 말해서, 영감이 떠오른 것도 스스로 생각한 거라고 말할 수는 없다. 왜냐하면 우주의 언어가 나를 통해 드러난 것이 바로

꿈꾸는 노란 기차

영감이라는 형태이기 때문이다. 그나마 나의 경우는 영감이라는 것조차도 트래나무를 통해서 얻게 되는 것이니 그야말로 내가 하는 일은 아무것도 없다. 그렇다고 산에도 안 가고 가만히 있으면 '내가 하는 일은 아무것도 없다'라는 말을 아예 할 필요가 없게 된다. 그러니까 그 말을 하기 위해서라도 나는 산에 가야 하는 것이다.

◖

산도 다니다보면 저마다 느낌이 다르다. 이 산에서 캔 노래와 저 산에서 캔 노래가 서로 맛이 다른 이유다. 그런가 하면 아예 노래가 보이지 않는 경우도 있다. 3년 전에 노래를 캐려고 낙남정맥 (지리산 영신봉에서 김해 분성산에 이르는 산줄기) 종주를 했는데 뜻밖에도 노래 한 곡을 캐지 못했다. 그것은 요 몇 년 백두산, 압록강, 두만강 다닐 때도 마찬가지였다. 일하지 않는 예리한 칼보다 일 열심히 한 무딘 칼이 더 멋진 칼이다. 하지만 감각이 무뎌졌다는 것은 얘기가 다르다. 감각은 일할수록 예리해지기 때문이다. 나는 스스로 노래를 찾지 않고 산신령에게만 기대왔다. 게다가 요즘은 산신령이 주는 대로 받는 게 아니라 아예 내가 원하는 노래를 달라고 보채고 있었으니 그건 내가 그만큼 게을러지고 욕심이 생겼다는 뜻이다. 심지어는 산신령이 던져준 노래를 방치하다가 잃어버린 경우도 있었다. 아마 그런 이유로 노래는 내게서 자취를 감추었을 것이다.

뻐꾸기는 다른 새의 둥지에다 알을 낳는다던데 언제부턴가 내 마음에도 알 수 없는 알 하나가 굴러다녔다. 도대체 누가 내 마음에다 그런 알을 낳았을까 궁금해하던 어느 날, 알에서 아주 작은 새가 기어나왔다. 그 새는 곧바로 날개를 펴고 마음속을 날아다녔다. 처음에는 대수롭게 여기지 않았으나 날이 갈수록 마음이 어수선해지기 시작했다. 그 작은 새가 마음을 갉아먹다 못해 꿈까지 몰아내려고 했던 것이다. 그제야 새를 잡아야겠다는 생각이 들었지만 워낙 빠른 새라 잘 잡히지 않았다. 어떤 때는 술을 가득 들이부어서 그 새가 술에 빠져 죽기를 기다린 적도 있었다. 그런데 어찌된 일인지 술에 빠져 죽기는커녕 오히려 헤엄을 치며 놀다가 틈만 나면 나를 쪼아먹었다. 결국 마음속에 머물던 나는 거의 다 사라지고 내 마음은 그 새가 머무는 둥지가 되고 말았다. '욕심'이라는 이름의 새 말이다.

욕심이 나를 지배하면서 가장 먼저 한 일은 가슴으로 이어지는 모든 통로를 막아버린 것이다. 그 바람에 보이는 것을 보지 못하고 들리는 것을 듣지 못해 가슴에 살고 있던 슬픔은 어디론가 자취를 감춰버리고 말았다. 전과 다르게 생각이 많이 둔해졌고 내 뜻과 상

꿈꾸는 노란 기차

관없이 게을러지고 의욕을 잃는 날이 늘어났다. 나는 어느새 아무일도 할 수 없는 허수아비가 되어 있었던 것이다. 확실치는 않지만 1994년 즈음이었던 것 같다. 욕심이 횡포를 부리기 시작한 때 말이다. 그때부터 조금씩 노래가 보이지 않았기 때문이다.

이상한 증상이 하나 생겼다. 무언가 내 마음을 짓누르듯 까닭 없이 답답하고 정신이 멍해진다. 오래전부터 겪은 증상이기는 했으나 백두산 갔다 온 뒤로 더 심해졌다. 버스를 타도 지나가는 풍경들이 머릿속에 들어오지 않고, 생각지도 않은 것들이 머릿속에서 빙빙 돌아다녀 자꾸만 시야를 흐리게 만든다. 자주 보는 풍경도 낯설게 보일 때가 있고 어느 순간 생각을 멈추고 정신을 차리면 그제야 눈앞에 있는 풍경이 들어온다. 어떤 때는 내 몸이 늪 속으로 천천히 가라앉고 있다는 느낌이 들 때도 있다. 꼭 누군가가 내 마음에 무거운 돌덩이를 밀어넣은 것 같다.

1997년 봄이 끝날 무렵, 이렇게 살아서는 안 되겠다 싶어 다시 백두산으로 떠났다. 무엇보다도 허수아비 같은 지금의 모습에서 벗어나고 싶은 마음이 컸다. 하지만 이런 생각도 핑계였을까, 노래를 캐고 싶다는 욕구가 마음 저 깊은 곳에서 꿈틀거리는 모습이 보였다. 가슴에 슬픔이 없어서 노래가 보이지 않을 텐데 아직도 미련을 버리지 못하고 있는 것이었다. 그렇게 빗길에서 미끄러지는 차처럼 달리는 욕망을 멈추지 못하고 백두산으로 떠났다. 사람은 멈출 때를 알아야 하는데 나는 오히려 멈추지 않은 것을 포기하지 않는다는 뜻으로 포장해 스스로를 속이고 있었다. 빗길에서 미끄러지는 차는 충돌을 피하기 어렵다는 것을 잘 알면서도 말이다.

길을 찾지 못하는 까닭은 무작정 길을 찾으려 했기 때문이다. 이 험난한 세상을 살아가려면 포기하는 법도 배우고 세월 기다리는 법도 배워야 하는데 나는 그러지를 못했다. 내가 만약 포기하는 법을 알았더라면 적어도 노래가 나를 떠나버리는 일은 없었을 것이다.

옆자리에 앉은 안 동지가 노래는 많이 캤느냐고 물어본다. 억지미소를 지으면 고개를 저었다. 사실은 그 말을 듣는 순간 가슴이 움칠거렸다. 죄지은 사람처럼 창밖을 내다보았다. 낯익은 들판이 눈에 들어왔다. 그때 승무원의 목소리가 고향처럼 들려왔다.

"이제 곧 연길입니다. 안전벨트를 해주십시오."

생각이 둔해져서 그런가, 예전처럼 설레는 마음이 없다. 예전엔 마음이 몸을 끌고 갔는데 지금은 몸이 마음을 끌고 가는 느낌이다.

거리의 간판들이 눈에 띄게 변했다. '이 뽑기' '이 해 넣기'라고 써놓았던 한글 간판이 이제는 '齒科(치과)'로 바뀌었다. 그동안 우

꿈꾸는 노란 기차

리말을 지켜온 연길 동포들에게 고마움을 느끼곤 했는데 이제는 연길에서도 한글이 무너지는가 싶어 안타까웠다.

우리나라 사람들이 한글을 천하게 여기는 걸 보면 어떤 때는 화가 치밀어오른다. 교수나 정치인 들이 새해 인사로 사자성어 한마디씩 할 때마다 특히 그렇다. 처음부터 우리말로 이야기하면 될 것을 굳이 어려운 사자성어를 먼저 쓴 다음 그것을 다시 우리말로 설명해주는 친절을 베풀고 있다. 그 말을 듣는 가장 중요한 사람인 국민들이 누구나 알아듣지 못하면 그게 무슨 소용이 있겠는가? 결국 자기네들끼리 지식 자랑 하는 것밖에 더 되겠는가. 어디 그것뿐이랴, '벗'이나 '동무'라는 예쁜 말을 놔두고 '친구(親舊)'라는 말을 쓰는 것도 그렇고, '아내'는 내다버리고 '와이프'를 우리말처럼 쓰고 있는 것도 그렇다. '물빛'역이라고 하면 참 예쁜 의미를 가진 역으로 기억될 터인데, 왜 굳이 '수색(水色)'역이라고 써야 하는지 모르겠다. 외래어를 쓰지 말자는 말이 아니다. 유독 우리말을 학대하고 천대하는 것 같은 지금의 모습이 문제라는 것이다.

시내도 구경할 겸, 산에 가서 먹을 식량도 구할 겸 시장으로 향했다. 아까부터 허름한 옷차림의 아이들이 내 뒤를 졸졸 따라오고 있었다. 허름하기는 나도 마찬가진데 아이들은 나를 계속 따라왔다. 한참 걷다가 이젠 안 쫓아오겠지 하고 뒤를 돌아다보았는데 바로 코앞에서 다짜고짜 중국 돈 10위안만 달란다. 내가 남조선 사람인 걸 다 안다면서. 어떻게 알았느냐고 물어보니까 신발 보면 다 안다는 것이었다. 허름한 옷과 개똥모자는 중국 것이라 별 문제가 없었는데 신발에서 남조선 느낌이 전해졌던 모양이다.

"너희들은 언제 넘어왔니?"

"그딴 건 묻지 말고 날래 10위안만 주시라요. 오늘 아무것도 못 먹었시요."

아이들은 구걸하는 게 아니었다. 마치 맡긴 돈 달라는 듯이 당당하게 굴고 있었다. 중국 돈 10위안이면 한국 돈 1000원인데 그것도 못 주냐, 하는 식이었다. 언제 넘어왔느냐고 묻는 것도 바보 같은 짓이었다. 아이들은 무엇을 물어보든 아주 귀찮아했다. 사진 좀 찍어도 되겠냐고 해도 막무가내로 돈만 달라는 것이었다. 두 아이에게 10위안씩 건네주었더니 뒤도 안 돌아보고 달려갔다. 저 아이들이 북조선에서 넘어온 '꽃제비'라고 손 동무가 말해주었다. 왜 '꽃제비'라고 부르냐고 물었더니, 러시아말로 '코체비예 (кочевье, 유랑·유목)'라는 말이 있는데 확실한 것은 아니고 그냥 집 없이 떠도는 아이들을 그렇게 부른다고 했다.

안도(安圖)에서 이도백하로 가는 길이 지난해보다 많이 좋아졌다. 이 길로 가는 까닭은 꼭 들려야 하는 식당이 있기 때문이다. 조

　　　　　　　　　　　　　　　꿈꾸는 노란 기차

선족 자매가 운영하는 식당인데 언니가 주인이고 갓 스물을 넘긴 동생은 종업원이다. 이름이 옥화라고 했지, 아마?

지난해 여름이었다.

옥화 동무가 음식을 나르는데 걸을 때마다 방귀를 뀌는 것이었다. 그래서 왜 방귀를 그렇게 많이 뀌느냐고 했더니 눈을 흘기면서 새침한 표정을 지었다. 뒤돌아 가는 모습을 가만히 보니 방귀 소리는 그녀의 슬리퍼에서 나는 소리였다. 옥화 동무가 또다른 요리를 들고 걸어오는데 슬리퍼에서 '뽕뽕'하는 방귀 소리가 이어졌다. 손 동무가 옥화 동무한테 속이 안 좋으냐고 묻자 그제야 알아챘는지 아예 슬리퍼를 휙 벗어 던지고 얼굴을 붉히는 것이었다. 바닥에 나동그라진 슬리퍼를 보니 많이 낡아 있었다. 그래서 다음에 올 때는 예쁜 샌들을 사다 줘야겠다고 생각했다.

마침내 그날이 왔다. 옥화 동무의 웃는 모습을 떠올리며 식당 안으로 들어갔다. 주인 언니가 나를 보더니 오랜만이라며 반겨주었다. 그런데 옥화 동무가 보이지 않았다. 어디 갔느냐고 물으니, 지난달에 시집을 갔다는 것이다. 갑자기 마음 한구석에 찬바람이 새어들어왔다. 옥화 동무가 이 신발을 보면 좋아할 텐데… 서울에서 사온 예쁜 샌들을 언니에게 건네주며 말했다.

"옥화 동무 오면 전해주시라요."

"이거 내가 신으면 안되겠슴?"

샌들은 언니가 일단 받았지만 나중에 옥화 동무에게 전해줄 거라고 믿었다. 그런데 마음이 왜 이리 허전하고 쓸쓸한지 모르겠다. 방귀 소리 안 나는 샌들을 사가지고 왔건만 옥화 동무는 어디로 갔는가! 문득, '오빠 생각'이라는 동요가 떠올랐다.

우리 오빠 말 타고 서울 가시면
비단 구두 사가지고 오신다더니….

세번째 찾아온 백두산이다. 예전처럼 설레는 마음은 없어졌지만 오랜만에 친숙한 풍경을 다시 보게 되어 기뻤다. 문득 을씨년스러운 기운이 감돌았다. 침침한 하늘 탓도 있었지만 폐가로 변해버린 기상소 건물 때문이기도 했다. 게다가 기상소 건물을 장악한 까마귀 떼가 불쑥 나타난 불청객들을 노려보고 있었다. 한두 마리도 아니고 수십 마리의 까마귀들이 한꺼번에 쳐다보니 무섭다는 생각이 들었다. 꽃들은 아무리 많이 모여 있어도 무섭지 않은데 새들은 그렇지 않은 것 같다.

"까마귀들아, 너희들은 여기서 뭘 하고 있는 거니?"

내 얘기를 듣자마자 까마귀들이 일제히 시커먼 날개를 퍼덕이며 자리를 떴다. 까옥까옥 하는 것이, 마치 나를 '이상한 놈'이라고 수군대는 것 같았다. 도대체 저 까마귀들은 무엇을 하려고 이 추운 산꼭대기까지 올라왔을까? 먹을거리도 없을 텐데….

꿈꾸는 노란 기차

사람이 살지 않는 건물은 쉬이 망가진다고 했는데, 건물 안 유리창은 거의 다 깨져나가고 그야말로 우중충하기 짝이 없었다. 복도 쪽으로 나 있는 아궁이로 인해 벽과 천장은 불 땐 흔적으로 시꺼멓게 얼룩져 있고, 전기는 아예 들어오지도 않고, 창문이 깨져나간 방들은 바람에 실려온 눈으로 가득차 있었다. 지난여름과는 전혀 딴판이었다. 컴컴한 복도에서는 금방이라도 귀신이 튀어나올 것만 같았다. 아무래도 관광철이 되어야 이 우중충한 건물에 생기가 돌 것 같았다. 집이라는 것도 사람이 살지 않으면 외롭고 여기저기가 아프다. 사람의 마음도 마찬가지다. 마음속이 허하면 쉬이 외로워지고 황폐해진다. 집이든 사람의 마음이든 가꾸지 않으면 망가지는가보다. 창문이 깨지지 않은, 상태가 괜찮은 방을 찾아 짐을 풀고는 연료가 될 만한 것들을 찾으러 밖으로 나갔다. 이 추운 산꼭대기에 어쩌다가 버려졌는지, 땔감으로 쓰기에 훌륭한 나무토막들이 건물 근처 여기저기에 널려 있었다. 한때는 푸르른 나무였을 텐데 어이하여 이곳까지 왔을까? 그래도 추운 사람들 따뜻하게 해주려고 남아 있으니 참으로 고마운 나무들이다.

저녁을 먹고 나서 마 동무가 내려가고 나니 방안에는 세 사람이 남았다. 아니, 천문봉에 세 사람이 남았다고 말해도 되겠다. 저녁 7시, 잠도 안 오고 해서 술 한잔 했다. 요란하게 휘몰아치는 눈보라 소리에 현관문 흔들리는 소리까지 더해져 신경을 자극했다. 그때 복도에서 발자국 소리가 들렸다. 이 시간에 누굴까? 저벅, 저벅, 저벅…. 느리고 묵직한 발자국 소리가 방문 앞에서 멈췄다.

똑똑!

방안에 무거운 침묵이 흘렀다. 그런데 잠시 뒤 또다시 저벅대는 소리가 들리고 현관문 흔들리는 소리가 들렸다. 내가 뭘 잘못 들은 걸까, 아니면 바람이 재주를 부린 걸까? 안 동지가 말했다. 3년 전 이맘때 자기도 똑같은 경험을 했노라고. 그때는 정말 북한군이 왔었다고 한다. 두 사람이었는데 기상소 굴뚝에 연기가 피어오르는 걸 보고 왔다가 건어물과 담배, 술을 얻어가지고 갔다는 것이다. 그러면서 오늘도 북한군이 올지도 모른다고 말했다. 나는 그러기를 바랐다. 혹시 내 조카가 군인이 되어서 나타날 수도 있지 않을까 싶어서였다. 물론 그런 일은 일어나지 않겠지만 마음은 은근히 기적이 일어나기를 바라고 있었다.

침낭에 들어가 잠을 청하고 있는데 하필 오줌이 마려웠다. 그냥 잘까 하다가 한밤중에 일어나면 무서울 것 같아서 할 수 없이 일어났다. 손전등 켜고 컴컴한 복도를 지나가는데 이상한 소리가 들

꿈꾸는 노란 기차

렸다. 순간 두려움이 등짝에 착 붙어서는 떨어지지 않았다. 그래서 발걸음을 재촉했는데 문득 옆에서 누군가가 나를 쳐다보고 있다는 생각이 들었다. 반사적으로 손전등을 비췄다. 그랬더니 눈더미에 꽂혀 있던 삽들이 나를 쳐다보고 있는 것이었다. 깜짝 놀라 얼른 현관문을 열고 밖으로 나갔다.

어둠 속에서 눈보라가 무섭게 휘몰아치고 있었다. 손전등을 이리저리 비추어보았다. 그런데 무언가 시커먼 물체가 스치고 지나가는 것 같았다. 다시 그쪽으로 손전등을 고정시켰다. 얼핏 두 사람이 걸어가는 모습 같았다. 눈을 비비며 다시 바라보았다. 그러나 아무것도 보이지 않았다. 보고 또 보았다. 아무래도 헛것을 본 모양이다. 서둘러 오줌을 누는데 누군가가 뒤에서 나를 덮칠지도 모른다는 생각에 등골이 오싹하고 뒷머리가 쭈뼛거렸다. 빨리 방으로 돌아갔으면 좋겠는데 오줌은 왜 그렇게 오래 나오던지….

아침에 일어나 보니 건물 밖이 안개로 자욱하다. 어제는 미친바람으로 오늘은 자욱한 안개로 산은 나를 사랑하지 않는다는 뜻을 전하고 있었다. 아무 일도 못하고 방안에 갇혀 있으려니 따분하기보다는 괴로웠다. 어떻게든 이 상황에서 벗어나보려고 건물 안에 쌓인 눈을 치우기로 했다. 하지만 엄청난 눈을 치우기에는 힘이 부족했다. 힘이 부족한 것도 따지고 보면 마음이 쇠약해진 탓이었다. 의욕상실증이라는 것은 사람의 마음을 갉아먹는 병이다. 무얼 봐도 아무 느낌이 없고 노동을 해도 즐거움이 없다. 혹시 내가 모르는 다른 병에 걸린 것은 아닐까? 요즘은 내가 하루종일 취해 있는 것 같다. 술 때문에 그런 건 아니고, 누군가가 나한테 몽롱해지는 주사를 놓은 듯한 느낌이 드는 것이다. 서서히 마비되어 가는 마음이 마치 마약에 취한 사람들을 떠올리게 했다.

◈

지난해 여름, 이곳에서 내 카메라가 콜라를 뒤집어쓴 일이 있었다. 멀쩡하던 카메라가 하루아침에 제 구실을 못하고 고철 신세가 된 것이다. 콜라의 찐득찐득한 성분이 카메라 여기저기에 잔뜩 묻었다. 틈 사이로 스며든 콜라 때문에 모드 다이얼은 움직일 수 없게 되었고 여러 기능의 버튼이 작동되지 않았다. 그 당시 기상소에는 관광객들에게 사진을 찍어주는 조선족 사진사들 네 명과 우리 일행 세 명, 그리고 기상소 직원 두 명 이렇게 총 아홉 명이 머무르고 있었다. 카메라 옆에는 찌그러진 콜라 캔이 하나 있었는데 이들 중 누군가가 일부러 부었다는 것을 말해주고 있었다. 범인이 누구인지 알고 있었지만 왜 그랬냐고 묻고 싶지도 않았고 무엇보다도 성스러운 백두산에서 싸우고 싶지 않았다.

지금의 내 마음 또한 콜라를 뒤집어쓴 카메라처럼 아무 작동을 하지 못하고 있다. 마약이라도 복용한 것처럼 마음이 흐리멍덩하다.

꿈꾸는 노란 기차

그때 상처를 입은 카메라를 이번에도 가지고 왔다. 내장 플래시는 작동이 되지 않았지만 느슨해진 모드 다이얼과 뻑뻑해진 셔터 버튼은 그런대로 사용할 수 있었다. 사진을 찍었던 것은 나중에 노랫말 정리할 때 도움이 될까 해서였는데 최근에 와서는 노래에 도움이 될 만한 사진을 한 장도 건지지 못했다. 일이 손에 잡히지 않고 자꾸만 늪에 빠지고 있다는 생각만 들었다.

눈이 멀어서 장님이 아니다. 마음의 눈이 멀면 그것이 진짜 장님이다. 우리는 그런 사람을 일컬어 '눈뜬장님'이라고 한다. 봐도 있는 것을 보지 못하고, 뒤늦게 그것을 깨닫는다 한들 그때는 이미 사라지고 없는 것이다. 내가 바로 그 눈뜬장님이었다. 백두산에 떠도는 노래들을 봐야 하는데 내가 원하는 노래만 찾고 있었으니 보이는 것이 보이지 않을 수밖에. 어쩌면 내가 스스로 백두산에 온 것이 아니라 욕심이 나를 끌고 백두산에 온 것일 수도 있다. 이렇게 얘기하면 나를 끌고 온 욕심이 나쁘다고 생각하겠지만 멍청하게 끌려온 나 자신이 더 나쁜 것 아닐지.

날씨 때문에 하산하기로 했다. 설령 날씨가 좋았다 하더라도 아무 일도 하지 못했을 것이다. 눈뜬장님이 무슨 일을 할 수 있겠는가? 사흘 내내 기상소에 갇혀 있어서 그런지 차를 타고 내려가는데 마치 감옥으로 이송되고 있다는 생각이 들었다. 내 죄는 내가 알고 땅이 알고 하늘이 알고 있을 것이다.

어둠을 빛 삼아 길을 걷는 사람은 자기가 걸어온 길을 똑똑히 기억하지만 손에 든 불빛만을 바라보며 어두운 길을 걷는 사람은 자기가 걸어온 길을 제대로 기억하지 못한다. 자기 길을 열심히 걷는 사람은 자기도 모르는 새 목적지에 도착하지만 목적지에 빨리 도착하기 위해 지름길을 찾는 사람은 목적지에 도착해도 자랑스럽지 못하다. 나는 내가 든 불빛에만 의지하며 어두운 길을 걸었다. 그마저도 목적지에 빨리 도착하려는 마음을 지닌 채 걸었으므로 그것만으로도 큰 죄인이다.

송강하(松江河)로 옮긴 첫날, 우리는 초저녁부터 잠을 자야만 했다. 밤 12시에 일어나 해돋이를 보러 가야 하기 때문이었다. 초저녁부터 억지로 잠을 잔다는 것은 새벽에 일찍 일어나는 것보다 더 힘든 일이었다. 결국 잠을 제대로 자지 못하고 졸음이 가득한 채로 차에 올라탔다. 낮과 밤의 온도차가 심한 탓인지 차 안은 냉장고처럼 차가웠다. 차에서 모자란 잠을 청하려고 했지만 길이 울퉁불퉁하여 잠을 이룰 수도 없었다. 마 동무는 거의 눈을 감고 운전을 했고 나 역시 흐리멍덩한 상태로 어둠을 바라보니 이 새벽에 어디를 가는 건지 알 수가 없었다. 두어 시간쯤 올라와보니 주차장이 나타났다. 마 동무를 차에서 쉬게 하고 우리는 다시 푸른 어둠이 깔린 눈길을 걸어 청석봉으로 향했다. 청석봉에 오르면 가장 먼저 장군봉을 바라볼 생각이었다. 하지만 장군봉은 이미 내 마음을 꿰뚫고 있었다. 내가 장군봉을 바라보는 순간 새벽 어스름 속의 장군봉은 무서운 얼굴로 나를 노려보았다. 만약에 내가 예전처럼 빈 마음으로 올랐다면 장군봉은 인자한 얼굴로 나를 반겨주었을 것이다.

◈

이튿날 새벽에도 울퉁불퉁한 어둠 속을 달렸다. 잠이 덜 깬 상태로 목적지에 도착하니 어스름에 젖은 망루가 보였다. 산불을 감시하기 위해서 설치해놓은 거라는데 높이가 대략 50여 미터쯤 되는 것 같았다. 우리는 해돋이를 찍기 위해 졸린 눈을 비비며 망루에 올랐다. 망루에 올라서서 먼 산을 바라보니 2시 방향에서 구름 떼가 서서히 몰려오고 있는 것이 보였다. 저 구름이 저 산 위로 와주면 썩 괜찮은 해돋이 풍경을 카메라에 담을 수 있을 것 같았다. 하지만 구름 떼는 느릿느릿 움직였다.

설악산에 있을 때였다. 새벽마다 구름을 기다리는 사람이 있었다. 사진이라는 것이 기술과 장비로 판가름나는 것이 아니라는 것을 그때 알았다. 기다림이 없으면 아무리 좋은 카메라를 가지고 있다 하더라도 뜻한 바를 이룰 수 없다. 해돋이 사진은 사랑이 무

엇인지를 사람들한테 보여주는 것이다. 물론 해넘이 사진도 마찬
가지다. 사람들의 사랑이 아무리 아름답다 해도 해와 구름의 사랑
만 하겠는가?

이윽고 해가 솟았다. 얼떨결에 셔터를 눌렀다. 동시에 필름 감
기는 소리가 들렸다. 내가 왜 셔터를 눌렀는지 알 수가 없었다. 아
직 구름이 오지 않았는데 말이다. 혹시 해를 찍으려고 했던 마음
이 앞섰던 것이 아닐까? 아니다. 나는 분명히 해와 구름이 만나는
장면을 찍으려고 했다. 그렇다면 누가 내 손가락을 강제로 누르기
라도 한 것일까. 보나마나 욕심의 횡포일 것이다.

> 구름을 기다리는 해도 슬픔이고
> 해를 만나러 가는 구름도 슬픔이다
> 슬픔이 슬픔을 만나 노을이 되면
> 온 누리의 미움은 사랑이 된다
> 사람들의 사랑이 아무리 아름답다 해도
> 불타는 노을만 하겠는가?

—「노을」(1997)

내 노래도 슬픔을 만나 노을이 되었으면 좋겠다. 하지만 구름은
아직도 멀리 있었고 슬픔은 그보다도 더 멀리 있는 것 같았다. 이

넓은 중국 땅에서 슬픔을 찾는다는 것은 거의 불가능한 일이다. 해가 구름을 기다리는 것처럼 나도 그런 마음으로 슬픔을 기다려야 한다.

바로 그때였다. 아주 잠깐이긴 하지만 잠자던 의욕이 꿈틀거리는 것 같았다.

'아, 백두산이 저렇게 생겼구나!'

이제야 백두산의 산세를 보게 된 나는 허탈한 웃음을 지었다. 지금까지는 천문봉만 졸랑졸랑 오르내렸지 백두산이 어떻게 생겼는지도 모르고 있었던 것이다. 백두산의 모습을 담기 위해 새 필름을 찾았다. 그런데 아무리 찾아봐도 새 필름이 없는 것이었다. 지금까지 보이지 않던 산이 왜 하필 필름이 없을 때 나타나는 건지. 백두산을 바라보며 할 일 잃은 카메라만 어루만졌다. 결정적인 순간을 찍지 못한 것에 대해서 필름이 없었다고 핑계는 댈 수 있지만 지나온 인생길은 그동안 찍은 필름으로 애기할 수밖에 없다. 아무거나 마구 찍어대던 내 인생이 부끄럽기 짝이 없다.

산기슭으로 내려오니 햇살 머금은 온갖 꽃들이 흐드러지게 피어 있었다. 언젠가 지리산에서 쑥부쟁이 군락을 본 적이 있었는데 그것과는 견줄 수 없을 만큼 넓은 산자락에 여러 종류의 들꽃 군락이 눈앞에 펼쳐져 있는 것이었다. 그런데 어디선가 꽃들의 신음

소리가 들려왔다. 주변을 둘러보니 어떤 사람이 꽃을 짓누르고 엎드린 자세로 사진을 찍고 있었다. 그러더니 이번에는 꽃을 꺾어다가 다른 곳으로 옮겨놓고 찍는 것이 아닌가. 꽃을 찍겠다고 꽃을 괴롭히는 저 사람은 결코 멋진 꽃을 찍을 수 없을 것이다. 결과가 끝이 아니다. 그 뒤에는 욕(辱)이 기다리고 있다. 백만 송이 꽃 가운데에서 한 송이를 꺾으면 아무도 모를 것 같지만 꽃들은 그 사람을 기억한다.

'아는 것만큼 보인다.'라는 말은 나 같은 놈을 두고 하는 말이다. 산신령의 도움 없이 노래를 찾으려고 하니 참 쉽지 않다. 새가 노래를 해도 어떤 새가 무슨 말을 전하려고 하는지 모르겠고 꽃향기가 날아와도 어떤 꽃이 무슨 말을 전하려고 하는지 모르겠다. 이름은 물론, 특성이라도 알아야 그만큼 자세히 볼 수 있는 건데 나는 그냥 나무, 새, 들꽃 이렇게만 알고 있으니 고만큼밖에 보지 못하는 것이다. 예전에는 산신령이 아무 생각 없이 산에 오르는 나를 기특하게 여겨 노래를 던져주곤 했는데 아는 것 별로 없는 내가 혼자서 노래를 찾자니 그게 그렇게 힘들다. 그런데도 온 겨레가 함께 부를 아리랑을 캐겠다고 백두산에 왔으니 나도 참 교만방자한 놈이다. 노래를 위해서라도 그렇게 하면 안 되는 건데…. 아무튼 산신령은 더이상 나한테 노래를 주지 않을 것 같다. 나는야

꿈꾸는 노란 기차

바보 멍청이! 누군가의 발에 차이면 요란한 소리를 내며 굴러갈 빈 깡통! 혼자 까불다가 큰 벌을 받았네.

❧

어느 봄날, 추하게 떨어진 목련꽃을 보고 나는 목련꽃처럼 살지 않겠다고 했지. 그랬던 내가 왜 갑자기 꽃이 되려고 했는지 모르겠다. 잎사귀로 살기로 했으면 끝까지 잎사귀로 살아야지 향기도 없는 녀석이 무슨 꽃 타령이란 말인가? 꽃은 지나가는 사랑이거늘, 도대체 내가 왜 그런 생각을 했을까? 그것도 꽃을 피우지 않는 튼래나무 앞에서 말이다. 이런 내 모습을 보고 튼래나무는 심한 배신감을 느꼈을 것이다. 욕심은 그렇게 나를 무너트리고 말았다.

❧

욕심이라는 새가 내 마음속을 휘젓고 다니는 게 느껴진다. 생각해보면, 눈뜬장님이 된 것도 다 내가 꽃이 되려고 했기 때문이다. 꽃은 꽃대로, 잎사귀는 잎사귀대로 자기 할 일이 있는데 나는 왜 잎사귀처럼 살겠다는 다짐을 저버렸는가? 다시 잎사귀로 돌아가고 싶어도 돌아가는 길을 찾을 수가 없다. 나처럼 천직에 충실하지 않는 자는 하늘을 배신한 거나 마찬가지다. 아무리 욕심의 농간이라 할지라도 잎사귀로서의 삶을 내팽개쳤으므로 벌을 받아 마땅하다. 가을이 되면 단풍이 되어 산도 기쁘게 해주고 사람도 기쁘게 해줘야 하는데 잎사귀 노릇도 못하는 놈이 무슨 노래를 찾겠다는 것인지?

❦

  드디어 대책 없이 달리던 나의 욕망은 양심과 충돌하고 말았다. 갑자기 온몸에 찬기가 돌더니 곧바로 외로움이 쳐들어왔다. 저녁 8시가 조금 넘었다. 모두들 피곤해서 잠을 잔다. 나도 자야 하는데 욕망과 양심의 충돌로 잠이 오지 않는다. 나를 습격한 외로움을 몰아내려고 라면을 끓여먹었다. 다 먹고 나서 다시 두 개를 더 삶았다. 내가 먹을 수 있는 양은 한 개인데 내가 지금 미쳤나보다. 배부르면 외롭다는 생각이 들지 않을 것 같아서 그런 건데 오히려 외로움은 더 커지고 있었다. 점점 커지는 외로움을 수그러들게 하려고 배갈(白酒)을 거푸 마셨더니 수그러들기는커녕 더 빠른 속도로 온몸에 번지고 말았다. 숙소 밖으로 나와 뒤뚱뒤뚱 걸으면서 소화를 시켜보려고 애를 썼으나 배는 쉽게 꺼지지 않았다. 외로움을 잊어보려고 라면도 많이 먹고 술도 많이 마셨는데 술은 술대로 취하고 배는 배대로 부르고 외로움은 외로움대로 부풀어오르고 말았다. 둑 위로 물이 넘치는 그런 느낌이 들었다. 고통이 춤을 추기 시작하자 숨이 가빠지고 혈압이 오르고 걷기조차 힘들어졌다. 그냥 외로워지면 외로워할 걸 괜히 쓸데없는 짓을 했다. 배가 꽉 차도록 먹은 것을 후회하며 별을 바라보는데 나도 모르게 눈물이 나왔다.

아침에 일어나니 눈두덩이가 붓고 얼굴도 부숭하다. 소화는 조금 된 것 같은데 부풀어오른 외로움은 가라앉을 생각을 하지 않는다. 오늘은 또 어디로 가는 건지 늙은 차는 송강하를 떠나고 있었다. 어디쯤인가, 낯익은 길이 눈에 들어왔다. 길도 나를 알아보고 시냇물도, 산비탈의 나무들도 나를 알아보는 것 같았다. 차멀미를 할 것 같아 잠시 쉬어가자고 했다. 결국 내리자마자 토하고 말았다. 괴롭게 토하면서 생각했다. 욕심이라는 것도 이렇게 토해낼 수 있다면 얼마나 좋을까? 하지만 욕심이라는 놈은 내 마음에 착달라붙어 떨어질 생각을 하지 않는다. 얼마나 힘들게 토했는지 눈가에 눈물이 다 맺혔다. 물로 입을 헹구고 손바닥에 물을 조금 따라 눈가에 묻은 눈물자국을 닦았다.

둔치에 앉아서 개울을 바라보니 어디론가 열심히 흘러간다. 냇물은 흘러서 강으로 가고 강물은 흘러서 바다로 가는데 나는 어디로 흘러가는가. 흐른다 해도 꿈이 없으니 바다까지 흘러가긴 글렀다. 혹시 흐르다가 저수지 물이 되어 가뭄 때 요긴하게 쓰인다면 그것으로 족할 일이다.

강물은 바다가 되고 싶어서 흐르는 것이 아니라 처음부터 그냥 흐르는 것이다. 그냥 낮은 데로 흐르다보니 어느 날 갑자기 바다가 된 것뿐이다. 바다가 되고 나서도 강물은 자기가 바다가 된 것을 모른다. 나도 그렇게 흘러가야 하는데 도량이 좁아 저수지 물도 되지 못할 것 같다.

◊

예전에는 내가 만든 노래를 나뭇잎이라고 생각한 적이 있었다. 어지러운 세상에 노래라는 나뭇잎을 띄우면 세상이 아름답게 보일지도 모른다는 생각을 한 것이다. 그러던 어느 날 노래가 강물 밖으로 밀려나와 있는 것을 알게 되었다. 누군가가 내 노래 잎을 건져서 강물 밖으로 던졌거나 아니면 세찬 물결에 밀려났거나 둘 중에 하나였다. 어찌되었든 내 노래는 강물 밖 물웅덩이에 갇힌 신세가 되어 있었다. 실제로 사람들을 만나서 세상 흐름을 얘기하다보면 나는 흐름에서 완전히 밀려났다는 것을 느끼게 된다. 처음부터 세상과 어울리지 못한 당연한 결과라고 생각도 해보았지만 막상 밀려났다고 생각하니까 문득 내가 귀양살이를 하고 있다는 생각마저 드는 것이었다. 그 귀양살이에서 내 곁을 지켜주었던 것은 쓸쓸함이었다. 그런데 언제부턴가 그 쓸쓸함마저 보이지 않았다. 사람들은 지금이라도 세상과 어울려보라고 하지만 어찌된 일인지 그 말이 낯설고 두렵기만 하다. 어차피 세상과 어울릴 재간이 없으니 난 내가 다시 쓸쓸해졌으면 좋겠다. 누가 나를 귀양살

꿈꾸는 노란 기차

이 보냈는지는 모르겠지만 쓸쓸함이여! 다시 내게 돌아와다오.

❧

어디서 날아왔는지 웅덩이에 나뭇잎 하나가 떠 있다. 흘러가지 못하니 가라앉을 것이 뻔하다. 내 노래 잎도 웅덩이에 떠 있는 저 나뭇잎처럼 길을 잃은 것이 아닐까? 그나마 고인 물마저 조금씩 잦아지고 있으니 큰비가 내려오지 않는 한 노래 잎은 이대로 가라앉을 수밖에 없다. 설사 큰비가 내려 웅덩이에 빠진 내 노래 잎이 다시 흐른다 해도 예전처럼 흐르지는 못하리라. 요즘처럼 바람도 거칠고 강물도 거칠면 부딪쳐 찢어지고 가라앉을 테니까. 나는 내 노래 잎을 그렇게 잃고 싶지 않다. 생각하면 할수록 옛날이 그립다. 아름다운 세상을 위하여 노래 잎을 띄우던 그 시절 말이다. 그런데 지금은 강도 무섭고 바다도 무섭고 사람도 무섭고 세상도 무섭다. 아, 나는 늙지 않았는데 내가 늙었구나.

❧

불편한 속이 좀 가라앉은 것 같다. 앞으로 다시는 어제와 같은 짓을 하지 않을 것이다. 지금까지는 외로움을 다정한 동무라고 생각했는데 어제 나를 찾아온 외로움은 뭔가 좀 낯선 구석이 있었다. 다정하게 대해주기는커녕 허약해진 나를 부추겨 배터지도록 먹게 한 다음 괴로움까지 주고 떠나지 않았는가? 앞으로 또다시 그런 외로움이 찾아오면 같이 놀지 말아야겠다.

개울 건너편에 있는 나무에서 잎 하나가 떨어져 바람에 흩날린다. 마치 나를 보는 것 같다. 이런 봄날에 푸르러야 할 나뭇잎이 어쩌자고 나무를 떠나 바람에 흩날리는가. 나뭇잎이 떨어지는 건 둘 중에 하나다. 본분을 다하고 낙엽이 되는 것과 본분을 잊고 스스로 나무를 떠나는 것. 나는 스스로 나무를 떠난 잎사귀다.

늙은 차는 다시 흙먼지 날리며 달린다. 나는야 또다시 빈 배로 귀항하는 어부! 이 허전함을 무엇에 견주랴? 나는야 욕심의 꼭두각시. 백두산 산신령한테 용서를 빌어야 한다면서 은근슬쩍 노래를 얻으려고 했지. 이렇게 욕심에게 끌려 다니면서 첫 마음을 잃었으니 죄인이 될 수밖에. 그래서 나는 또다른 감옥으로 이송되고 있는 것이다.

◈

나는 지금 마지막 라운드를 치러야 하는 권투 선수다. 여기서 녹아웃으로 이기지 못하면 또다시 허수아비로 살아야 한다. 1라운드부터 지금까지 내 마음은 이미 만신창이가 되었다. 백두산에 오를 때마다 백두산을 커다란 링으로 생각했고 스스로 권투 선수를 자처했다. 그리고 그때마다 늘 마지막이라고 생각하며 라운드에 올랐다. 그 마지막이라는 것도 벌써 세번째다. 여태까지 라운드마다 헛손질만 했다. 권투의 기본도 모르는 놈이 링에 오른 것

꿈꾸는 노란 기차

이다. 링에 오르기 전에 욕심이 나에게 제안한 것이 있었다. 이 경기에서 이기면 '온 겨레가 함께 부르는 아리랑'을 주겠다는 약속이었다. 나는 바보처럼 그 말을 믿고 겁도 없이 링에 올랐다. 하지만 오히려 잘된 일인지도 모른다. 욕망을 채우려는 위선이 온 천하에 드러났으니 말이다.

지금까지 내 마음을 짓누르고 있던 그 '무엇'의 정체를 알게 되었다. 그것은 다름 아닌 허영이었다. 허영의 무게가 이렇게까지 무거울 줄은 정말 몰랐다. 실력도 없으면서 욕심의 유혹에 넘어가 이기지도 못할 경기를 한 것은 바로 나 자신이었다. 만약 행운을 바라고 경기를 한 거였다면 처음부터 하지 말았어야 했다. 인생에서 행운이라는 건 없다. 승자는 땀과 눈물을 기억할 뿐, 그것을 행운이라 말하지 않는다. ■

6 ———

밑으로 흐르는 길

밀물에 덮인 것은

썰물에 드러날지니

첫 마음을 버리면

뜻을 이룬다 해도

자랑스럽지 못하다

화초를 키우려면 화초의 입장이 되어봐야 한다. 사람의 욕심으로 화초를 키우면 화초가 시들어버릴 수도 있으니까. 아이들을 키우면서 가장 잘못한 것은 아이들의 입장이 되어보지 못했다는 것이다. 아무리 부모의 사랑이라고 해도 지나치면 간섭이 되는 것이고 그 간섭 때문에 아이들은 제대로 자라지 못한다. 소나무 분재를 좋아하는 사람도 있겠지만 소나무 입장에서 보면 소나무는 고통 속에서 사는 것이다. 그걸 알면서도 나는 아이들을 분재로 키우려고 했다. 만약 처음부터 다시 시작할 수 있다면 나는 절대로 아이들을 분재로 키우지 않을 것이다. 노래도 마찬가지다. 노래의 입장을 무시하고 노래를 만들면 그건 노래를 학대하는 것이다. 그것은 자연스럽게 떠도는 노래를 캐다가 소나무 분재처럼

꿈꾸는 노란 기차

만들겠다는 것과 조금도 다를 게 없다.

❦

노래를 만들면서 가장 잘 한 일은 옆으로 가지 않고 아래로 향한 것이었다. 그런데 언제부턴가 나는 옆으로 가고 있었다. 노래라는 것이 나무 공예 하는 것처럼 정성을 다해 다듬고 또 다듬어야 하는 건데 그 일을 게을리 하고 아예 완성된 노래를 찾으려고 했던 것이다. 그것은 어디서 괴석을 주워다가 '이것이 내 작품이오'라고 하겠다는 것과 다를 바 없었다. 나는 흔들림 없이 계속 아래로 향할 거라고 믿었지만 어느새 옆으로 움직이고 있었다. 이 모든 것이 욕심에서 비롯된 것이니 이 상태로는 백두산뿐만 아니라 다른 어떤 산에 간다고 해도 노래는 캐지 못하리라. 첫 마음을 버린 자는 또다른 첫 마음을 만드는 법이니까.

❦

사람은 누구나 한 가지 재능을 갖고 태어난다. 내 주변 동무들은 내가 노래 만드는 데 재능이 있다고 하지만 산신령에게 노래를 얻어다 발표하는 게 고작이다. 그것도 재능이라면 할말이 없지만 그마저도 이제는 산신령이 노래를 주지 않으니 내세울 재능이 하나도 없는 거나 마찬가지다. 중대한 결심을 해야 한다. 여기서 노래 일을 그만두든가 아니면 다른 일을 찾든가. 하지만 다른 일이라는 것도 재능이 있어야 하는 것 아닌가? 곰곰이 생각해보았다. 지금까지 노래 만드는 일을 천직으로 생각했는데 노래가 보이지 않는다고 그 일을 그만둔다면 하늘을 배신하게 되는 일 아닌가. 그렇다면 결론은 하나다. 다시 옛날로 돌아가는 거다. 하지만 욕심이라는 놈이 내 발목을 잡고 있으니 이 일을 어찌하면 좋겠는가?

❦

무슨 일이든 욕심이 들어가면 순수에서 멀어지기 마련이다. 혹시나 해서 지금까지 만들었던 노래들 중에서 몇 곡을 떠올려보았다. 역시 내 노래에도 욕심의 흔적이 보였다. 그것참, 노래를 만들 당시에는 순수하다고 생각했는데 왜 이제 와서 욕심의 흔적이 나타나는가? 밀물에 덮인 것은 썰물에 드러나는 법이지.

❦

욕심이라는 게 사람이 자라면서 생겨나는 것이 아니라 처음부터 지니고 태어난 게 아닐까 싶다. 물론 그때는 순수한 욕심이었으리라. 하지만 그걸 어떻게 사용했느냐에 따라서 욕심의 모양은 다르게 나타난다. 공장에서 나온 똑같은 신발도 세월이 흐르면서 그 주인을 닮아가지 않던가? 어느 날 나는 보았다. 내 마음속에 잡초처럼 자란 욕심이 있다는 것을. 그때부터 나는 잡초를 걷어낼 궁리를 하게 되었다. 어떻게 걷어낼 것인지, 그것이 문제였다.

그러던 어느 날이었다. 지하철에서 우연히 옆 사람이 읽고 있는 신문을 보게 되었는데 그때 내 눈에 '국토 종단 희망의 행진'이라는 글자가 들어왔다. 그 글자를 본 순간 이상하게도 가슴이 막 뛰었다. 자세한 내용을 읽어보려고 고개를 기웃거렸는데 마침 옆 사람이 신문을 건네주고 자리에서 일어났다. 고맙다는 말을 하고 얼른 기사를 읽어보았다.

　민족의 평화와 화해, 동포 사랑을 위한 국토종단! 부산과 목포에서 출발하여 충청, 전라, 경상이 만나는 삼도봉에서 합류한 다음 다시 임진강까지(…) 행진 기간 중 각종 행사를 통해 성금을 모금하여 어려운 처지에 놓여있는 동포 사회를 지원(…)

대충 이런 내용이었다. 누가 보더라도 가슴이 뛸 만한 내용은 아니다. 하지만 그 기사를 보는 순간 이상하게도 가슴이 뛰었고 희망이라는 말이 자꾸만 가슴을 파고들었다. 그렇지 않아도 욕심의 굴레에서 벗어나고 싶었는데 이제 벗어날 길을 찾았으니 얼마나 고마운 일인가! 부산과 목포를 놓고 고민하다가 목포를 택했다. 목포에서 임진강까지 700킬로미터, 그 길을 걸으면 잡초처럼 자란 욕심을 걷어낼 수 있을 거라고 믿었다. 나에게 주어진 시간은

23일! 그 안에 욕심을 걷어내지 못한다면 노래 만드는 일을 그만 둬야 한다. 며칠 뒤, 나는 목포 가는 기차에 올랐다. 마음의 잡초가 사라지길 간절히 바라면서.

꿈이란 마음속에 돋아난 새잎이다. 날마다 별을 보면서 꿈이 시들지 않을 거라고 생각했던 시절이 있었다. 그러나 언제부턴가 나는 별을 보지 않게 되었고, 꿈이 시들었을 거라고 생각했다. 그런데 아니었다. 꿈이 시든 직접적인 원인은 촉진제였다. 나를 앞세워 새잎에 촉진제를 뿌리도록 한 것은 욕심이었다. 하지만 욕심이 했다는 것을 어떻게 증명할 길이 없었다. 아무리 내가 그런 게 아니라고 외친들 내 말을 들어줄 사람도 없었다. 꿈은 꽃도 피우지 않고 열매도 맺지 않으며 그냥 평생 새잎으로 있는 것인데 거기에다 촉진제를 뿌렸으니…. 그렇게 한다고 꿈이 빨리 자라는 것도 아닌데 멍청하게 욕심이 시키는 대로 했으니 이런 바보가 또 어디 있는가. 결국 꿈은 말라죽었고 욕심은 그렇게 내 마음에서 꿈을 밀어내고 그 자리를 차지했다.

기차는 오후 늦게 목포에 도착했다. 아무도 날 반겨줄 이 없는 낯선 도시에서 어디로 갈지 몰라 두리번거렸다. 그때 축 늘어

　　　　　　　　　　　꿈꾸는 노란 기차

진 바람이 내 얼굴을 스치고 지나갔다. 나는 바람 부는 대로 여기저기 돌아다니다가 집합 장소인 유달초등학교에 도착했다. 체육관에 모인 사람들을 만나고부터 나는 완전히 꿔다놓은 보릿자루가 되었다. 사람들 앞에서 얼굴 들고 있기가 불편했다. 아, 이 쓸쓸함! 체육관 한구석에 자리를 펴고 일찌감치 잠을 청했다.

1999년 7월 24일 아침, '희망의 행진'이라는 글자가 새겨진 모자를 쓰고 노란 민소매 유니폼을 걸쳐 입은 행진 단원 예순일곱 명은 목포역 광장 앞에서 첫발 딛기 행사를 기다리고 있었다. 대부분 스무 살 안팎의 대학생들이었지만 초등학생도 몇 명 있었고 고등학생도 몇 명 있었다. 마흔 살이 넘게 보이는 사람은 나를 포함해서 다섯 명이었다.

지루했던 행사가 끝이 나고 드디어 행진이 시작되었다. 행진 단원들은 각자 들고 있던 풍선을 날리면서 소원을 빌었다. 나는 높이 오르는 풍선을 바라보며 내 마음에서 욕심이 사라지게 해달라고 빌었다.

얼마쯤 걸어가는데 행렬 뒤에서 '우리의 소원'이라는 노래가 들려왔다. 뒤돌아보니 차 위에 설치해놓은 스피커에서 나오는 소리였다. 그때 진행 요원이 나타나서 따라 부르라고 외쳤다. 행진 단원들은 힘차게 노래를 따라 불렀다. 하지만 이런 상황에서 그 노래를 부른다는 것이 왠지 생뚱맞게 여겨졌다. 나의 소원은 욕심을 걷어내는 것인데 갑자기 통일 노래를 부르라는 것이 말이다. 병아리 같은 유치원 아이들이 길옆에 서서 꼬마 코스모스와 함께 손을 흔들어주었다. 그런데 어디선가 고약한 농약 냄새가 바람을 타고 날아와서 코를 찔렀다.

욕심은 술을 좋아했다. 그래서 날마다 어떤 핑곗거리를 만들어서 내가 스스로 술을 마시도록 유도했다. 그렇게 마신 술은 고스란히 욕심한테 전달되었고 술에 취한 욕심은 다시 나를 못살게 굴었다. 이런 일이 반복되다보니 결과적으로는 내 몸만 망가졌다. 이번에는 행진이 끝날 때까지 술을 마시지 않기로 했다. 그랬더니 사흘째 되는 날부터 몸속에서 난리가 났다. 화가 난 욕심은 내가 걷지 못하도록 해살을 부렸고 그로 말미암아 발가락에 물집이 생기기 시작했다. 아무것도 아니라고 생각했지만 그 아무것도 아닌 것이 내 몸 전체를 괴롭히더니 결국은 머릿속까지 멍하게 만들었다. 무슨 일이 있어도 끝까지 걸어야 한다고 다짐했는데 아스팔트 바닥에서 올라오는 후더운 열기에 나의 다짐은 벌써부터 흔들리기 시작했다.

즐거운 모습으로 걸어가는 단원들을 보면 나한테만 문제가 있

꿈꾸는 노란 기차

는 것 같았다. 단원들이 쉬고 있을 때 나는 뒤처져 걷고 있었고, 겨우 쉬는 장소에 도착하면 쉬고 있던 단원들은 다시 길을 떠나고 있었다. 한번은 내가 쉬는 장소에 도착하니 미리 와서 쉬고 있던 단원들이 나를 위해 박수를 쳐준 적도 있었다. 단원들은 이미 서로 친해졌는지 끼리끼리 모여 잡담을 나누곤 했지만 나는 그들과 어울리지 못했다. 그들 역시 나이 많은 나에게 먼저 다가오지 않았다. 차라리 잘됐다고 생각했다. 이 행진이 끝날 때까지 홀로 조용히 걸을 생각이었다.

주유소가 나타나기만 하면 행진 단원들은 소리를 질렀다. 길가에서 쉴 수 있는 곳은 주유소밖에 없기 때문이었다. 몇몇 여학생들이 나를 웃게 만들었다. 처음 며칠은 앉을 자리를 가리더니만 1주일쯤 되니까 아무데나 앉고 눕고 그러는 것이었다.

10분간 휴식이 끝나고 다시 행진이 이어질 때였다. 얼굴이 시꺼멓게 탄 진행 요원이 옆 사람과 손을 잡으라고 말했다. 그러자 대열은 자연스레 두 줄이 되었고 어떤 여학생이 내 짝꿍이 되어 손을 잡아주었다. 서로 인사를 나누고 걸어가는데 갑자기 그 여학생이 다른 손에 쥐고 있던 손수건으로 땀이 줄줄 흐르는 내 손바닥을 닦아주었다.

"손에 땀이 많이 흐르네요, 어르신."

그 아이는 내가 힘들어하는 모습을 죽 지켜본 것처럼 말을 했다. 참으로 오랜만에 느껴보는 다정한 손길이었다. 그 바람에 말 없이 걷겠다던 나의 다짐은 쉽게 허물어지고 말았다.

"어르신이라니?"

"며칠 전에 우리끼리 모여서 서로 별명을 지었는데 선생님은 어르신으로 하기로 했어요."

나는 멋쩍은 표정을 지으며 내 나이에 어르신 소리를 듣는 건 좀 그렇다고 말했다. 그랬더니 자기 별명은 덜렁이라며 픽 웃었다. 얼마쯤 지나서 덜렁이가 귀에 꽂고 있던 이어폰 한쪽을 내게 내밀었다. 얼떨결에 받아들어 왼쪽 귀에 꽂았다. 비틀즈의 〈노란 잠수함(Yellow Submarine)〉이라는 노래가 흘러나왔다. 덜렁이와 나는 어느새 발을 맞추며 걷고 있었다. 그러고 보니까 노란 유니폼을 입고 행진하는 단원들 모습이 노란 잠수함으로 보이기도 했다. 비틀즈 노래 중에서 뭐가 좋으냐고 물어보기에 나는 〈언덕 위의 바보(The Fool On The Hill)〉라고 말했다. 그랬더니 자기도 그 노래를 좋아한다면서 반가운 표정을 지었다. 덜렁이의 눈빛에 박하 냄새가 묻어 있는지 답답하던 내 가슴에 상쾌한 바람이 지나갔다.

열흘이 지나면서 행진을 포기한 사람들이 일곱 명으로 늘어났다. 나에게도 첫 고비가 왔다. 내가 왜 걷고 있는지도 모르겠고 머릿속이 텅 비어 있는 듯 아무 생각도 떠오르지 않았다. 게다가 종아리 근육이 뭉치기 시작하면서 걷는 것이 더 힘들어졌다. 그때 비가 내리기 시작했다. 언제 또 이런 비를 맞아볼 수 있으랴. 정신을 가다듬고 신나게 비를 맞으면서 걸었다. 그렇게 한참을 걸어가는데 길 건너편 배수구로 빗물이 흘러들어가는 것이 보였다. 비에 씻긴 아스팔트 바닥처럼 내 마음속에 쌓여있던 너저분한 것들이 빗물에 싹 씻겨나가는 것 같은 기분이 들었다. 문득, 배수구 밑으로 또다른 길이 있을 거라는 생각이 들었다. 그렇게 생각하니 내가 하수도를 걷고 있는 것 같았다. 갑자기 두 눈이 동그랗게 커졌다. 사라진 내 꿈이 어쩌면 하수도에 있을지도 모른다는 생각이 번개처럼 뇌리를 스치고 지나간 것이다. 만약 내 꿈이 하수도에서 흘러가고 있다면 언젠가 다시 만날 수도 있다는 말이 아니겠나.

❧

 길이 아닌 길은 가지 말라고 했지만 사실 웬만한 길은 길로 다이어져 있다. 목표가 정해져 있는 사람한테는 험한 산도 길이 되는 것이고, 목표가 없는 사람한테는 평탄한 길도 험한 길이 된다. 우리는 눈앞에 보이는 길만 길이라고 하지만 눈에 보이지 않는 길도 있다. 사람들이 길을 찾지 못하는 것은 좋은 길로만 가려고 하기 때문이다.

오후 행진이 시작되고 얼마 지나지 않아서 비가 멎었다. 여기가 어디쯤인지는 모르겠지만 갑자기 행진 단원들의 함성이 터졌다. 모두들 가던 길을 멈추고 비 그친 하늘을 쳐다보았다. 푸른 들판 너머 낮은 산 위로 쌍무지개가 피었던 것이다. 아주 잠깐이긴 했지만 내 마음에서 욕심이 사라진 것처럼 기분이 상쾌했다.

무지개를 보고 난 뒤, 우리는 어느 과수원 앞에서 쉬어가기로 하였다. 비가 와서 그랬는지 아까운 복숭아들이 여기저기에 많이 떨어져 있었다. 우리는 허기진 배를 채우려고 땅에 떨어진 복숭아를 주워먹었다. 잠시 뒤 과수원 주인이 나타나서는 천천히 많이 먹고 가라고 했다. 고맙다고 말하니 과수원 주인은 오히려 우리에게 고맙다고 했다. 떨어진 과일은 상품성이 없어서 어차피 팔지 못한다는 것이었다. 그리고 덧붙이는 말이, 그냥 버려야 할 것을 먹어줬으니 자기도 복숭아한테 덜 미안하다는 것이었다. 우리는 그 말을 듣고 더 열심히 주워먹었다. 한 열 개쯤 먹은 것 같다. 태어나서 그렇게 맛있는 복숭아를 배 터지도록 먹은 것은 처음이었다. 도대체 이 사회가 요구하는 상품성의 기준은 무엇이란 말인가? 나는 오늘 제대로 알았다. 상품성 없는 복숭아가 더 맛있다는 것을.

마음에 불순물이 가득 찼을 땐 몰랐는데 불순물이 쭉 빠지고 나니 썰물에 갯벌 드러나듯 온갖 생각들의 실체가 드러났다. 그 가운데 가장 추잡한 모습을 하고 있는 것은 백두산에 가서 노래를 캐오고야 말겠다는 생각이었다. 온 겨레가 부르는 아리랑을 캐서 백성들한테 바치겠다는 마음으로 떠났으나 그 순수했던 마음 뒤에 숨어 있는 실체를 보니 참으로 기가 막혔다. 온 겨레가 부르는 아리랑을 내세우면서 결국은 내 이름을 알리려 했던 것이다. 자신을 속여먹는다는 게 바로 이런 것이다. 이런 마음을 품고 있었으니 산신령에게 버림을 받은 거다. 노래가 보이지 않는 까닭을 이제 좀 알 것 같다.

밀물에 덮인 것은
썰물에 드러날지니
첫 마음을 버리면
뜻을 이룬다 해도
자랑스럽지 못하다

―「시치미」(1999)

열여섯째 날인 8월 8일, 더 열심히 걸어서 땀을 흘리기로 했다. 혹시 내가 모르는 추잡한 생각들이 더 드러날지도 모르기 때문이었다. 이번 기회에 욕심이 깃든 모든 생각들이 드러나 땀으로 다 빠져나갔으면 좋겠다. 그런데 문제가 생겼다. 어깨와 무릎이 너무 아팠다. 저만치 독립기념관이 보였다. 도착하자마자 구급차로 갔다. 간호사가 왼쪽 무릎에 약을 뿌려주고 압박붕대를 감아주었다. 무릎과 어깨는 산 다니다가 생긴 병인데 이번에 통증이 다시 도졌다. 간호사가 차를 타고 가라고 권했지만 괜찮다고 했다. 자동차 앞 유리창으로 행진단이 떠나는 모습이 보였다. 나는 얼른 차에서 내려 절룩거리며 행진단을 쫓아가다가 이번에는 발목을 접질려 넘어지고 말았다. 그것을 본 덜렁이와 진행 요원이 나를 향해 걸어왔다. 아마 나를 차에 태우려는 것 같았다. 늦게라도 숙영지에 갈 테니 차에 태우지 말라고 했다. 그래도 내가 걱정이 되었는지 진행 요원은 덜렁이에게 나를 맡겨놓고 앞서가는 행진단을 향해 달려갔다.

새벽 4시에 일어나 숙영지 정리하고, 아침 먹고, 체조하고 6시에 출발하는 생활을 되풀이한지도 어느덧 19일째로 접어들었다.

오늘은 수원을 지나 안산까지 갈 거라고 했다. 화성초등학교를 출발한 지 얼마쯤 되지 않아서였다. 길 아래쪽에 있는 집 울타리 밑에 호박꽃 두 송이가 함초롬히 피어 있는 것이 보였다. 어찌나 귀여운지 별 두 송이가 고개를 갸우뚱 기울이고 인사를 하는 것 같았다. 지구에 놀러 왔던 별들이 되돌아가지 못하고 호박꽃으로 피어난 것일까.

앞으로 나흘 남았는데 지금껏 잘 걸어왔던 아주머니가 갑자기 집으로 돌아가게 되었다. 그동안 물집 때문에 고생을 많이 한 분인데 왜 이제 와서 포기하는지 안타까웠다. 나중에 알고보니 맏며느리라 집안 제사에 참석을 해야 한다는 것이었다. 그 말을 듣고 괜히 화가 났다. 그 아주머니는 지금까지 누구와도 말을 나누지 않고 걸었다. 우리들 중 누군가는 무슨 사연이 있을 거라고 쑥덕거리기도 했다. 아주머니는 눈물을 글썽이며 우리에게 힘내라는 말을 남기고 떠났다. 떠나가는 뒷모습을 바라보는데 본 적도 없는 그분의 남편이 그렇게 미울 수가 없었다. 나는 그 아주머니의 몫까지 걷기로 했다.

반월로 접어들 때였다. 오른쪽 목덜미에서 오른쪽 어깨와 등으로 이어지는 통증이 나를 고통의 도가니로 몰아넣고 있었다. 왼쪽 무릎은 말할 것도 없고 이제는 오른쪽 무릎과 장딴지까지 말썽이었다. 지금까지 잘 참아왔는데 드디어 올 것이 온 것이다. 나도 모르게 주저앉고 말았다. 앞으로 나흘밖에 남지 않았는데 눈물이 핑 돌았다.

'하느님 나흘만 도와주십시오. 욕심을 밀어내야 합니다.'

그때 맨 뒤에서 행진단을 따라오던 구급차가 내 옆에 서더니 나를 차에 태웠다. 간호사가 왼쪽과 오른쪽 무릎에 약을 발라주면서 말했다.

"더이상 무리하지 마시고 차를 타고 가세요. 무릎이 많이 부었어요."

할말이 없었다. 며칠 전에도 차를 타고 가라는 간호사의 권유를 뿌리쳤기 때문이었다. 그때였다. 내 뜻도 물어보지 않고 차가 출발하는 것이었다. 나는 본능적으로 차를 세우라고 소리를 질렀다. 간호사는 내 말을 무시하고 운전 요원에게 계속 가라는 지시를 내렸다. 갑자기 눈앞이 캄캄해졌다. 차가 설 때까지 계속 소리를 질렀다. 결국 차는 섰고 나는 차를 타고 온 것만큼 되돌아가게 해달라고 부탁을 했다. 간호사가 그런 나를 물끄러미 쳐다보면서 말했다.

"아이쿠, 왜 이리 고집이 세세요? 몸을 생각하셔야죠."

그리하여 겨우 내가 주저앉은 곳으로 되돌아올 수 있었다. 구급요원들에게는 미안했지만 포기할 수가 없었다. 포기하면 욕심 앞

꿈꾸는 노란 기차

에 무릎을 꿇어야 하기 때문이었다. 구급차는 나를 내려놓고 떠났다. 혼자 남게 된 나는 뜨거운 아스팔트 길을 절뚝거리며 걸었다. 대열에서 완전히 이탈되고 보니 의욕이 사그라지는 것 같았다. 아무리 정신력이라고는 하지만 좀 무모하다는 생각도 들었다. 왼쪽 새끼발톱은 빠지고 궁둥이 살에 덮인 똥구멍 부근과 허벅지 살에 맞닿은 불알은 쓸려서 걸을 때마다 쓰리고 고통스러웠다. 갑자기 들판이 쓸쓸하게 보였다. 이미 행진단은 시야에서 멀어졌다. 어깨와 팔이 빠져나갈 듯 아픈데 종아리 근육까지 뭉쳐서 걷기가 힘들었다. 마음은 포기하지 않으려고 했지만 솔직히 내 체력은 여기까지였다. 길옆에 있는 나무에 다다르자 나는 다시 주저앉고 말았다. 너무 아프니까 눈물이 저절로 나왔다.

❧

맥없이 들판을 바라보고 있는데 하얀 백두산이 떠올랐다. 백두산에 갔다 오면 생각들이 샘솟을 줄 알았는데 오히려 생각은 마르고 아무 일도 할 수 없는 허수아비가 되고 말았다. 그렇게 되고 보니 일하는 사람들을 보면 창피하기도 하고 심지어는 빚을 진 사람처럼 압박감에 시달리기도 했다. 게다가 가끔 컴컴한 하수도에서 빛을 찾는 환각에 빠지는가 하면 어떤 때는 벌건 대낮에도 두리번거리며 탈출구를 찾기도 했다. 무슨 병에 걸렸는지는 몰라도 사람을 만나기가 싫고 혹시라도 누가 나를 알아보기라도 하면 고개를 저으며 모른 척 하거나 아니면 내가 먼저 그 사람을 피해버리곤 하였다.

❦

　이제 욕심 앞에 무릎을 꿇어야 할 시간이 다가왔다. 희망은 만
나지 못했으며 역시 내 힘으로는 욕심을 밀어낼 수 없었다. 서서
히 눈이 감겨 왔다. 그때였다. 멀리서 덜렁이가 걸어오는 모습이
보였다. 사그라지던 의욕이 다시 꿈틀거리더니 조금 전까지 쓸쓸
하던 들판이 갑자기 아름답게 보이기 시작했다. 덜렁이는 나한테
오자마자 윤 부장의 심부름이라며 지팡이를 내밀었다. 윤 부장은
행진 단원들의 문제를 책임지는 사람이었다. 아무래도 내가 골칫
거리가 된 모양이었다. 지팡이를 짚고 다시 뜨거운 아스팔트 길을
걸었다. 덜렁이가 나 때문에 괜한 고생을 하는 게 아닌가 싶어 미
안하다고 말했다.

　"미안하긴요, 제가 어르신 보호자 아닙니까?"

　덜렁이의 말을 듣자 나는 더 미안해졌다.

　"나 때문에 저녁도 못 먹는구나."

　"괜찮아요, 우리 도착하면 비빔밥 만들어서 맛있게 먹어요."

　허기진 배를 달래가며 8시가 넘어서야 숙영지에 도착했다. 덜렁
이는 식당차에 가서 남은 밥과 반찬을 얻어다가 양푼 그릇에 마구
비볐다. 배가 얼마나 고팠던지 뭐든지 다 먹을 수 있을 것 같았다.
우리가 허겁지겁 먹고 있는 모습을 본 식당차 아저씨가 천천히 먹

으라며 국을 떠다주었다. 국물을 후루룩 마시고 다시 밥 한 숟가락 먹고 고추장에 고추를 찍어 한입 깨물었다. 그때였다. 입 안에서 뭔가 이물질이 씹혔다. 조심스레 꺼내보니 어금니에 씌운 보철이 빠져 버린 것이었다. 아, 이제 이빨까지 속을 썩이는구나!

❧

그날 밤 꿈을 꾸었다. 자다가 저절로 꾸는 꿈이 아니라 내가 스스로 꾸는 꿈이었다. 텅 빈 머릿속에서 자꾸만 배수구가 떠올랐다. 도로 위로 쏟아진 빗물이 길 위에 있는 것들을 쓸어가면서 배수구로 흘러들어갔다. 내 꿈도 그렇게 배수구로 흘러들어갔을 거라는 생각이 들었다. 어느새 나는 하수도를 걷고 있었다. 길 밑에 이런 세상이 있었구나! 한줄기 햇살이 나타나주기를 바라며 퀴퀴한 물줄기를 따라 걸었다. 영화 속의 하수도는 넓고 이따금씩 불빛도 보이던데 지금 내가 걷고 있는 하수도는 나가는 문도 찾을 수 없을 뿐더러 거의 아무것도 보이지 않았다. 이곳도 맨 처음에는 깨끗했을 텐데 온갖 더러운 것들을 받아주다보니 이렇게 더러워진 것이다. 이게 다 사람들이 버린 거라고 생각하니 하수도보다 사람들이 더 더러운 존재 같다.

컴컴한 하수도!

어디선가 꿈이 나를 바라보고 있는 듯한 기척이 느껴졌다. 정말 미안하다고 말을 건넸다. 욕심이 꿈을 밀어낸 것이 아니라 내가 어리석어서 그리된 것이니까. 꿈이 떠난 자리에 허영이 가득찬지도 모르고 그 허영을 꿈이라고 착각하며 살았다. 떠나는 꿈을 붙잡지 못한 나는 꿈에게 큰 죄를 지은 것이다.

"꿈이여, 그동안 하수도에서 살아가느라 얼마나 고생이 많았는가? 상처도 많이 생기고 몸도 많이 더러워졌겠지. 조금만 기다리시게. 다시 만나게 되면 소낙비 되어서 그대의 몸과 마음을 깨끗이 씻어주리라."

나는 꿈에게 다시 한번 미안하다고 말했다. 그랬더니 언젠가는 자기도 비가 되어 내 마음을 깨끗이 씻어줄 거라는 답이 돌아왔다. 그래야만 욕심이 사라질 거라면서. 꿈은 나보다 나를 더 사랑하는 것 같았다. 꿈이 쓰레기 매립장으로 가지 않고 하수도로 간 것은 정말 고마운 일이었다.

하수도에 밝은 등을 달아줘야겠다는 생각이 들었다. 내 꿈뿐만 아니라 버려진 수많은 꿈들이 바다까지 가야 하니까. 부디 다치지 않고 무사히 흘러가기를…. 오늘도 내 몸은 뜨거운 아스팔트 길을 걸었고 마음은 하수도를 걸었다. 하수도를 우리말로 풀어보니 '밑으로 흐르는 길'이다.

❦

나가는 문이 없어
너무나 컴컴해

그대 보고 싶다
꿈이었던 노래여

차오르는 외로움 속으로
옛사랑이 잠기네
그대 보고 싶다
노래였던 꿈이여

햇살을 찾아가야지
내 꿈을 만나야지
추운 내 노래도
나를 찾고 있겠지

저 햇살 따라가면
만날 수 있겠지
아, 보고 싶다
사랑하는 노래여

나는 소낙비 되어
그대를 찾아가리라
그대 슬픈 마음을

온몸으로 씻어주리라

—「밑으로 흐르는 길」(2005)

　　마포, 독립문, 불광동을 지나 숙영지인 내유초등학교에 도착했다. 화톳불을 피우려는지 운동장에 장작더미가 보였다. 진행 요원들이 미리 와서 쌓아놓은 것 같은데 생각보다 꽤 높이 쌓았다. 오늘밤에는 행진 단원들이 한데 모여 마지막 밤을 보내게 될 것이다. 저녁 식사를 마친 우리는 일찌감치 운동장에 나와 장작더미가 타오르기만을 기다렸다.

　　어둠이 젖어들자 불덩이 하나가 줄을 타고 내려와 장작더미에 꽂혔다. 그 순간 불이 타올랐고 단원들은 환호성을 질렀다. 나는 홀로 외톨이가 되어 치솟는 불길을 바라보았다. 내 마음을 차지하고 있는 욕심을 꺼내 저 불속에 던져버리고 싶었다. 그때였다. 어디선가 욕심을 버리지 말라는 목소리가 들려왔다. 직감적으로 욕심의 목소리라고 생각했다. 그러나 알고보니 마음 저 깊은 곳에서 들리는 목소리였다.

　　욕심은 뽑아내면 뽑아낼수록 드세게 자라나지. 천국엔 천사들만 사는 것이 아니라네. 타오르는 저 불꽃을 보게! 희망이 보이지 않는가? 그러니 저 불속에 욕심을 던지지 말게나. 욕심이 타올라 희망을 잡아먹을 수 있으니….

마음을 비우게 되면 그 자리에 무엇이 가장 먼저 움틀까? 모르긴 몰라도 사랑이 먼저 움틀 것이다. 하지만 그 사랑에 기생하는 것이 있으니 바로 욕심이다. 욕심은 그 빛깔이 사랑과 같아서 사람들은 자기 마음에 욕심이 없다는 착각에 빠진다. 욕심이 사랑을 야금야금 갉아먹고 있어도 그것을 느끼지 못하는 것이다. 나중에 그 사랑을 전부 먹어치운 욕심이 제 모습을 드러낼 때 사람들은 비로소 욕심에게 지배를 당했다는 것을 알게 된다. 꿈도 마찬가지다. 꿈이 움트면 욕심도 움트는 법이다. 꿈에 기생한 욕심도 꿈과 같은 빛깔로 사람들을 속인다. 사람들은 그런 것도 모르고 꿈을 갉아먹은 욕심을 꿈이라고 믿는 것이다. 욕심은 꿈을 마음대로 바꿀 수도 있다. 어른이 되면서 꿈이 바뀌었다고 말하는 것이 그 증거다.

마음이 흐려지는 것은 꿈을 확대했기 때문이다. 사진을 크게 확대하면 오히려 초점이 흐려지는 것과 같다. 그러니 꿈을 끌어당겨 자세히 보려고 하지 말자. 자칫 꿈속에 빠져 꿈을 잊을 수도 있으니까. 꿈은 있는 그대로의 모습을 사랑하되 별을 보듯이 바라봐야 한다.

그래야만 오래도록 꿈과 함께 살 수 있다.

❦

　새벽 4시가 되자 교실에 불이 켜졌다. 모두들 자리에서 일어나 주변 정리를 했다. 이제 몇 시간 뒤면 마지막 도착지인 임진각에 닿을 것이다. 욕심은 어떻게 되었을까? 땀을 많이 흘렸으니 아마도 그 땀 속으로 배출되었을 것이다. 그런데 왜 이렇게 허전한 기분이 드는지 모르겠다. 혹시 욕심을 없애야겠다고 마음먹은 그 마음조차 욕심이 아니었을까? 그렇다면 욕심을 없앨 것이 아니라 같이 데리고 살아야 하는 것이었네.

❦

　드디어 임진각에 도착했다. 행진 단원들은 너나 할 것 없이 함성을 지르며 서로를 얼싸안고, 울고 그야말로 감동의 도가니였다. 하수도에 버려진 꿈들이 흐르고 흘러 마침내 바다를 만난 것처럼, 나 역시 어둡고 퀴퀴한 하수도를 빠져나와 새로운 세상을 만나는 것 같았다. 여길 봐도 저길 봐도 희망이 보였다. 이제 보니 끝이라는 말은 새로운 시작이라는 뜻이었다. 앞으로 길 잃은 사람들을 만나게 되면 길 밑에도 길이 있다는 말을 해줘야겠다. 이번 여정 동안 빈껍데기라는 단어의 뜻도 알게 되었다. 그것은 속이 비었다는 뜻이 아니라 쓸데없는 것들로 가득 채워져 있음을 뜻하는 말이

　　　　　　　　　　　　　　　　　　　꿈꾸는 노란 기차

었다. 이제야 비로소 마음이 가벼워졌다는 느낌이 든다. 문득, 전철에서 나한테 신문을 건네준 사람이 떠올랐다. 그는 내가 희망을 찾을 수 있도록 도와준 첫번째 사람이었다.

어쩌면 나는 처음부터 희망과 함께 걸었는지도 모르겠다. 멀어져가는 덜렁이를 바라보면서 나도 모르게 입가에 미소를 지었다. 덜렁이가 바로 희망이었던 것이다. 그리고 여러 이름들이 떠올랐다. 진우, 얼치기, 신애, 날마다 뭉친 종아리를 풀어준 문일이와 지영이, 경찰이 되고 싶다던 소천이, 일산 사는 술미, 광주 사는 파란달, 천안 사는 고추 아줌마(식사 때만 되면 고추 열 개는 기본이었던), 어린 친구 용현이, 초롱이 그리고 이름은 다 기억하지 못하지만 행진 단원들과 진행 요원들, 앞으로도 종종 이 사람들이 보고 싶어질 것이다.

◆

이제 나는 다시 백두산에 갈 수 있다. 23일 동안의 전투에서 욕심 앞에 무릎을 꿇지 않았으니 산신령도 나를 용서해주겠지. 아, 노래가 보고 싶다. 노래라는 존재는 물 같은 것인데 너무 흔하다 여겨 노래 귀한 줄 모르고 살아왔다. 하늘에서 내게 물을 주었던 것은 백성들과 함께 나누어 마시라는 뜻이었는데 그 소중한 물을 허투루 썼다. 앞으로는 물을 아껴 쓰리라.

집으로 가는데 모든 것이 새롭다. 집을 떠난 지 한 달도 되지 않았는데 눈에 보이는 모든 것들, 심지어는 하늘의 구름까지 새롭다. 그렇다면 나도 새로워진 건가? 동네에 접어들자 집 앞에 목련나무가 보였다. 목련 잎사귀는 여전히 봄날의 목련꽃을 생각나게 해주었다. 문득 지난날의 백두산이 생각났다. 나는 왜 꽃으로 살려고 했을까? 트래나무는 꽃을 피우지 않는데 말이다. 입가에 반성의 미소가 번졌다. 아, 이제 다시 잎사귀로 돌아가자.

반가운 마음으로 현관문을 열고 들어가는데 막내아들이 나를 알아보지 못했다. 아내도 놀라고 거울 속 내 모습을 보고 나도 놀랐다. 얼굴은 시커멓게 탔고 수염이 꽤 자랐으며, 볼이 들어가고 광대뼈도 조금 드러났다. 몸무게를 달아 보니 5킬로그램이나 줄었다. 그동안 밥을 엄청나게 먹었는데도 몸무게가 줄었다. 만약 욕심이 빠져나간 거라면 그 무게가 적어도 5킬로그램은 되는 것이다. 지금껏 그 무거운 것을 가슴에 안고 살았으니 나도 참 미련한 놈이다. 그런데 과연 욕심은 사라졌을까? 마음이 텅 비어 있다는 느낌이 드는 걸 보면 욕심이 빠져나간 것 같기도 하다. 그런데 왜 이렇게 허무할까? 혹시 욕심이 허무를 이용해서 반전을 꾀하려는 건 아닐까?

갈아입을 옷과 목욕 가방을 챙겨가지고 동네 목욕탕으로 갔다. 이발도 하고 때도 밀고 비누칠도 하고 길게 자란 수염도 깎았다. 뜨거운 물에 몸 담그니 구름을 탄 기분이 들었다. 두 발과 부어오른 무릎을 어루만지며 수고했다고 말해주었다. 목욕을 하고 집에

　　　　　　　　　꿈꾸는 노란 기차

가는데 집 앞에서 놀던 막내아들이 비로소 나를 알아보았다.

소파에 기대앉아서 시원한 물 한잔 마시니 몸도 마음도 태엽 풀린 시계처럼 아무 생각이 없었다. 그때였다. 갑자기 욕심이 불쑥 나타나 냉장고에서 시원한 맥주 한 캔을 꺼내왔다. 그러더니 나에게 축하한다고 말하는 것이었다. 욕심은 자기가 내 마음에서 밀려났다는 것을 인정한다고 했다. 그렇게 말하는 걸 보면 욕심이라는 녀석도 그렇게 나쁜 녀석은 아닌 것 같았다. 욕심이 건네주는 맥주를 꿀꺽꿀꺽 마셨다. 내가 단숨에 마셔버리자 욕심은 냉장고에서 또 한 캔을 꺼내왔다. 원래 맥주를 좋아하지 않는데 오랜만에 마시는 술이라서 그런지 아주 맛있었다. 술을 마시자마자 온몸이 노곤해지면서 졸음이 쏟아졌다. 나는 소파에서 내려와 팔다리를 쭉 펴고 거실 바닥에 누워 코를 골기 시작했다. 확실치는 않으나 그때 욕심이 다시 내 마음속으로 기어들어 오는 것이 느껴졌다. ■

7 ————

아무도 슬퍼하지 않는 슬픔

자신의 재능도 함부로 믿어서는 안 될 일이다

지금까지 걸어온 길에서 벗어날 수 있으니

산에 가는 것은 순전히 노래 때문이다. 심마니가 산삼을 캐듯 나 역시 노래를 캐기 위해 산에 오른다. 산에 오를 때마다 노래를 캐는 건 아니지만, 그래도 자꾸만 가는 이유는 나의 일이기도 하기 때문이다. 이제는 눈뜬장님이 되어 노래를 볼 수 없게 되었을지라도 나는 또 산에 간다. 아직도 산신령이 나를 도와줄 거라고 생각하는 것이다. 잘못했으면 용서를 빌어야 하는데 나는 잘못을 만회하려고 또다른 잘못을 저지르고 있다.

1999년 12월 26일

눈이 내린다. 언제부터 내렸는지 거리에는 꽤 많은 눈이 쌓였다. 하늘을 올려다보니 갑자기 하얀 눈이 무섭다는 생각이 든다. 눈 덮인 하얀 세상을 좋아했던 시절도 있었지만 지금은 왠지 눈으로 변한 악마 군사들이 세상을 점령하기 위하여 내려오는 것처럼 보인다. 이렇게 며칠 동안 계속해서 눈이 내린다면 도시는 눈에게 점령당하고 말 것이다. 그러고 보면 눈이라는 것도 하나의 생명체라는 생각이 든다. 어디 그뿐인가? 순수하고 평화롭게 느껴지던 흰 빛깔이 일순간 무섭게 느껴지는 걸 보면 빛깔 또한 생명을 지닌 존재가 틀림없다.

백두산이 궁금하다. 거기도 온통 하얀 세상일 텐데 무섭지 않을는지. 산이 아름다운 것은 서로 다른 빛깔의 꽃과 나무들이 함께 살기 때문인데, 오직 하얀색으로만 뒤덮인 산이라면 그다지 아름다울 것 같지 않다. 과연 나는 이 새하얀 백두산에서 잘 버텨낼 수 있을까?

연길 시내는 길 상태가 좋지 않았다. 하얀 눈이 쌓이면 포근하게 보일 법도 한데 어쩌다가 저리도 지저분해졌는지 모르겠다. 하긴, 다정하게 다가왔다가 더러운 흔적을 남기고 떠나는 사람들이 얼마나 많은가? 눈 속에는 담배꽁초며 온갖 쓰레기들이 너저분하게 박혀 있었다. 문득 '똥 묻은 개가 겨 묻은 개 나무란다.'라는 속담이 생각났다. 우리나라도 못지않게 쓰레기를 함부로 버리는 나라인데 내가 그만 깜박했구나.

쓰레기를 쓰레기 그릇에 버리면

쓰레기가 좋아할 텐데

쓰레기를 아무 데나 버리니까

쓰레기들이 골이 나서

쓰레기 동네를 만들었다

이게 다 사람들 짓이니까

사람들이 쓰레기다

—「쓰레기」(1999)

1999년 12월 27일

겨울철이라 그런지 거리에서 메케한 냄새가 많이 났다. 집집마다 무슨 연료를 사용하는지는 몰라도 스모그가 장난이 아니다. 마치 누런 필터를 사용해서 찍어놓은 사진처럼 도시가 노르무레하고 답답하다. 시장에 갔다가 돌아오는 길에 한국 음식을 잘한다는 식당에 들렀다. 저녁 먹고 일찍 자자고 했으나 손 동무와 오 동무가 고개를 천천히 가로흔들었다. 하는 수 없이 손 동무에게 술을 시키라고 하였다. 사실은 나도 술을 마시고 싶었다. 잠시 뒤 주인 아주머니가 술을 가져왔는데 술 이름이 '夢(꿈)'이다. 술 이름이 참 좋다. 날마다 꿈을 마시다보면 언젠가는 내 꿈도 이루어질까?

술을 마시고 있는데 느닷없이 '전투'라는 말이 떠올랐다. 왠지 이번 백두산에서는 큰 고생을 할 것 같은 예감이 든다. 그렇다면 나는 무엇을 위하여 전투를 하려는 것일까? 이 대목에서는 솔직해져야 한다. 만약 내 가슴에 슬픔이 움튼다면 노래도 만나고 아리랑꽃도 찾을 수 있겠지만 지금 이 상태로는 무모한 짓일 수도 있다.

지난여름 나는 내 마음에서 욕심을 밀어내려고 목포에서 임진각까지 걸었다. 순수한 마음으로 백두산에 오르고 싶어서였다. 그런데 그 욕심이 사라진 건지, 아니면 여전히 내 마음에 있는 건지 지금도 그걸 알 수가 없다. 혹여 다시 찾은 백두산에서 또다시 욕심의 농간에 놀아나기라도 한다면 노래와 영영 이별을 해야 할지도 모른다. 그러니까 노래를 캐가지고 오겠다는 생각은 아예 하지 말아야 한다. 어차피 산신령한테 기댈 수도 없지 않은가? 나는 빈 잔에 꿈을 따랐다. 그리고 그 꿈을 한입에 들이켰다.

1999년 12월 28일

질퍽거리는 연길 시내를 벗어나자 눈 덮인 들판이 나타났다. 하얀 들 끝에 보이는 나지막한 집들에서 연기가 모락모락 피어오르고 있었다. 아마 저녁밥을 짓고 있었던 모양이다. 어릴 적에 같이 놀던 바람이 저 들판 끝에서 나를 부르는 것 같기도 하고, 밥 짓는 냄새가 코끝에서 맴도는 것 같기도 하다. 불현듯, 어머니 냄새가 그리워진다. 내 기억 속 첫 아리랑이 떠올랐다.

어릴 적 아침마다 나를 깨우는 것은 밥 냄새와 된장찌개 냄새 그리고 포근한 햇살이었지. 나는 일어나자마자 부엌으로 들어가서는 어머니가 아궁이 앞에 만들어놓은 따뜻한 자리에 앉아서 두 손을 내밀고 불을 쬐었지. 나무 타는 소리도, 불 냄새도 좋았어. 어머니가 이리저리 움직일 때면 치마에서 맛있는 부엌 냄새가 풍기곤 했지. 동무들과 밖에서 놀다가도 굴뚝에서 연기가 피어오르면 어머니가 나를 부르고 있는 거라고 생각했지.

나는 당장 차에서 내려 어린 날의 추억 속으로 달려가고 싶었다. 하지만 서서히 내려오는 어둠이 추억의 들판을 지우고 있었다. 잠깐 사이에 산과 들은 물론이고 하늘마저 지워졌고, 달리던 자동차는 갑자기 캄캄한 바다 속을 헤쳐나가는 잠수함으로 변신한 것 같았다. 차는 그렇게 가로등 하나 없는 캄캄한 길을 달렸다. 전조등 불빛에 놀란 가로수들이 줄줄이 차 뒤로 달려와 숨었다. 차가 빨리 달리면 빨리 숨고, 천천히 달리면 천천히 숨고, 멈추면 언제 그랬냐는 듯이 시치미를 떼고 제자리에 서 있었다.

마 동무가 차를 세우자 모두들 기다렸다는 듯이 차에서 내려 참았던 오줌을 누었다. 전조등을 켜놓았지만 거무스름한 눈길은 바라만 봐도 무서웠다. 가로수들마저도 거무레한 것이 무슨 공포 영화에 나오는 장면 같기도 했다. 그래도 차가 다니는 길인데 어떻게 가로등 하나 없을까? 가물거리는 불빛이라도 보였으면 좋으련만 아무것도 보이지 않으니 저절로 고개를 쳐들어 별을 찾아본다.

꿈꾸는 노란 기차

차가운 어둠을 묻히고 들어온 사람들로 하여금 차 안은 더욱더 싸늘해졌다. 히터도 들어오지 않는 늙은 차는 다시 달리기 시작했다. 지나가는 차들도 거의 없어서 어쩌다 마주 오는 자동차 불빛을 보면 반가운 마음이 들기도 했다. 하지만 쌩 지나가버린 뒤에는 오히려 싸늘하기만 했다. 잠깐 환해졌다 이어지는 어둠이 더 캄캄하게 느껴지는 것처럼.

　또 한 대의 차가 마주 오고 있었다. 일행들은 차가 지나갈 때를 기다렸다가 전조등 불빛이 차 안으로 들어오면 서로의 얼굴을 확인하며 웃었다. 그런데 이상한 점은 차들이 모두 전조등 하나만 켜고 달린다는 것이었다. 마 동무한테 물었다.

　"이 길에는 왜 저런 애꾸눈 차가 많이 지나가지?"

　그러자 통역을 해주는 손 동무가 마 동무에게 내 얘기를 전하고 나서는 이렇게 말했다.

　"이 차도 애꾸눈이라는데요."

　잠시나마 차 안에 웃음소리가 퍼졌다. 아주 잠깐이기는 했지만, 한바탕 웃음소리가 차 안을 따뜻하게 데워주는 것 같았다.

　몇 시간을 달렸을까. 아무리 달려도 컴컴한 길뿐이라 조금씩 지루해지기 시작했다.

"마 동무, 우리 내기하자. 이번에 나타나는 차가 양쪽 전조등을 켜고 있으면 내가 술을 사고, 애꾸눈이면 마 동무가 사고…."

손 동무가 통역을 하지 않는 걸 보니 자고 있는 것이 틀림없었다. 그러고 보니 다른 사람들도 아무런 대답이 없었다. 혹시나 해서 마 동무를 힐끗 보았는데, 아니 이런! 그의 눈도 거의 감겨 있는 것이 아닌가. 졸고 있는 마 동무의 어깨를 잡고 흔들었다. 그런데 하필이면 그때 화물차가 나타났다. 순간 화물차의 전조등 불빛이 세찬 파도처럼 차 안으로 들어왔다가 빠져나갔다. 마 동무가 부리나케 손잡이를 꺾으면서 브레이크를 밟았다. 차는 길 가장자리를 벗어나 가로수 앞에서 가까스로 멈췄다. 여유만만하던 마 동무는 차에서 내리자마자 이리저리 왔다갔다하며 어쩔 줄 모르고 있었다. 그러던 마 동무가 갑자기 가로수를 향해 삿대질을 해대며 큰 소리를 질렀다. 손 동무에게 마 동무가 지금 뭐라고 하는 거냐고 물어보았다.

"가로수한테 차를 세운 이유가 뭐냐고 따지고 있습네다."

사고가 날 뻔한 것을 무마하려는 마 동무의 우스꽝스러운 행동에 우리는 또 한바탕 웃어젖혔다.

다시 차는 달렸다. 얼마나 더 달려야 불빛을 볼 수 있는 걸까?

　　　　　　　　　　　　　　꿈꾸는 노란 기차

도대체 그 많던 별들은 모두 어디로 갔을까? 가만히 생각해보니 지금까지 살아오면서 이렇게 오래도록 어둠 속을 달려본 적이 없는 것 같았다. 심지어는 내가 어둠의 나라에 잡혀왔다는 생각까지 들었다. 어서 빨리 햇살이 찾아와서 구해주기를 바랐다.

열두 시간을 쉬지 않고 운전을 해봤다던 마 동무는 전혀 지루한 기색이 없었다. 오히려 다시는 졸지 않겠다는 듯이 눈을 부릅뜨고 운전을 했다. 운전대를 부여잡고 눈을 부릅뜬 모습이 얼마나 우스꽝스럽던지 웃음이 절로 나왔다. 덩달아 나도 눈에 힘을 주고 지나가는 어둠을 노려보았다. 어디로 가고 있는 것일까. 물론 백두산으로 가고야 있겠지만 도대체 어디쯤을 지나는 건지 알 길이 없었다. 통일의 길로 가자면서 어디로 가는지도 모르는 우리네 처지와도 비슷했다. 이렇게 긴 어둠 속을 달리지 않고도 백두산 갈 수 있는 날은 언제쯤 올 것인가?

드디어 불빛이 보였다. 저 멀리 노란 불빛 하나가 키 작은 전봇대에 매달려 아련히 빛나고 있었다. 그걸 보는 순간 몸에 묻었던 어둠이 저절로 떨어져나가는 것 같았다. 잃어버린 물건을 다시 찾은 것처럼 반갑기도 해서 좀 쉬어가나 싶었는데 마 동무는 그냥 지나가버렸다.

"아, 마 동무! 좀 쉬었다 가지."

모두 자고 있는지 내 목소리만 차 안을 맴돌다 사라졌다. 하긴 쉬어갈 곳도 없는 마을이었다. 멀어지는 백열등을 바라보니, 마치

한 송이 노란 국화가 공중에 매달려 겨울밤 꿈길을 포근하게 밝혀주고 있는 것 같았다. 하얀 눈 위에 엷게 뿌려진 노란 불빛은 쓸쓸하면서도 아름답게 보였다. 나도 나이 먹어 쓸쓸해질 때, 저 불빛처럼 어둠을 밝혀주는 사람이 되리라.

· · ·

백두산 큰 문을 지나고 나서야 비로소 안도감이 들었다. 이제 백두산 품 안에 들어왔으니 거의 다 온 거나 마찬가지였다. 갑자기 긴장이 풀리고 피로가 밀려들었다. 마치 고향 집에 다다른 것처럼 엄살과 어리광이 꿈틀거리기 시작했다. 이제 뭘 좀 먹고 몸도 좀 녹여야지. 발에다 힘을 주고 기지개를 죽 폈다. 그런데 하필 그때 갑자기 차가 푹 내려앉는 것이었다. 순간 내가 발에 너무 힘을 줘서 그런 줄 알았다.

눈구덩이에 빠진 늙은 차는 모든 것을 포기한 듯 보였다. 하지만 마 동무가 삽을 꺼내들고 눈을 치우기 시작하자 모두들 차에서 내려 마 동무를 도왔다. 추웠던 차 안이 그리울 정도로 바깥바람은 얼굴을 아리게 했다. 지금까지 달려온 어둠의 시간보다 목적지를 눈앞에 두고 움직이지 못하는 지금 이 시간이 훨씬 더 길고 지루했다. 얼마 뒤 눈구덩이에서 차가 빠져나오자 그제야 모두들 한시름 놓았다. 그사이 어둠이 엷어지고 주변이 보이기 시작했다. 어둠이 스스로 빛을 발한 것인지, 아니면 어디선가 날아온 빛이 지금 막 어둠에 닿은 것인지.

1999년 12월 29일

요 며칠 스모그와 어둠으로 가득한 하루를 보냈는데 오늘은 하
얀 눈 속에서 하루를 보내게 생겼다. 숙소 문을 나와보니 눈을 뜰
수 없을 정도로 밝은 눈이 온 사방을 뒤덮고 있었다. 싸구려 색안
경이라도 사갖고 올걸, 하는 생각이 들었다. 어제의 어둠을 생각
하면 오늘은 또 너무 밝다. 인생에는 지나친 어둠도, 지나친 밝음
도 그리 도움이 되지 않는다. 학교에서는 어둠은 좋지 않고 빛은
좋은 거라고 배웠지만 꼭 그런 것만은 아닌 것 같다. 나는 어제의
어둠보다 오늘 아침 이 밝음이 더 두렵다. 예상했던 대로 이곳은
이미 흰색이 점령하고 있었다. 그러니 저 산꼭대기는 말할 것도
없겠다. 우리는 숙소 앞을 왔다갔다하면서 길 상태를 점검하러 간
오 동무를 기다리고 있었다.

몇 달 전에 높이 8201미터의 초오유(Cho Oyu) 등정을 마치고 귀
국한 오 동무는 우리를 도와주기 위해 제주도에서 이곳까지 동행
해주었다. 얼마 뒤, 오 동무가 손가락으로 동그라미 사인을 보내
면서 돌아왔다. 우리는 그의 지시에 따라 배낭을 짊어지고 길을
나섰다. 무거운 장비와 보름치 식량을 메고 눈길을 헤쳐나가는 모
습을 보니 정말 전투하러 떠나는 특공대 같기도 했다. 길 떠난 지
얼마 되지도 않았는데 땀이 흐르기 시작했다. 무릎까지 푹푹 빠지

는 눈길을 기우뚱기우뚱하며 발을 옮기는 데 생각보다 시간이 많이 걸렸다.

그런데 관광철에 다녔던 계단이 보이지 않았다. 분명히 이 길에 계단이 있었는데 어떻게 된 것일까? 자세히 보니 눈이 하도 많이 쌓여서 아예 비탈길이 되어버린 것이었다. 몇 번을 쉬어가며 겨우겨우 올라가니 이번에는 낭떠러지 길이 나타났다. 여름철에는 돌이 자주 떨어져서 반원형으로 철망을 설치해놓았던 길인데 그 길도 보이지 않았다. 자세히 살펴보니 모두 눈에 묻혀 버리고 반원형으로 설치해놓은 윗부분만 힐끗힐끗 보였다. 그러니까 우리는 지금 그 윗부분을 밟고 가는 중이었다.

반원형으로 기울어진 길이라 자칫 미끄러지기라도 한다면 바로 떨어질 수도 있었다. 한 발 한 발 조심스럽게 움직이는데 밑에는 내려다보지 말라고 오 동무가 소리를 쳤다. 그 말을 듣고 나니까 더 보고 싶어져 아래쪽을 쳐다본 순간 자석에 쇳가루 붙듯 온몸에 두려움이 착 달라붙었다.

눈앞에 폭포가 들어왔다. 가장자리가 얼기는 했으나 폭포는 이 추운 겨울에도 힘차게 흘러내렸다. 길을 무사히 건너고 저절로 안도의 한숨이 새어나오던 바로 그 순간, 저 파란 하늘과 함께 이루 말할 수 없는 상쾌함이 내 가슴 속으로 밀려들었다. 이곳은 또다른 세상! 눈부신 햇살이 하얀 눈밭 위로 쏟아져내리는 것을 보며 나는 아이처럼 좋아했다.

낮 2시 25분.

드디어 하늘못이 눈에 들어오려던 찰나 난데없이 나타난 안개가 시야를 가려 버렸다. 파란 하늘도, 상쾌했던 마음도 사라졌다. 게다가 바람까지 사방에서 모여들어 권투 선수가 잽을 날리듯 나를 퍽퍽 쳤다. 이상한 느낌이 들어 안개를 쳐다보았더니 안개마저 나한테 덤벼들었다. 안개도 사람을 공격할 수 있다는 것을 알게 되었다. 먼 길을 찾아온 손님한테 이래도 되는 건지 모르겠다. 그때였다. 바람이 나에게 강편치를 날리더니 내려가라고 소리를 쳤다. 5년 전 처음으로 백두산에 올랐을 때와 같이 아직도 백두산 산신령은 나를 미워하고 있나보다. 하지만 이번만큼은 밀려날 수 없었다. 여기서 밀리면 노래와 영영 헤어질 수도 있기 때문이었다. 얼마나 추운지 이런 상태로 전투를 벌이다가는 싸우기도 전에 내 마음이 꽁꽁 얼어버릴 것 같았다.

달문 근처 호수 쪽으로 약간 튀어나온 곳에 짐을 풀었다. 바람을 일차 거를 수 있는 바위들이 있어서 텐트 치기에는 별 무리가 없을 것 같았다. 오 동무가 텐트 두 동을 뚝딱 설치하는 사이, 나는 손 동무와 함께 물을 찾아 나섰다.

얼음을 깨기 시작한 지 10여 분쯤 지났을까, 봉우리에 남아 있던 빛마저 사라지고 말았다. 어둠이 깔리자 그때를 기다렸다는 듯이 바람이 다시 강펀치를 날렸다. 얼음을 깨던 나는 균형을 잃고 뒤로 나가자빠졌다. 참으로 거칠고 센 바람이었다. 이런 상황에서 얼음은 또 어찌나 두껍게 얼었는지 밤새도록 깨도 물 구경은 어려울 것 같았다. 우리가 물을 찾아내지 못하자 안 동지와 오 동무가 다른 쪽으로 물을 찾아 나섰다. 랜턴 불빛으로 얇게 얼은 곳을 찾아 나섰는데 갑자기 앞서가던 안 동지의 외마디 소리가 들렸다. 불빛을 비추어보니 안 동지의 왼쪽 발이 얼음 속에 박혀 있는 것이었다. 어둠 속에서 물 흐르는 소리가 들렸다.

저녁을 해먹고 나서 안 동지와 내가 같은 텐트에서, 오 동무와 손 동무는 저쪽 텐트에서 자기로 했다. 7시도 안 되서 잠을 자려니 눈만 말똥말똥하고 잠이 오지 않았다. 캄캄한 어둠은 눈을 크게 뜨면 뜰수록 더 캄캄해졌다. 이런 걸 칠흑 같은 어둠이라고 하는 것인지, 빛이라고는 전혀 보이지 않았다. 억지로 눈을 감고 있다보니 생각지도 않은 지난날들이 주마등처럼 지나갔다. 거참, 눈을 감으니 보이네!

참으로 이상한 꿈을 꾸었다. 아니, 상상을 하다가 잠이 들었는지도 모른다.

나는 커다란 유리 항아리에 갇혀서 빠져나갈 곳을 찾고 있었다. 나갈 곳을 찾지 못하고 당황하던 차에 사람들이 항아리 둘레로 모

꿈꾸는 노란 기차

여들었다. 사람들을 향해 도와달라고 소리를 쳤지만 밖에 있는 사람들에게는 들리지 않았다. 게다가 더이상 소리를 지를 수도 없는 것이, 소리를 지르면 그 소리가 고스란히 되돌아와 내 귀를 터져나가게 만들었다. 사람들이 크게 보이는 것이 아마도 내 몸이 줄어든 것 같았다. 그만큼 항아리 속도 넓게 보였다. 그때였다. 갑자기 머리 위쪽에서 한줄기 물이 쏟아져내렸다. 마치 누가 나를 죽이려는 듯이. 물이 차오르자 숨이 가빠지기 시작했다.

숨쉬기가 답답하여 잠을 깼다. 침낭 지퍼를 내리고 숨을 크게 들이마셨다. 콧속으로 먹물 같은 어둠이 빨려들어오는 것 같고, 눈을 깜박일 때마다 어둠이 한 모금씩 잘려 눈 속에 들어차는 것 같았다. 어쩌면 이미 내 마음은 시커먼 어둠으로 채워졌는지도 모른다. 자꾸만 불길한 생각이 들었다. 도대체 누가 나를 항아리 속에 가두어놓았을까? 그리고 항아리 밖의 사람들은 또 어떤 사람들일까? 아무리 생각해봐도 연관성이 없었다. 개꿈인가?

다시 잠을 청하려고 하는데 오줌이 마려웠다. 너무 추워서 일어나기가 싫었다. 게다가 텐트 밖의 바람 소리는 내가 나오면 냉큼 잡아먹을 것처럼 아우성을 쳤다. 크게 들렸다 작게 들렸다 하는 것이 파도가 밀려와 바위에 부딪치는 소리와도 비슷했다. 모르긴 해도 그제 밤 백두산 가는 길목에 깔렸던 어둠과는 격이 다르다.

어둠 속을 더듬어 랜턴을 잡았다. 랜턴을 켜니 어둠이 벗겨지면서 텐트 지퍼가 보였다. 지퍼가 얼었는지 꿈쩍도 하지 않는다. 촛불을 켜서 지퍼를 녹여보기로 했다. 그런데 이번에는 라이터가 켜지지 않았다. 점점 오줌보가 차올랐다. 라이터를 손에 꼭 쥐고 흔들었다. 몇 번의 시도 끝에 라이터가 켜졌다. 라이터 불을 초에 옮겨 붙이고 지퍼에 가까이 댔지만 지퍼는 전혀 녹을 생각을 하지 않고 오줌보는 터질 것 같고 정말 미칠 지경이었다.

겨우 지퍼를 녹이고 밖으로 나왔다. 순간, 아우성치던 바람들이 내게로 와락 달려들었다. 바람을 피해가며 바지 지퍼를 내리려고 애를 썼다. 그런데 이번에는 바지 지퍼가 속을 썩였다. 입에다 랜턴은 물었지, 오줌보는 터지기 일보 직전이지, 바람은 나를 잡아먹으려고 하지…. 그야말로 환장할 노릇이었다.

아, 오줌! 오줌!

드디어 지퍼가 열리고 소방 호스에서 물이 뿜어져나오듯 오줌이 발사되었다. 그런데 이런 젠장! 바람이 어찌나 세게 부는지, 마치 불을 끄던 소방관이 호스를 놓친 것처럼 오줌이 제멋대로 움직이더니 결국은 거꾸로 날아와 손등과 바지를 적시고 말았다. 게다가 오줌은 또 왜 그리 오래 나오는지, 바람을 피하려 이리 돌고 저리 돌고 하다가 결국 한 바퀴를 제대로 돌고 나서야 일을 마쳤다. 만약 누군가가 이 광경을 보았다면 나를 보고 틀림없이 미친놈이라고 했을 것이다. 그런데 오줌은 모두 어디로 날아갔을까? 아무래도 금방 얼어버렸겠지?

텐트 안으로 들어가려는데 이상한 느낌이 들어 랜턴을 호수 쪽으로 비춰보았다. 그랬더니 안개가 랜턴 불빛을 머금은 채로 꿈틀거리고 있었다. 바로 몇 미터 앞에서 내가 이리 돌고 저리 돌고 하는 모습을 다 지켜보고 있었던 것이다. 그때 내가 본 안개는 분명히 생명체였다. 정신을 바짝 차리지 않으면 금방이라도 안개에게 잡혀 먹힐 것 같았다.

랜턴을 온도계에 비추었다. 영하 43도다. 새벽 1시 15분. 고요한 밤, 무서운 밤, 안개에 묻힌 밤 그리고 오줌 누며 춤추는 밤이었다. 침낭 속에 들어와서도 나는 한참 동안 부들부들 떨었다. 영하 43도의 추위를 온몸에 묻혀온 탓인지 침낭 안은 따뜻해질 낌새가 전혀 보이지 않았다. 다시 잠을 자야겠는데, 잠은 오지 않고 아까 나를 노려보던 무서운 안개만 자꾸 떠올랐다.

1999년 12월 30일

이 생각 저 생각 하면서 밤새 뒤치락거리다가 아침이 다 돼서야 겨우 풋잠이 들었다. 잠든 지 얼마 되지 않아서 손 동무가 아침 식사를 하자며 나를 불렀다. 졸린 눈을 비비며 텐트 밖으로 나왔다. 그런데 이게 웬일인가, 안개가 꽉 차서 한 치 앞도 볼 수가 없었다. 백두산의 하얀 풍경을 기대했던 나는 이내 실망하고 말았다. 마치 독특한 음식을 한다는 식당을 찾아 먼 길을 달려왔는데 '휴업'이라고 써놓은 안내문을 보고 있는 것 같았다.

그나저나 앞이 보이질 않으니 오늘 하루 무엇을 해야 할지 모르겠다. 아침은 곰국을 끓여먹었다. 숙소 할머니가 산 위에 가서 먹으라고 만들어준 것이다. 밤새 식혀놓은 곰국은 묵처럼 되는데, 그걸 한 끼니 먹을 양의 크기로 잘라서 비닐 주머니에 넣어가지고 왔다. 각자 세 덩어리씩 지니고 왔으니 앞으로 열두 번은 귀하게 먹을 수 있다.

아침을 해먹고 물 길러 가는데 안개가 너무 자욱해서 앞을 제대로 볼 수가 없었다. 갑자기 어젯밤 꿈이 떠올랐다. 항아리 속에 갇혀 있는 내 모습! 혹시 간밤에 적군들에게 잡혀 지금 안개감옥에 갇혀 있는 게 아닐까? 그렇다면 바람은 우리를 감시하는 교도관일 것이다. 사람이 일을 안 하고 살면 자기 자신에게는 물론이고 남에게도 큰 죄를 짓는 것이며, 죄가 된다는 걸 알면서도 일을 안 하고 있으면 그건 더 큰 죄를 짓는 것이다. 그러니 이런 식으로 갇혀 있으면 죄인이 되는 것은 물론이고 정신까지 황폐해지게 된다.

하루 사이에 바보가 된 것처럼 머릿속이 멍해지고 가슴이 답답하다. 혹시 고산병에 걸린 게 아닐까 생각도 해봤지만 그건 아닌 것 같고 무슨 이유에서인지 생각이 오므라들고 말라버리는 느낌이다. 이러다가는 이 안개 속에서 며칠이나 버틸 수 있을지 걱정이다. 실제로 오늘의 나는 어제의 나보다 많이 달라져 있었다.

꿈꾸는 노란 기차

1999년 12월 31일

어느 날 거리를 배회하고 있는데 누군가가 내 궁둥이를 걷어챘다. 나는 졸지에 구름 속으로 사라져 하얀 눈산에 툭 떨어졌다. 주변을 살펴보니 하얀 눈과 안개뿐, 사람의 그림자라고는 아예 보이지도 않았다. 내가 떨어진 곳은 한겨울의 백두산! 날씨가 얼마나 추웠으면 내 몸이 차가운 외로움으로 덧씌워진 것 같다.

텐트 속에 갇혀 있다보니 별 생각이 다 떠오른다. 그야말로 누군가에게 엉덩이를 걷어차여 백두산에 떨어진 기분이다. 다시 세상 속으로 들어가기 위해서는 내가 허수아비가 아니라는 것을 보여줘야 한다. 그러려면 이번 전투에서 슬픔도 찾고 노래도 얻어가야 할 것인데 그건 내 생각일 뿐, 나는 싸우는 방법도 잘 모르고 노래를 얻기 위해 전투를 해본 적도 없으니 이 감옥에서 어떻게 하루하루를 헤쳐나가야 할지 도무지 모르겠다.

바람과 안개는 옛날부터 내 가까운 동무들이었다. 그런데 지금 내가 싸워야 할 대상이 바람과 안개라니. 내 동무들을 상대로 싸우고 싶지 않다. 문득 풍차와 싸우는 돈키호테가 생각났다. 결국은 나 자신과의 싸움이겠지만 지금 당장은 바람과 맞서 싸울 자신이 없다. 예전에는 아무리 거친 바람을 만나도 즐거웠는데 지금은 바람이 바람으로 느껴지지 않고 안개가 안개로 보이지 않는다. 다

정했던 바람과 안개는 어쩌다가 나의 적이 되었을까?

❧

올해의 마지막 날을 내 나라 가장 높은 곳에서 보내게 되어 감회가 새롭기는 하나 별로 한 일도 없이 한 해를 보낸다고 생각하니 괴롭기도 하다. 마음속에서 뭔가가 굴러다니는 소리가 난다. 아무래도 마음 청소를 해야겠다 싶어 조용히 눈을 감고 그것을 하얀 눈 위에 끄집어냈다.

'어, 내 마음속에 이렇게 생긴 것도 있었나?'

생각지도 못한 것이었다. 사랑과 미움이 서로 엉겨붙어 흉측한 모습을 하고 있었던 것이다. 날씨가 추우면 사랑과 미움도 얼어붙는 모양이었다. 그렇다면 사랑에 붙은 미움도 사랑으로 변해야 하는 것 아닌가? 그러나 내 생각은 틀렸다. 미움은 오히려 자기 몸에 사랑이 붙었다고 생각하는 것이었다. 어찌되었든 사랑에서 미움을 떼어내려 애를 썼지만 미움은 꿈쩍도 하지 않았다.

그때 미움이 나를 째려보며 말했다.

"나를 떼어내면 사랑이 보이지 않을 거야."

나는 이 얼어붙은 흉측한 물건을 한참 동안 쳐다보다가 다시 마음속에 밀어넣었다. 괜히 마음 청소 한다고 끄집어냈다가 마음만 더 어수선해졌다.

이렇게 날마다 안개 속에 갇혀 있다보니 안개가 징그럽다는 생각마저 든다. 안개와 맞설 자신이 없어 다시 텐트 속으로 들어갔다. 얼핏 전투를 피하는 것처럼 보이겠지만 나는 피하는 것도 전투의 한 방법이라고 생각했다. 사흘 내내 텐트 속에 갇혀 있다보니 온몸에서 기가 다 빠져나간 것 같다. 옆에서 라디오를 듣고 있던 안 동지가 라디오를 끄고는 운동을 하자며 밖으로 나갔다. 안 동지가 하자는 운동이라는 것은 사각형 블록을 만들어서 담을 쌓는 일이었다. 북쪽 방향과 남쪽 방향에는 바위가 있어서 그런대로 바람을 막아주지만 동서로 뚫린 곳은 바람이 하루종일 들락거린다. 그러니까 그곳에다 담을 쌓으면 어떠냐는 것이었다.

작업을 끝내놓고 보니 과연 바람도 덜 불고 아늑하기까지 했다. 안 동지는 자기가 대단한 발명을 했다며 회심의 미소를 지었다. 오 동무는 시키지도 않았는데 눈구덩이를 파서 화장실까지 만들어놓았다. 앞으로는 오줌 누며 춤추는 일은 없을 것이다.

안개가 또 흐느적거린다. 이제 몇 시간만 지나면 새해가 밝는다. 나는 해마다 되풀이 하는 말을 또 한다.

"하느님! 새해에는 제 마음에 새잎 좀 돋아나게 해주세요."

2000년 1월 1일

머리가 무겁고 아프다. 답답하여 침낭 지퍼를 내리고 찬 공기를 들이마셨지만 소용이 없었다. 텐트 밖에서는 바람 소리가 크게 들렸다 작게 들렸다 한다. 아무래도 답답해서 안 되겠다. 밖에 나가서 찬 공기를 좀 마셔야지.

침낭 밖으로 나와 라이터를 켜는데 맥을 못 추고 꺼져버린다. 아무래도 텐트 안에 산소가 부족한 것 같다. 게다가 지금쯤이면 새벽 어스름이 스며들었을 시간인데 안개가 빛을 막아서인지 텐트 안은 컴컴하기만 했다. 어둠 속에서 텐트 지퍼를 찾으려고 손을 더듬거렸다. 지퍼는 금방 찾아냈지만 이번에는 얼어붙은 지퍼가 또 움직이지 않았다. 다시 라이터를 켰지만 켜지면 꺼지고, 켜지면 꺼지고 그렇게 몇 번을 되풀이한 뒤에야 지퍼를 겨우 10센티미터 정도 내릴 수 있었다. 그 틈으로 밖을 내다보니, 눈동자 앞에 거무스레한 것이 보였다. 아니, 이런! 나는 얼른 열린 틈에다 입을 대고 오 동무를 불렀다.

텐트 안이 답답하고 컴컴했던 까닭은 눈이 텐트를 덮고 있었기 때문이었다. 혹시 옆 텐트에 무슨 일이 생긴 건 아닐까? 아무 대답이 없는 걸 보면 아직 일어나지 않았거나 그들의 텐트에도 눈이 덮인 게 분명했다. 다급한 마음으로 손을 내밀어 눈을 밀어냈다. 밀어낸 만큼 다시 지퍼를 내리기를 몇 번을 되풀이 하자 3분의 1 정도 내려왔다. 그 틈으로 머리를 내밀어 다시 한번 오 동무를 불렀다.

"희준아, 빨리 좀 나와봐라."

텐트 밖으로 나와보니 생각지 못한 일이 벌어져 있었다. 밤새 몰아치던 눈보라가 어제 눈으로 만들어놓은 담에 부딪혀 지나가지 못하고 쌓인 것이다. 다행히 옆 텐트는 조금 떨어져 있어서 그나마 얼마 덮이지 않았다. 하마터면 새해도 맞이하지 못하고 눈 속에 파묻힐 뻔했다. 이제 오늘의 운동은 어제 쌓은 안 동지의 발명품을 다시 허무는 일이 될 것이다.

눈에 덮인 텐트를 바라보면서 쓴웃음을 지었다. 눈보라를 막아보려고 눈 벽을 쌓은 건데 오히려 그 눈보라가 텐트를 잡아먹으려고 했으니. 아무리 좋은 생각이라도 방법이 잘못된 것이라면 목숨까지 잃을 수도 있다는 사실을 몸소 겪은 나는 할말을 잃었다. 나 역시 아무리 좋은 생각을 갖고 백두산에 왔을지라도 그것이 욕심에서 비롯되었다면 인생을 망치는 일이 될 수도 있는 것이다.

언제부터인지는 몰라도 내 마음에 욕심 하나가 날아다녔다. 처음에는 그 욕심을 거들떠보지도 않았는데 어느 날 나도 모르게 그 욕심을 만지게 되었다. 욕심이 생겨났으면 그냥 지나가게 내버려둬야 하는데 그걸 이리저리 만지작거리며 놀았다. 점차 욕심의 독이 마음에 번져갔다. 아마 그래서 내 마음이 마비된 것 아닐까? 이렇게나마 마음이 마비된 원인을 알게 되었으니 그나마 조금은 백두산에 온 보람이 있다. 마치 병에 걸린 줄 모르고 있다가 어느 날 병원에 가서 발견하는 것처럼 말이다.

◈

백두산에 가면 노래가 많이 있을 거라고 큰소리를 쳐봤으니 산신령이 보면 내가 얼마나 건방진 놈이었을까? 그러니까 나에게로 다가오던 노래들이 저 사람은 아니다, 하고 되돌아 간 것이다. 그런 줄도 모르고 노래를 캐러 다녔으니 나도 참 멍청한 놈이다. 이제 전투를 그만두고 산에서 내려가야겠다. 마음이 마비되었는데 무슨 슬픔을 찾고 노래를 찾는단 말인가? 괜히 더 있어 봐야 욕망만 커질 뿐이다.

◈

이제 전투는 끝난 거나 마찬가지다. 이미 나 자신과의 싸움에서 졌기 때문이다. 아니, 졌다기보다는 처음부터 안 되는 싸움이었다. 세상과 싸우려면 적어도 마음속에 믿음 하나쯤 지니고 있어야 하는데 나는 아무것도 갖추지 않고 그저 어떻게든 되겠지 생각만 했다. 아직도 산신령이 나를 도와줄 거라는 생각에서 벗어나지 못하고 있는 것이다. 사람들은 전투를 포기한 나를 비겁하다고 하겠지만 그래도 할 수 없다. 나중에 추하다는 소리를 듣는 것보다 지금

꿈꾸는 노란 기차

비겁하다는 소리를 듣는 게 조금은 덜 창피할 것 같다.

❦

　내 나라 가장 높은 곳에서 묵은해를 보내고 새해를 맞이했지만 별다른 감흥이 없다. 아무리 백두산이라고 한들 눈 뜨면 안개밖에 보이지 않는데 무슨 감흥이 있겠는가? 이곳에서 북한 동포들을 만날지도 모른다는 말을 믿은 건 아니지만 막상 새해가 되니까 우연히 만나 떡국 한 그릇 했으면 좋았을 거라는 생각이 든다. 훗날, 통일이 되면 '하늘못 음악회'도 열고 같이 만나서 떡국도 먹고 술도 한잔하고 그러겠지.

2000년 1월 2일
　안개감옥에 갇힌 나를 구하기 위해 햇살이 나타났지만 햇살은 힘이 없었다. 안개가 싱싱한 햇살의 기운을 다 빨아먹었기 때문이다. 내 마음도 옛날엔 싱싱했는데 욕심이란 놈이 들어와서 다 빨아먹지 않았는가. 10미터 앞도 제대로 볼 수 없는 이 안개 속에서, 내가 할 수 있는 것이라고는 그냥 가만히 앉아 싱싱한 햇살을 그리워하는 것뿐이다.

　겨울 백두산에서 나는 내가 미처 몰랐던 그 어떤 아름다움을 만나기를 바랐지만 그런 나의 바람마저도 안개가 다 먹어치우고 말았다. 안개는 정말 식욕이 왕성했다. 아마도 내가 주저앉으면 기다렸다는 듯이 나를 잡아먹을 것이다. 그러니 다시 기운을 차려야 한다. 어쩌면 그것이 산신령이 나에게 베푸는 마지막 선물인지도 모른다. 만약에 산신령의 그런 배려가 없었다면 나는 멋모르고 계속 전투를 했을 것이다.

며칠 동안 안개 속에서 살다보니 마음도 머리도 안개로 자욱하다. 이제는 푸른 하늘이 보인다 해도 반가울 것이 없다. 나는 이미 전투를 포기한 병사! 이제 와서 안개가 걷힌다 한들 무슨 위로가 되겠는가? 오늘도 별 보기는 틀렸다. 따지고 보면 전투 첫날부터 포로가 된 셈이다. 발도 편히 뻗을 수 없는 이 감방에서 내가 할 수 있는 일은 그저 먹고 자는 것뿐, 그나마 늠름했던 며칠 전의 내 모습은 간데없고 이제는 탈출을 준비해야 하는 포로가 되었다.

—안개야 하늘 좀 보여다오.

—아직도 감상에 젖어 있군.

—머리가 터질 것 같아서 그래.

—왜, 별이라도 보게?

—도대체 내가 왜 여기에 갇혀 있어야 하는 거야?

—넌 죄인이야.

—내가 뭘 잘못했는데?

—정말 그걸 몰라서 묻는 거야?

—나는 너를 미워한 적이 없어.

—솔직하지 못하군, 넌 나를 미워하잖아.

—그냥 내가 뭘 잘못했는지 그것만 말해줘.

—너는 사기꾼이야.

—사기꾼?

—백두산에 가면 노래가 많이 있을 거라고 했잖아.

—그건 정말 그런 줄 알았지.

—아니야, 교만해진 거지.

—교만이라니?

—너의 그 덧없는 욕망을 채우려고 백두산에 온 거잖아?

—왜 생사람을 잡고 그래?

—지금 연극하시나?

—난 하제 이곳을 떠날 거야.

—누구 맘대로?

—너희들 맘대로 나를 잡아둔 거잖아?

—올 땐 마음대로 왔지만 갈 땐 마음대로 못가.

—그런 억지가 어디 있나?

—만약 탈출을 하면 끝까지 쫓아가서 죽여버릴 거야.

공포의 바람을 맞으며 물 길러 갔다 오는데 어둠 속으로 어렴풋이 감방이 보인다. 저 안에는 내가 두고 온 그리움들이 있다. 나를 버틸 수 있게 해주는 아주 소중한 것들이다. 나는 그것들을 침낭 속에 넣어두고 다닌다. 밖에 가지고 다니면 얼어버릴 것 같아서다. 물을 길어다놓고 텐트 안으로 들어가는데, 마치 캄캄한 항아리 속으로 기어들어가는 것 같았다. 텐트 안에 들어가 촛불을 켜니 그리움들이 기어나와 내 앞에 모여든다. 그것들을 데리고 다시 침낭 속으로 들어갔다. 그리움들이 하나둘 잠이 들자 나도 따라 잠이 들었다.

2000년 1월 3일

날마다 되풀이 되는 틀 속에서 쇠약해질 대로 쇠약해진 나의 더듬이는 이제 거의 방향을 찾지 못한다. 그저 날지 못하는 새처럼 제자리에서 맴돌고 있을 뿐 뭐라도 해야겠다는 의욕이 생기질 않는다. 차라리 쳇바퀴를 돌릴 힘이라도 있는 다람쥐가 부럽다는 생각이 든다. 이대로라면 바람이 조금만 불어도 자빠질 게 뻔하다. 어서 빨리 더듬이가 기력을 되찾아 나를 인도해줬으면 좋겠다.

아침 식사를 끝내고 배낭을 꾸렸다. 안 동지가 왜 배낭을 꾸리

꿈꾸는 노란 기차

냐고 물었지만 아무 말도 하지 않았다. 다 알면서 왜 묻느냐는 나름의 의사표시이기도 했다. 텐트 밖으로 나와 배낭을 걸쳐 메고 멜빵을 단단히 조였다. 손 동무와 오 동무가 날 보고 어딜 가느냐고 묻기에 웃으면서 전투하러 간다고 말했다.

오늘 나는 이 안개감옥에서 탈출할 것이다. 그런데 어느 쪽으로 빠져나갈지가 걱정이었다. 폭포 쪽으로 가자니 낭떠러지 길이 위험하고, 기상소 쪽으로 가자니 눈에 묻힌 길을 찾아낼 자신이 없었다. 막상 떠나려고 하니까 마음이 불안하고 왠지 두려움이 차올랐다. 그렇다고 다시 마음을 돌릴 생각은 없었다. 마지막으로 호수 위를 걸었다. 이제 겨울 백두산은 다시 오기 어려울 것이다. 앞서가던 오 동무와 손 동무가 자꾸만 뒤돌아본다.

기온이 좀 올라간 탓인지 어제까지만 해도 눈앞에 있던 안개가 오늘은 조금 멀리 물러나 있었다. 지난 닷새와 견주면 그래도 오늘은 좋은 날씨에 속했다. 잘하면 안개 틈으로 봉우리도 볼 수 있고 하늘도 볼 수 있을 것 같았다. 한참을 걷다가 뒤돌아보니 지난날 열심히 오르내리던 비탈길이 한눈에 들어왔다. 나는 동무들에게 인사도 아니하고 비탈길로 향했다. 마음은 폭포 길로 가고 싶었지만 그 길은 혼자 가기에는 너무 위험했다. 이럴 때 오 동무가 도와주면 좋으련만 오 동무는 내가 내려간다는 사실조차 모르고 있다.

전투를 포기하고 탈출을 하는 것이지만 그렇다고 전투가 끝난 것은 아니다. 안개는 내가 탈출하는 것을 가만히 지켜보고 있다가 공격을 할 것이다. 나는 안개의 작전을 알고 있었지만 개의치 않고 비탈길 쪽으로 향했다. 종덕사 옛터 부근을 지나는데 벌써부터 숨이 차올랐다. 멀리서 볼 때는 눈이 살짝 덮인 정도인 줄 알았는데 직접 와서 걸어보니 무릎 위까지 푹푹 빠졌다. 그렇게 한 시간 정도 올라와 땀도 식힐 겸 뒤를 돌아보자 멀리 안 동지와 오 동무, 손 동무의 모습이 조그맣게 보였다. 손을 흔들었더니 그들도 손을 흔들었다. 그런데 그 모습이 내려오라는 건지 조심해서 가라는 건지 알 수가 없었다. 분명한 건 아무도 나를 말리려고 달려오는 사람이 없었다는 것과, 혼자 가면 위험하다고 소리쳐주는 사람이 없었다는 것이다.

안개가 서서히 꿈틀거렸다. 마치 오늘의 전투가 시작되었음을 알리는 것 같았다. 그렇다면 지금쯤 백두산에 살고 있는 모든 바람들이 어딘가에 진을 치고 전투태세를 갖추고 있을 것이다. 아니나 다를까, 능선에 올라서니 여기저기서 바람들의 거친 숨소리가 들려왔다. 조금 전까지 태연했던 나는 갑자기 두려움을 느꼈다.

솔직히 다시 텐트로 돌아가고 싶었지만 두려운 기색을 감추고 앞으로 나아갔다. 그때였다. 드디어 매복하고 있던 바람들이 일제히 일어나 나를 향해 공격을 퍼부었다. 순간 올가미에 걸려든 것처럼 움직일 수가 없었다. 눈을 뜰 수도 없고 가만히 서 있을 수도 없었다. 나는 망설였다.

'내가 이럴 줄 알았지, 다시 돌아갈까?'

그 순간을 놓칠세라 바람들은 나를 거칠게 밀쳐버리고 말았다. 능선 아래쪽으로 굴러떨어진 나는 마음속에서 들려오는 얼음 깨지는 소리를 들었다. 얼었던 내 마음이 거울에 금 가듯이 그렇게 깨져버린 것이다. 나는 또다시 망설였다.

'돌아갈까, 그냥 갈까?'

그런데 발은 망설임과 관계없이 앞으로만 나아갔다. 내 발이 어디로 가려고 하는지 알 수가 없었다. 능선을 바라보니 또다른 바람들이 진을 치고 있었다. 하는 수 없이 능선 아랫길로 걸어가기로 했다. 눈에 묻혀서 보이지는 않았지만 여름에 다니던 길이니까 기억을 더듬어서 가면 괜찮을 거라고 생각한 것이다. 문득, 나는 나를 진정으로 사랑하고 있는지 궁금했다. 이렇게 무모한 짓을 하고 있는 걸 보면 나는 나를 사랑하지 않는 게 분명했다.

비탈에 몸을 바짝 붙이고 가는데 벌떼 같은 눈보라가 등을 치고 얼굴을 친다. 바람들은 한쪽에서 불어오지 않고 여러 방향에서 한 꺼번에 불어왔다. 마치 나를 둘러싼 여러 짐승들이 동시에 달려드는 것 같았다. 고개를 돌릴 수가 없어서 가까스로 발등만 보고 조금씩 움직여 나아갔다. 잠시라도 딴 생각을 했다가는 또 미끄러질지도 모르는 일이었다. 아, 내가 지금 무슨 짓을 하고 있는 건가, 길이 아닌 길로 가고 있지 않은가? 갑자기 무서워졌다. 지금 이 바람의 늪에서 빨리 벗어나지 않으면 정말 죽을지도 모른다는 생각이 들었다. 마음은 급하고 길은 보이지 않고, 이럴 줄 알았더라면 처음부터 능선 길로 갈 걸 그랬지만 이제 와서 그런 소리를 한들 무슨 소용이 있겠는가? 두 번 다시 실행에 옮기지 못할 이야기는 하지 말자고 다짐했다. 항복의 뜻을 전하지 않아서일까, 전투를 포기한 나에게 바람은 무자비한 공격을 퍼부었다.

　―바람아, 나한테 왜 이러는 거냐?

　―너를 죽여야 하니까.

　―나는 전투를 포기했어.

　―누구 맘대로?

　―난 싸울 자격도 없는 놈이야.

　―그건 너의 생각이지. 우리는 아직 끝나지 않았어.

　―지금 내가 떠나고 있잖아.

—떠나는 게 아니라 도망치고 있는 거지.

—아니야, 난 그냥 하산하는 거라고.

—그럼 포로가 탈출한다고 해줄까?

—난 포로가 아니야, 너희들이 나를 강제로 가둔 거잖아.

—웃기는 소리 그만 해, 나는 너를 죽여버릴 거야.

—뭣 때문에?

—너 같은 사기꾼 때문에 이 산이 아픈 거야.

—내가 왜 사기꾼이야?

—아, 자네는 어쩌다 이렇게 멍청이가 되었는가?

⬩

대화가 끝나자마자 바람은 다시 나를 공격했다. 도대체 여기가 어디쯤일까? 잘못하면 길을 잃을지도 모르겠다. 지금이라도 되돌 아갈까? 하지만 이제는 되돌아가는 길도 보이지 않았다. 바람은 그 틈을 놓치지 않고 나를 공격했다. 그야말로 나를 죽이려고 작 정한 것 같았다. 빨리 이곳을 벗어나고 싶은데 발버둥치면 칠수록 자꾸만 내가 캄캄한 어둠 속으로 가라앉는 것 같았다.

마침내 눈보라 속으로 희미하게나마 기상소 건물이 보였다. 이 제 조금만 더 가면 이 상황에서 벗어날 수 있을 것 같았다. 나는 안 도의 한숨을 길게 내쉬었다. 그러나 불쑥 예기치 않은 장애물이 나 타났다. 거리는 대충 5미터 정도, 길인지 골인지 알 수가 없었다.

길이면 다행이지만 골이면 푹 빠져서 아래로 떨어질지도 모른다는 생각이 들었다. 또다시 긴장감이 일었다. 돌이라도 보였으면 좋겠는데 이 길은 하얀 눈만 보였다. 게다가 아래까지 죽 이어져 있어서 길이 아닐지도 모른다는 생각이 들었다. 나도 모르게 수백 미터쯤 되는 낭떠러지 밑을 내려다보았다. 기운이 쏙 빠졌다.

잠시 비탈에 엎드려 숨을 고르고 나서 위를 보니 10시 방향으로 조그만 돌이 보였다. 저 돌을 잡을 수 있으면 좋으련만 몸을 마음대로 움직일 수가 없었다. 기울기가 70도쯤 되는 비탈에 아주 불안한 자세로 몸을 붙이고 있던 나는 돌을 잡고 올라가 다른 길을 찾을 생각이었다. 하지만 그 돌을 못 잡으면 낭떠러지 밑으로 떨어질지도 모른다. 비탈에 쌓여 있는 눈을 발로 툭툭 찍어서 디딜 곳을 만든 다음, 옆으로 조금씩 움직여보려고 애썼으나 그게 뜻대로 되지 않았다. 고개를 돌려 진행하는 방향을 봐야 하는데 칼바람이 몰아쳐서 고개를 돌릴 수가 없었다. 그런 자세로 서 있다보니 종아리 근육이 뭉쳐오고 조그만 돌을 잡고 있는 손가락의 힘도 간당간당했다. 그런 상태에서 나는 위쪽에 보이는 돌을 잡아야 하는 것이었다.

갑자기 다리가 떨리기 시작했다. 이대로 서 있다가는 힘이 빠져 그냥 미끄러질 것 같았다. 숨을 깊게 들이쉬고 점프를 했다. 그런데 하필이면 그때 머리 위로 눈보라가 휘몰아쳤다. 너무 급작스러운 일이라 잡았던 돌을 놓쳐버리고 말았다. 조용한 산에 외마디

소리가 울려퍼졌다. 손가락에 힘을 주고 눈을 움켜잡았다. 다행히 바위에 발이 닿아 멈출 수 있었다. 얼추 10여 미터 정도 미끄러진 것 같았다.

눈물이 소낙비처럼 흘러내렸다. 나는 실눈을 뜨며 내가 살아 있음을 확인했다. 슬픔도 노래도 내가 살아 있어야 찾는 거지 이대로 죽는다면 무슨 소용이 있겠는가? 무조건 살아야 한다고 생각했다. 바람은 그런 내가 못마땅한지 더 세게 나를 몰아붙였다.

그때였다. 마음속에서 무언가가 치밀어오르더니 곧바로 눈물을 타고 빠져나가는 것이 보였다. 요정이었다. 그 요정이 트래라는 것을 직감적으로 알았지만 몸을 움직일 수가 없었다. 결국 떠나가는 트래를 붙잡지 못하고 그냥 바라볼 수밖에 없었다. 트래가 나를 살리기 위해 제 목숨을 백두산한테 제물로 바치려는 것이었다. 눈앞이 캄캄했다. 하느님, 이라는 말이 저절로 나왔다. 트래를 데려가지 말아달라고 하느님에게 빌었다. 하느님이 기도를 들어줄 리 없겠지마는 나는 계속해서 하느님을 불렀다.

사람이 살고 죽는 것은 하늘의 일이다. 지금 내 발 밑에 있는 바위가 아니었다면 나는 벌써 저 아래로 떨어져 죽었을 것이다. 그렇다면 나를 받쳐준 이 바위는 하느님일 것이다. 트래까지 나를 살리려고 제 목숨을 내놓았는데 이대로 죽으면 안 되지 않나.

나는 조심스레 주위를 살폈다. 머리 위로 한 서너 뼘쯤 되는 곳에 조그맣게 튀어나온 돌이 보였다. 지금으로서는 저 돌이 유일한 구세주다. 나는 한쪽 발로 눈을 파헤치고 발을 걸쳤다. 그리고는 다리에 힘을 주고 손을 뻗쳐 튀어나온 돌을 잡았다. 바람 소리가 귀신소리처럼 들렸다. 그야말로 바람과의 사투였다. 나는 조금씩, 조금씩 기어올랐다. 시간이 얼마나 흘렀는지는 모르지만 한참 만에 미끄러지기 시작한 곳까지 올라갈 수 있었다. 눈보라 때문에 놓쳤던 그 돌이 다시 보였다. 이제 저 돌을 잡고 올라서면 다시 길을 내어 걸을 수 있을 것이다.

나는 오른쪽 발로 눈을 파헤쳐 발을 걸치고 모든 것을 하늘에 맡기고 심호흡을 했다. 그리고 미련 없이 점프를 했다. 돌이 손에 잡히자, 어디서 힘이 생겼는지 신발 앞쪽으로 눈을 찍으면서 순식간에 바위 위에 올라섰다. 올라서는 순간 살았다는 생각에 또다시 눈물이 쏟아졌다. 그 눈물 사이로 가족들이 떠올랐다. 나는 길 잃은 아이가 엄마를 만난 것처럼 소리를 지르며 엉엉 울었다. 파란 하늘과 봄날의 새잎들, 가을날의 낙엽… 그 모두가 눈물 속에서 아른거렸다. 어둠속의 별 하나가 소중한 것처럼, 그동안 가까이 지내지 못했던 사람들이 모두 별처럼 떠올랐다.

기상소 앞 너른 마당에 도착하니 비로소 바람과의 사투에서 빠

꿈꾸는 노란 기차

져나왔다는 생각이 들었다. 하지만 금세 뒤쫓아온 바람이 나를 가만두지 않았다. 지친 얼굴에 강편치를 날리며 몸을 사정없이 두들겨 패는 바람에게 나는 무릎을 꿇고 용서해달라고 말했다. 그제야 바람은 내 몸에서 떨어졌다. 그리고는 낮은 목소리로 말했다.

"틔래가 너를 살렸다. 하지만 앞으로 너는 노래를 보지 못할 거야. 산신령이 너에게 노래를 주지 않을 테니까. 무엇보다도 너는 노래의 향기를 사라지게 했어. 그래서 산신령이 노하신 거지. 다시는 이 산에 오지 마라. 나도 너와 싸우는 것이 괴롭다. 옛정을 생각해서 하는 말이니 잘 알아들었으면 좋겠다. 그럼 부디 잘 가거라."

❦

백두산으로 떠나기 며칠 전이었던가? 광화문 교보문고 뒷길에서 차에 치인 꼬마 아이가 구급차에 실려가는 것을 보았다. 아이는 차에 실려갈 때까지 "내 로봇, 내 로봇" 하면서 울부짖고 있었다. 구급차가 떠난 자리에 눈 속에 묻혀 있던 로봇이 보였다. 그걸 보면서 그 아이의 가장 친한 동무는 저 로봇이었을 거라고 생각했다. 그 아이가 애타게 로봇을 부르고 있었던 것처럼 나도 그렇게 틔래를 부르면서 걸었다. 하지만 아무리 불러도 틔래는 보이지 않았다. 백두산에 가면 노래를 많이 캘 수 있을 거라고 생각한 것이 그렇게나 잘못한 일이었던가? 굵은 눈물이 쉬지 않고 흘러내렸다.

잘은 모르겠지만 대여섯 시간을 바람과 싸운 것 같았다. 숙소에 돌아와 거울을 보니 눈밑이 꺼멓게 변해 있었다. 눈물자국이 얼어붙어서 그렇게 된 것이다. 탈진 상태의 내 모습을 본 숙소 할머니가 깜짝 놀라면서 나를 따뜻한 식당으로 데리고 갔다.

"죽으려고 환장했는가?"

잠시 뒤, 할머니는 뜨거운 곰탕을 내왔다. 국물을 떠서 입에 넣으려고 하는데 턱이 얼어서 입이 잘 벌려지지 않았다. 지금 이 턱처럼 내 마음도 마비되었을 텐데, 그렇게 된지도 모르고 노래를 찾으려고 했으니 나도 참 딱한 놈이다. 어렵게 입을 벌리고 숟갈을 들이밀었으나 목이 메어서 국물이 잘 넘어가지 않았다. 곰탕국물에 뚝뚝 떨어지는 눈물을 보고 할머니가 말했다.

"곰탕 국물이 싱거운가. 왜 자꾸 눈물을 떨구는가?"

2000년 1월 6일

산신령이 주는 대로 산삼을 캐던 심마니가 있었다. 당연히 캐는 날보다 캐지 못하는 날이 훨씬 더 많았다. 그래도 심마니는 즐거운 마음으로 산삼을 캐러 다녔다. 그런데 이 심마니가 어느 날부터 100년 묵은 산삼을 캐게 해달라고 산신령한테 빌기 시작했다. 그 뒤로 이 심마니는 단 한 뿌리의 산삼도 캐지 못했다. 나도 마찬가지다. 평소에는 산신령이 주는 대로 노래를 캐다가 어느 날인가 '온 백성이 함께 부를 아리랑'을 캐겠다며 백두산에 갔다. 그것을 알게 된 산신령은 바람과 안개를 시켜 욕심을 부린 나를 쫓아낸

꿈꾸는 노란 기차

것이다. 어쩌면 나는 노래를 인생의 도구로 취급했는지도 모른다.

🍃

노래를 캐면 노래마다 독특한 향기가 난다. 나는 그 향기를 사람들한테 잘 전달하려고 조심스럽게 다루었다. 그런데 언제부턴가 노래에서 향기가 사라지기 시작했다. 분명히 노래를 캤을 당시에는 향기가 있었는데 어떻게 본연의 향이 사라질 수 있단 말인가? 나중에 알았다. 범인은 욕심이었다는 것을. 욕심이란 놈이 노래가 지니고 있던 본연의 향을 없애고 자기가 좋아하는 향을 뿌렸던 것이다. 노래는 본연의 향으로 세상을 날아다닌다. 만약 노래가 길을 잃었다면 그것은 노래를 캔 사람이 노래가 지니고 있는 본연의 향을 없애고 다른 향을 뿌렸다는 얘기다. 이제야 바람이 나에게 했던 말을 알 것 같다. 노래의 향기를 사라지게 했다는 그 말.

🍃

요즘 사람들은 대부분 화장품을 바른다. 사람한테서 사람 냄새가 나는 게 아니라 화장품 냄새가 나는 것이다. 나는 상추나 깻잎을 먹을 때 쌈장을 얹지 않고 그냥 먹는다. 쌈장이 들어가면 고유의 향이 없어지기 때문이다. 그런 내가 왜 노래에다가 향기를 뿌릴 생각을 했던 것일까. 설령 욕심이 시켜서 한 일이라고 하더라도 결국 모른 척한 것은 나 자신 아닌가? 이것이 사실이라면 나는 이제 노래 만드는 일을 그만둬야 한다. 아무리 노래 욕심이 많아도 그렇지, 어떻게 본연의 향을 없애고 시대 흐름에 편승하려고 했을까. 음식도 양념이 지나치면 음식 본래의 맛을 잃게 되고 그런 음식은 결국 사람을 병들게 하지 않던가?

사람이든 노래든 본연의 향이 사라지면 제가 걸어온 길에서 벗어나게 된다. 넓은 뜻으로 보면 가수는 자기 목소리를 믿지 말아야 하며 화가 역시 자기 그림을 믿지 말아야 한다. 정치하는 사람들을 보라. 권력을 믿는 순간 길을 잃게 되고 사랑하는 사람들 역시 사랑을 믿는 순간 이별의 길로 가는 것이다. 건강하던 사람이 건강을 잃게 되는 것도 따지고 보면 제 건강을 너무 믿었기 때문이다. 그러니 자신의 재능도 함부로 믿어서는 안 될 일이다. 지금까지 걸어온 길에서 벗어날 수 있으니.

2000년 1월 7일

아침에 일어나니 기운이 하나도 없다. 훨훨 타오르던 불길이 다 꺼져버린 것 같은 느낌이다. 열정이나 의욕 따위는 어디론가 사라지고 그야말로 껍데기가 되어버렸다는 것을 실감하지 않을 수 없다. 미치기 전 단계가 뭔지는 모르겠지만 아마 넋이 나가고 멍한 상태를 말하는 것이 아닐지. 산에서 내려오고 나서 멍한 상태로 나흘을 보냈다. 그사이 정신을 차려보려고 바둑도 두고 마작도 배워보았지만 모두 다 헛일이었다. 그러던 중 다행히 마음속에서 외

꿈꾸는 노란 기차

로움이 꿈틀거리는 게 느껴졌다. 제 스스로 몸을 추스른 외로움은 나를 데리고 작은 하늘못으로 산책을 나갔다. 산에서 내려온 지 닷새 만에 제대로 하늘을 보았다.

햇살 본 지도 어느덧 열흘, 나는 핼쑥해진 외로움을 어루만지며 눈꽃들을 보았다. 눈꽃들도 햇빛을 덜 받아서 그런지 조금은 파리하게 보였다. 흩어졌던 정신이 조금 돌아온 것 같기는 한데 낭떠러지에서 미끄러질 때 생겨난 공포감도 함께 되살아나 나를 괴롭혔다. 아직도 내 머릿속은 안개로 자욱하고 몸과 마음도 만신창이다. 하늘못에서 지냈던 텐트에 비하면 이곳이 훨씬 편안하지만, 마음이 편치 않은 건 거기나 여기나 별 차이가 없다. 나를 살리려고 제 목숨을 내놓은 트래의 모습이 눈앞에서 아른거린다. 혼자 마시는 술은 오히려 나를 처량하게 만들 뿐, 여기는 또다른 감옥이다.

어제 연락했던 마 동무가 정오가 다 돼서야 나타났다. 숙소 할머니가 든든히 먹고 가라며 곰탕을 듬뿍 내왔다. 마 동무는 내 모습을 바라보며 알아듣지 못할 말로 중얼댔다. 연길은 왜 혼자 가느냐고 말하는 거겠지. 산에서 무슨 일이 있었는지 알 까닭이 없는 마 동무는 그저 싱글벙글 웃기만 했다. 나는 할머니의 손을 잡고 그동안 고마웠다는 인사를 드리고 숙소를 떠났다.

사람은 누구나 자기만의 슬픔이 있다. 하지만 그것은 아무도 슬퍼하지 않는 혼자만의 슬픔이다. 누구나 겪는 슬픔이라면 함께 슬퍼할 수도 있겠지만 트래를 잃은 이 마음을 누가 위로해주겠는가? 나는야 전투를 포기하고 도망친 탈영병! 산신령한테 쫓겨나고 트래까지 잃고 말았다. 이제 나는 이 산을 다시 오르지 못할 것이다. 강하고 단단한 쇠가 되려면 담금질을 여러 번 해야 하는데 나는 그런 과정을 거치지 않은 무늬만 쇠었던 것이다. 차를 타고 가면서 나는 몇 번이고 뒤를 돌아다보았다. 하얀 길만 보일 뿐, 아무것도 보이지 않았다.

긴 시간을 달려 연길에 들어오니 노르무레한 스모그가 보이고 매캐한 냄새가 코를 찔렀다. 숙소를 정하고 저녁을 먹으러 갔다. 술을 전혀 못하는 마 동무가 나에게 '꿈'을 시켜주었다. 38짜리 '꿈'을 마시면서 떠나버린 트래를 생각하니 또 눈물이 나왔다. 온 겨레가 함께 부를 아리랑을 찾아 열심히 다녔는데, 결국 트래만 잃고 말았다. 그리고 그것은 트래만 잃은 것이 아니었다. 나는 나의 모든 것을 트래한테 맡겨놓았기 때문에 내 인생을 통째로 잃어버린 것이나 다름없었다. 이제 모레면 나는 빈털터리로 돌아가겠지. 꿈을 마시니까 얼었던 마음이 서서히 녹는 것 같다. 그런데 내 꿈이 보이지 않는다. 한 병을 다 마셨는데도 보이지 않는다.

"아주머니, 여기 꿈 한 병 더 주세요."

마 동무가 놀라는 표정을 지으며 손사래를 쳤다.

"마 동무, 나 꿈 한 병 더 마시자. 내 꿈이 안 보여!"

그사이 아주머니가 꿈 한 병을 들고 왔다. 그런데 마 동무가 뭐라고 말했는지 꿈을 도로 가져갔다. 나는 눈앞에서 사라지는 꿈을 잡으려고 손을 내밀었으나 결국 멀어지는 꿈을 잡지 못했다.

식당 문을 나서는데 스모그가 앞을 가렸다. 백두산 안개가 스모그로 변해서 또다시 나를 괴롭히는 것 같았다. 매캐한 공기가 코를 찔러와 여러 번 기침을 했다. 마 동무가 울지 말라고 내 등을 툭툭 쳤다. 그러고 보니 나는 또 눈물을 흘리고 있었다. 가던 길을 멈추고 마 동무한테 말했다.

"이것은 눈물이 아니고, 얼었던 내 마음이 녹고 있는 거야."

마 동무가 킬킬대며 웃었다. 마 동무가 아무리 내 속을 잘 안다고 해도 이번만큼은 내 말을 못 알아들었을 것이다. 나는 마 동무를 쳐다보며 잘 있으라고 말했다. 이것이 마 동무와 마지막 만남이라고 생각하니 헤어지기가 섭섭하였다. 비록 말은 통하지 않았지만 그동안 정이 많이 들었다. 마지막 인사로 선물을 하고 싶었으나 딱히 줄 것이 없었다. 그래서 나는 주머니에 있던 등산용 칼을 꺼내서 마 동무에게 주었다.

"그동안 고마웠어."

마 동무가 칼을 요리조리 살펴보며 히죽히죽 웃었다. 마 동무도 이것이 마지막이라는 걸 알았는지 웃는 얼굴에 눈물이 살짝 비쳤다. 나는 마 동무를 부둥켜안고 다시 한번 고맙다는 말을 전했다. 마 동무도 헤어지는 게 아쉬운지 천천히 손을 내밀며 작별을 알렸다.

얼룩지고 질퍽대는 눈길을 걸으며
별 없는 밤하늘을 바라본다
눈물이 아직 남았던가.
풀 죽은 희망이 흘러내린다
슬픔도 잃어버리고
노래도 잃어버리고
길도 잃어버리고….
빈털터리 마음속에
슈만의 꿈이 울려 퍼진다 ■

8 _____

그대는 나의 어둠이었다

- 트래 이야기

어둠 속에 빛이 있고

빛 속에 어둠 있으니

빛과 어둠은 한마음이다

우리가 서로 사랑하지 못하는 것은

별만 보고 하늘을 보지 않았음이다

처음부터 허수아비로 살았다면 슬플 것도 없겠지만, 사람으로 살다가 어느 날 갑자기 허수아비가 되어버린다면 그 기분이 어떨까. 나는 처음 태어나고부터 요정으로 살았기 때문에 슬프고 자시고 할 필요가 없다. 하지만 그는 정말 열심히 일하다가 허수아비가 되어버린 사람이다. 욕심의 저주가 아니라면 하늘에게 벌을 받고 그리된 것이 틀림없다. 그와 헤어진 뒤부터 생각한 것이지만 나는 그가 무엇을 잘못했는지 조금은 알고 있다. 그렇다고 그가 허수아비로 살아야 할 만큼 잘못을 저지른 것인지는 잘 모르겠다.

나는 아주 작은 존재라서 사람들 눈에는 보이지 않는다. 알아보는 사람은 오직 그 사람뿐이다. 오래전부터 그의 마음속에 머물며 그가 하는 일을 거들어주었기 때문이다.

　그는 늘 노래를 만들고 싶어했다. 하지만 안타깝게도 그에게는 스스로 노래를 만들 수 있는 재능이 없었다. 그래서 그는 넝마주이처럼 노래를 주우러 다녔다. 어떤 때는 산이나 들에서, 어떤 때는 공장에서 일하는 또래 아이들로부터 주워오기도 했다. 나는 그가 주워온 노래들을 잘 씻어서 다듬었다. 내가 다듬은 노래들이 모두 다 작품이 되는 건 아니었지만 어쩌다가 새로운 모습으로 다듬어진 작품이 생겨나기라도 하면 그는 아이처럼 좋아했다. 그렇게 우리 둘은 떼려야 뗄 수 없는 사이가 되었다. 그랬던 그가 지금은 아무 일도 할 수 없는 허수아비가 된 것이다.

2002년 9월 16일

　지금 나는 대련(大連)으로 간다. 그가 인천에서 배를 타고 대련으로 온다는 소식을 접했기 때문이다. 그냥 백두산에서 기다려도 되지만 마중을 나가서 그를 지켜보기로 했다. 혹시나 무슨 사고라도 생기면 어떡하나 걱정도 되었고 어떤 생각에 꽂히면 그대로 돌진하는 그가 불안하기도 했기 때문이다. 사실 그는 고기능자폐증 환자다. 그가 사람들한테 실수하는 장면을 여러 번 보았기에 나는 그가 아무 탈 없이 여행할 수 있도록 옆에서 기도라도 해야겠다고 생각했다.

오랜만에 기차를 타본다. 차창 밖으로 곱게 물든 행복이 지나간다. 빨간 행복, 노란 행복… 여러 색깔의 행복들이 울긋불긋 노래 부르고 있다. 이렇게 가까운 거리에서도 행복을 볼 수 있는데 나는 왜 행복은 멀리 있다고 생각했을까? 만약 저 지나가는 행복을 내 마음속에 간직할 수 있다면 나는 오래도록 행복할 수 있을까? 아니다. 언젠가 그가 말했다. 행복은 소유하는 것이 아니라 바라보는 것이라고. 그리고 행복의 씨앗은 다름 아닌 슬픔이라고. 처음엔 그 말이 무슨 말인지 몰랐지만 이렇게 행복을 보고 있으려니 그가 해준 말을 조금 이해할 수 있을 것 같기도 하다. 물론, 아직은 내 슬픔이 꽃을 피운 건 아니지만 그래도 그를 곁에서 바라볼 수 있다고 생각하니 벌써부터 따뜻한 햇살이 내 마음을 간질이는 것 같다.

2002년 9월 17일

1972년 여름으로 기억한다.

비가 많이 내리던 어느 날이었다. 명동 성당 부근을 배회하다가 우연히 어떤 젊은이가 비를 맞으며 걸어가고 있는 것을 보았다. 가까이 가서 보니 울면서 걷고 있는 것이었다. 빗물이 그의 눈물을 감추려고 했지만 그의 눈에서는 눈물이 계속 흘러나왔다. 그때 나는 똑똑히 보았다. 빗물에 섞이지 않고 흘러내리는 맑은 눈물을.

나는 망설일 것도 없이 그 눈물을 타고 그의 마음속으로 들어갔다.

조심스레 그의 마음속을 둘러보았다. 앙상했다. 마치 가뭄이 들어 쩍쩍 갈라진 땅거죽처럼. 이런 상태로 어떻게 이 세상을 살아왔는지 이해가 되지 않았다. 누렇게 시든 노래들이 여기저기 쓰러져 있었다. 그걸 보는 순간, 나는 이 사람이 노래를 만드는 일을 한다는 걸 알았다. 그러니까 그는 자신이 만든 노래가 죽어가는 것이 슬펐고, 죽어가는 노래를 살리지 못하는 스스로가 원망스러웠던 것이다. 그것을 보고 나서야 나는 그의 눈물을 이해하게 되었다.

나도 모르게 이 사람을 지켜줘야겠다는 생각이 들었다. 나는 내가 늘 지니고 다니던 씨앗 하나를 앙상한 그의 마음속에다 심기로 했다. 나중에 싹이 터서 나무로 자란다면 그곳에 나의 둥지를 틀 생각이었다. 갑자기 이 모든 것이 운명이라는 생각이 들었다. 내가 그의 노래를 살릴 수 있다면 그와 나는 노래를 위해서 함께 살아야 하는 운명인 것이다. 하지만 그것은 내 생각일 뿐, 그때 그는 내가 그의 마음속에 들어와 살고 있다는 것조차 모르고 있었다.

그가 군대 있을 적에 미완성으로 남겨두었던 노래가 하나 있었다. 노랫말 한 구절이 떠오르지 않아서 그냥 덮어두었던 노랜데, 그 노래가 1년 뒤인 1977년 설악산에서 완성이 되었다. 제대를 하고 대청봉에 오른 그는, 사방이 온통 구름으로 뒤덮인 장엄한 풍경을 바라보던 중에 갑자기 이 말을 떠올렸다.

> 설악산을 휘휘 돌아 동해로 접어드니
> 아름다운 이 강산은 동방의 하얀 나라
> 동해바다 큰 태양은 우리의 희망이라
> 이내 몸이 태어난 나라 온 누리에 빛나라

—「터」(1977)

그는 기쁨의 눈물을 글썽이며 수첩을 꺼내 떠오른 말을 그대로 옮겨 적었다. 1년 전, 미완성으로 남겨두었던 그 노래에 딱 들어맞을 거라는 생각을 한 것이다. 그렇게도 떠오르지 않던 노랫말이 어떻게 갑자기 떠오를 수 있는 건지, 그는 경이에 찬 눈으로 구름 바다를 바라보았다. 그런데 문득, 그가 고개를 갸우뚱하며 그 노래가 자신이 아닌 다른 누군가에 의해서 완성된 것이 아닌가 하고 생각하는 것이었다. 이제 와서 갑자기 떠오른 것도 그렇고, 떠오르지 않아서 남겨놓았던 그 부분에 딱 들어맞았다는 사실도 이상했던 모양이다.

이번 일로 말미암아 그는 비로소 자기 마음속에 누군가가 있다는 것을 알게 되었다. 그러니까 산신령이 던져준 노래를 다듬어서 자기한테 알려주었던 그 누군가가 바로 나라는 존재였음을 알게 되었던 것이다. 그 일을 겪고 난 뒤부터 그는 더이상 작곡, 작사라는 말을 쓰지 않았다.

그러던 어느 날, 그가 나를 향해 조심스레 이름을 불렀다.

"트래!"

나는 깜짝 놀랐다. 그가 나에게 이름을 지어준 것이다. 그 말인 즉슨 그가 내 존재를 알게 되었다는 것을 의미했다. 전혀 생각지도 않았던 일이었다. 물론 언젠가는 알게 될 거라고 짐작은 했지만 그날은 생각보다 빨리 왔다. 그때부터 내 이름은 '트래'가 되었고 나 역시 그의 마음을 떠나지 않겠노라고 스스로 다짐했다.

그는 나와의 관계를 비밀로 간직하고 싶어했으나 껄끄러웠던지 사람들한테 모든 사실을 토해내고 말았다.

"지금까지 발표한 노래는 제가 만든 것이 아니라 산신령이 던져준 노래입니다."

그러나 그 말을 믿어주는 사람은 단 한 사람도 없었고, 결국 그의 입장만 난처해지고 말았다. 실제로 그는 누가 자신을 작곡가라거나 작사가라고 부르면 얼굴을 붉힌다. 하지만 발표한 노래에는 그의 이름이 적혀 있으니 누가 그의 말을 믿겠는가. 그는 자기 이름으로 노래를 발표했다는 사실을 늘 쑥스러워 했다. 자기가 만들지 않았다는 것을 누구보다도 잘 알고 있었기 때문이었다. 그렇다고 산신령 작사, 산신령 작곡이라고 할 수도 없는 일이었다. 그래서 그는 '노래를 만든다.'는 말 대신에 '노래를 캔다.'는 말을 쓰기로 하였다. 뭐, 그의 입장에서 보면 그의 말이 그렇게 틀린 말은 아니라고 생각한다. 하지만 한편으로는 그가 작곡이나 작사를 할 실력이 못 되니까 이런 얘기를 하고 있는 것이 아닌가, 하는 생각도 들었다.

아무튼 그가 노래를 캐오면 나는 다듬는 일을 했다. 다듬는 일은 시간이 많이 걸려서 1년도 걸리고, 2년도 걸리고, 3년도 걸렸다. 그렇게 오랜 시간이 걸리는 것은 내 탓이 아니었다. 그는 노래도 발효가 필요하다고 생각하는 사람이어서 내가 잘 다듬어서 건네준 노래도 바로 발표하지 않고 시간을 두고 숙성시켰다. 그런데 숙성을 하고 보면 어찌된 일인지 여기저기서 모난 데가 나타났다. 그가 곧바로 발표하지 않는 이유가 거기에 있었다. 나는 다시 그 모난 데를 다듬었다. 그걸 되풀이하다보면 어느 순간 그의 눈빛이 반짝거리는 때가 온다. 그때 비로소 그가 캐온 노래는 세상 밖으로 나갈 준비를 한다. 그의 생각은 옳았다. 결과가 어찌되었든 노래도 숙성이 필요한 것이었다. 겉절이도 맛있지만 그래도 깊은 맛은 묵은지 아니겠는가? 그는 세상 밖으로 나가는 노래들에게도 '투래'라는 이름을 붙여주었다. 아마, 내가 다듬었기 때문에 같은 이름으로 부르고 싶어하는 것 같았다.

꿈꾸는 노란 기차

그가 나에게 이름을 지어주었을 때 나도 그에게 뭔가 보답하고 싶었다. 언젠가 그가 음반을 발표하게 되면 로고를 만들어줘야겠다고 생각했다. 그날이 왔을 때 그는 나에게 고맙다며 로고의 뜻을 설명해달라고 했다. 하나하나 설명을 해주었다. 여기, 제자리표는 늘 제자리를 지키자는 뜻이고 여기, 낮은음자리표는 늘 낮은데로 임하자는 뜻이라고 말했다. 그의 입가에 천진한 미소가 번졌다. 나는 오선을 가리키며 맨 아랫줄이 몸이고 나머지 줄이 귀, 눈, 코, 입이라고 하였다. 몸을 함부로 놀리지 말고, 남의 말에 흔들리지 말고, 보이는 것에 현혹되지 말고, 부와 명예의 냄새에 현혹되지 말고, 말을 함부로 하지 말자는 뜻이라고 말했더니 이번엔 얼굴 전체로 미소가 번졌다.

물론 이것 말고도 지켜야 할 것이 많지만 먼저 일곱 가지만이라도 지키자고 다짐했다. 그런데 어느 날 갑자기 그가 온 겨레가 함께 부르는 아리랑을 찾겠다며 백두산으로 갔다. 그때 이미 그는 제자리를 벗어났고, 잎사귀로 살지 않고 꽃으로 살겠다고 했을 때에도 이미 낮은 자리에서 한참 벗어나 있었던 것이다. 뒷날 그는 잘못을 깨닫고 무척 괴로워했다. 자신이 다짐을 어기는 바람에 내가 떠난 거라고 생각한 것이다. 결국 그는 자책감에 시달리다가 아무것도 할 수 없는 허수아비가 되고 말았다.

❦

2000년 1월 3일. 영원히 함께할 줄 알았던 그와 내가 정말로 헤어져야만 하는 일이 생기고 말았다. 그가 백두산에서 바람과 사투를 벌이던 날이다. 그 상황을 지켜보던 나는 목숨을 바쳐서라도 그를 구해야겠다고 마음을 먹었다. 그리고는 망설임 없이 그의 마음속에서 빠져나와 산신령께 빌었다.

"산신령님, 제 목숨을 제물로 바칠 테니 그의 목숨만은 살려주십시오."

그랬더니 산신령의 목소리가 들렸다.

"너의 목숨은 거두지 않을 테니 저놈이 스스로 병을 고칠 때까지 만나지 않겠다는 약속을 해라. 만약 그 약속을 어기면 저놈과 너는 영영 만나지 못하리라."

사실 그는 몇 해 전부터 마음이 마비되는 병을 앓고 있었다. 그것 때문에 제자리를 벗어나게 되었고 노래가 눈앞에 있어도 느끼지 못하는 지경까지 이르게 된 것이다. 산신령이 내 목숨을 거두지 않은 까닭은 어떻게 하든 그의 병을 낫게 하라는 뜻이었다. 만약 내가 그의 마음속에서 조금이라도 늦게 빠져나왔더라면 아마 그와 나는 낭떠러지 밑으로 떨어져 죽었을 것이다. 생각만 해도 끔찍한 일이었다. 그 일이 있고 난 뒤부터 나는 백두산에 남아 그가 스스로 회복할 수 있도록 날마다 기도했다.

2002년 9월 18일

이른 새벽이어서 그런지 차들이 별로 다니지 않았다. 한산한 거리에는 서늘한 바람이 간간이 불고, 밤새 수그러들었던 중국 특유의 냄새가 바람을 타고 서서히 번지고 있었다. 나는 부둣가를 서성이며 자꾸만 먼 바다를 바라보았다.

아침 7시 15분, 멀리서 배 한 척이 들어오고 있었다. 그이도 지금쯤 뱃마루에 나와서 대련항을 보고 있을 것이다. 오늘은 그와 헤어진 지 989일째 되는 날이다. 그가 온다는 소식을 듣고부터 이 순간이 오기를 손꼽아 기다렸다. 그동안 빈껍데기 같은 삶을 살아왔을 텐데, 과연 어떻게 변했을지 궁금했다.

드디어 배가 정박했다. 사람들이 나오는 문 쪽으로 자리를 옮겨서 그가 나타나기를 기다렸다. 여기저기서 커다란 짐을 끌고 나오는 사람들이 보였다. 한국 물건을 가져다가 중국에 파는 보따리장수들이었다. 그들은 한곳에 짐들을 모아놓고 누군가를 기다리는 것 같았다.

사람들이 거의 다 빠져나왔다고 생각할 무렵, 드디어 그가 나왔다. 그동안 어떻게 지냈는지 궁금했는데 배낭을 메고 천천히 내려오는 모습을 보니 눈물이 핑 돌았다. 8년 전, 처음으로 중국 가는 배를 탔을 때는 의욕이 철철 넘쳐흘렀건만 지금은 한겨울의 허수아비처럼 쓸쓸한 모습이었다. 어쩌자고 이 넓은 중국 땅에 홀로 나타났을까. 그가 혼자서 백두산에 간다는 것이 나는 도저히 믿기지 않았다.

 저녁 7시 30분, 그가 단동(丹東) 가는 기차에 올랐다. 기차가 떠나자 그는 승무원을 찾아가 침대칸 표로 바꾸었다. 객실은 3층 침대로 이어져 있었다. 그의 자리는 왼쪽에서 두 번째 맨 아래층 침대였다. 그는 침대 발치에 배낭을 놓고 누워서 잠시 무언가 생각하는 것 같았다.

 어느 정도 시간이 흐르자 시끄럽던 객차 안이 조용해졌다. 그가 통로 쪽에 있는 간이용 의자로 옮겨 앉아 차창 밖을 내다보았다. 차창에 비쳐진 그의 모습이 무척 외로워 보였다. 그를 처음 만났을 때도 그랬는데, 지금 그는 아무래도 허수아비가 된 자기 자신을 처량하게 생각하는 것 같았다. 당장이라도 그의 마음속에 들어가 노래를 볼 수 있도록 도와주고 싶었지만 산신령과의 약속 때문에 그렇게 할 수는 없었다.

꿈꾸는 노란 기차

객실 등이 꺼지자 어둡던 들판이 훤하게 드러났다. 마치 영화관의 불이 꺼지고 영화가 시작되는 것 같았다. 세상에 아무것도 아닌 것은 없다. 객실 등이 꺼졌을 뿐인데 캄캄하던 들판에서 화사한 빛깔이 뿜어져나왔다. 달빛에 흠뻑 젖은 기차가 활처럼 휘면서 기적을 울렸다. 그런데 저 달은 누구를 찾아가는 걸까? 기차가 달리면 점점 멀어지는 것이 아니라, 오히려 기차의 속도로 따라오고 있지 않은가. 풋사랑은 들판처럼 지나가고 오래된 사랑은 저 달처럼 따라오는가보다.

2002년 9월 19일

　단동 역에 도착하니 차가운 새벽바람이 그를 기다리고 있었다. 그가 옷깃을 세우고 역을 빠져나갔다. 그 많던 사람들이 썰물 빠지듯 어디론가 사라졌다. 역 앞에 우두커니 서 있는 그의 모습에서 문득, 허수아비가 보였다. 어제 그를 보았을 때도 그런 느낌을 받았는데 오늘은 어제보다 훨씬 더 그렇게 보였다. 앞으로는 그를 허수아비로 불러야겠다.

　낯선 단동의 찬바람 속에서 허수아비는 어디로 가야 할지 몰라서 두리번거렸다. 그때 허수아비 앞으로 자전거 인력거 한 대가 조용히 다가왔다. 허수아비는 압록강 쪽으로 가자고 하면서 인력거에 올라탔다. 인력거 주인은 한국말을 못 알아들을 텐데도 곧바로 자전거 페달을 움직였다. 거리는 한산했고 길 가장자리에는 여러 대의 북한 화물 트럭들이 길게 세워져 있었다. 호텔로 가자는 이야기는 하지도 않았는데 인력거는 호텔 앞에서 멈췄다. 인력거 주인은 이른 새벽에 관광객이 갈 곳이 호텔밖에 더 있겠느냐 하는 표정을 지었다.

호텔로 들어간 허수아비는 안내원에게 신의주가 보이는 방을 쓰고 싶다고 했다. 안내원이 친절하게 웃으면서 호텔 방 열쇠를 건네주었다. 방에 들어선 허수아비는 커튼을 살짝 젖히고 창밖을 내다보았다. 아직 어스름하여 신의주는 보이지 않았다. 하나, 둘, 셋, 넷, 다섯…. 하늘에 별 다섯 개가 가물거렸다. 허수아비는 배낭을 내려놓고 침대에 누워 모자란 잠을 청했다. 금세 단잠에 빠진 걸 보니 피곤했던 모양이다. 얼마나 지났을까? 허수아비가 몸을 뒤척였다. 혹시 나쁜 꿈이라도 꾸고 있는 것은 아닌가 싶어 허수아비의 꿈속으로 들어가보았다.

검은 새 한 마리가 나뭇가지 위에 앉아서 허수아비를 노려보고 있다. 굉장히 무섭게 생긴 처음 보는 새였다. 허수아비도 그 새가 무서웠던지 몸을 움츠리며 다른 곳으로 눈길을 돌렸다. 그런데 눈

꿈꾸는 노란 기차

길이 닿는 곳마다 똑같은 새가 쏘아보고 있는 것이었다. 허수아비가 몸을 피하려고 애를 썼으나 몸이 움직이지 않았다. 그때였다. 사방에서 날아오른 검은 새들이 허수아비를 향해 달려들었다.

허수아비가 놀란듯 깨어났다. 나도 얼른 꿈속에서 나왔다. 꿈이 좀더 길었으면 꿈풀이라도 해보았겠지만 그가 너무 일찍 깨는 바람에 그러지도 못했다.

카메라를 걸치고 밖으로 나온 허수아비는 곧바로 유람선 있는 강가로 내려갔다. 유람선이 여러 대 있었는데 그중에서 자기 배를 타라고 손짓하는 선장이 있었다. 허수아비가 강 건너 신의주를 가리키자 선장은 허수아비에게 200위안을 요구했다. 허수아비가 100위안을 들고 미소를 짓자 선장도 웃으면서 타라고 하였다. 손님이 없다보니 마치 배 한 척을 전세 낸 것 같았다.

배는 바다 쪽으로 한참 내려가더니 왼쪽으로 돌아 신의주 쪽으로 선체를 바짝 붙이면서 올라갔다. 선장은 한국 사람의 마음을 아는지 속도를 늦추고 아주 천천히 배를 몰았다. 마음껏 구경하라는 뜻이었다. 강가에는 배들이 여러 척 있었고 뱃마루에 앉아 담배를 피우는 사람들, 무언가 열심히 일하는 사람들이 보였다. 허수아비가 그들을 향해 손을 흔들었다. 하지만 아무도 허수아비에게 손을 흔들어주는 사람이 없었다. 심지어 허수아비가 사진을 찍으려고 하자 갑자기 욕을 퍼부어대며 삿대질까지 했다. 그러자 선장은 더 가까이 배를 붙였다. 누군가가 사진을 찍고 있는 허수아비에게 나무토막을 던졌다. 다행히 나무토막은 허수아비를 맞추지 못하고 강으로 떨어졌다.

허수아비는 저들이 왜 욕을 하는지 알 수가 없었다. 허수아비가 카메라를 내렸는데도 그들은 계속 욕을 했다. 하지만 입장을 바꿔서 생각해보니 화를 낼 수도 있겠다는 생각이 들었다. 자기들은 열심히 일하고 있는데 한마디 말도 없이 카메라를 들이댔으니 말이다.

나루에 돌아오자 선장은 좋은 구경을 시켜주었다는 듯이 허수아비에게 흐뭇한 미소를 보냈다. 한국 관광객을 많이 태워봤다는 사실을 은근히 자랑하려는 듯 보였다.

허수아비는 강 언저리에 있는 조그만 식당에서 냉면 한 그릇을 사 먹고 나서 이번에는 끊어진 압록강 다리를 향해 걸었다. 그는 카메라 렌즈를 통해서 다리를 보수하고 있는 사람들과 신의주와 단동을 오고가는 차들을 보았다. 마치 과거와 미래를 이어주는 다리 같기도 했다. 단동은 신의주의 미래고 신의주는 단동의 과거가 아닐까 하는 생각도 들었다. 허수아비는 다리가 끊긴 자리에 설치된 망원경을 움직여 강 건너편을 바라보았다. 커다란 나무 아래서 젊은 남녀들이 둥그렇게 모여 앉아 이야기를 나누고 있는 모습이 보였다. 허수아비는 옛날에 자기도 그랬다는 듯이 고개를 끄덕거렸다. 강 가운데에 조그만 배를 띄워놓고 그물 낚시를 하고 있는 노인도 보였는데 중국 사람인지 북한 사람인지 알 수가 없었다.

　　　　　　　　　　　✦

　어둠이 젖어들고 있었다. 저녁을 먹고 들어갈 생각인지 허수아
비는 식당을 찾으려고 두리번거렸다. 그래 봤자 결국은 북조선 식
당으로 갈 것이라고 생각했다. 아니나다를까 서성거리던 허수아
비의 발걸음이 북조선 식당으로 향했다.

　식당 문을 열자마자 노랫소리가 쏟아져나왔다. 자리에 앉으니
예쁘장하게 생긴 복무원이 주문을 받으러 왔다. 아, 그런데 이게
어찌된 일인가? 복무원이 예전과는 달리 굉장히 친절하고 우스갯
말도 잘하는 것이었다. 허수아비를 보더니 대뜸 남조선에서 귀한
손님이 오셨다며 아양을 떨었다. 예전에는 주문 받는 것 외에는 아
무 말도 않고 웃지도 않았는데 그사이에 많이도 변한 듯싶다. 복무
원이 주문을 받고 돌아서는 순간 간이 무대에서 〈홀로 아리랑〉을
부르기 시작했다. 나도 허수아비도 깜짝 놀랐다.

　'아니, 지금 저 사람들이 허수아비를 알아본 걸까?'

　상황을 보니 그런 건 아니고 그냥 남조선 손님들이 오면 부르는
노래 가운데 하나일 뿐이었다. 정말 다행이었다. 만약에 허수아비
를 알아보고 노래를 불렀던 거라면 그는 쑥스러움을 견디지 못하
고 식당을 나와버렸을 것이다. 자기 노래를 듣고 있는 것이 쑥스
러운지 허수아비는 자꾸만 콧등을 만지작거렸다. 그때 어떤 복무

원이 들쭉술을 마시고 있는 허수아비에게 다가와서 하얀 꽃 한 송이를 식탁 위에 놓고 갔다. 허수아비는 같은 동포라는 표시로 하얀 꽃을 두고 간 것이라고 생각하고는 크게 감동을 했다. 나는 속으로 웃었다.

'아이쿠, 저건 꽃값을 내라는 건데….'

허수아비는 같은 동포로서 고맙게 생각했을 뿐, 꽃을 사줘야 한다는 생각은 전혀 하지 못했다. 자기 생각에서 벗어날 줄 모르는 허수아비는 마침내 복무원들로부터 짠돌이라는 소리를 듣고 말았다.

호텔로 향하면서 허수아비는 강 건너 신의주를 바라보았다. 혜산보다는 밝아 보였지만 그래도 이쪽 단동에 비하면 많이 어두워 보였다. 신의주의 밤은 그렇게 깊어가고 있었다. 허수아비가 낮은 목소리로 중얼거렸다.

"힘내라, 신의주!"

2002년 9월 20일

고요한 방에 전화벨이 울렸다. 엊저녁에 호텔 직원에게 깨워달라고 부탁은 했지만 이렇게 정확한 시간에 깨워주리라고는 생각하지 못했다. 허수아비는 벌떡 일어나 세수를 하고 배낭을 꾸린 다음 방을 나섰다. 새벽 기차를 타기 위해서였다. 호텔 직원이 택시를 불러준다고 했지만 허수아비는 괜찮다고 했다.

새벽하늘에 잿빛 구름이 가득했다. 허수아비가 좋아하는 하늘

꿈꾸는 노란 기차

빛이다. 호텔을 벗어나 큰 찻길로 접어드는데 자전거 인력거 한 대가 다가왔다. 어제 아침 허수아비를 태워다준 바로 그 노인이었다. 다시 만나자는 약속도 하지 않았는데 참으로 알 수 없는 일이었다. 마치 누군가의 지령을 받고 움직이는 정보원 같기도 했다. 허수아비가 인력거에 올라타자 노인은 아무 말 없이 역으로 향했다. 이 새벽에 관광객이 갈 곳이 거기밖에 더 있겠느냐는 표정을 지으면서.

✦

새벽 5시 44분, 기차가 움직였다. 차창 밖으로 곤히 잠든 마을이 지나가고 그와는 반대로 기차 안은 요란한 중국말로 가득했다. 일찌감치 자리를 잡은 사람들은 음식을 먹으면서 담소하고 있고 조금 늦게 탄 사람들은 짐칸에 짐을 올려놓으랴, 앉을 자리를 찾으랴 허둥대고 있었다. 자세히 보니 짐이 사람보다 훨씬 많았다.

지금까지 타본 중국 기차는 거의 비슷했지만 이번 기차는 분위기가 좀 달랐다. 사람과 짐들이 얼마나 많은지 통로 쪽에 자리를 잡은 허수아비는 지나가는 사람들과 짐에 치여 움직일 수가 없었다. 하는 수 없이 배낭을 무릎 위에 올려놓고 정리가 될 때까지 기다렸다. 얼마 뒤, 짐칸에 짐이 다 올라가고 나서야 통로 바닥이 드문드문 보이기 시작했다. 그러나 짐칸이 꽉 차는 바람에 허수아비는 자신의 배낭을 올려놓을 엄두를 내지 못했다.

짐칸에 이어 담배 연기도 허수아비를 괴롭혔다. 창가 쪽에 앉은 사람이 계속해서 줄담배를 피워대는 바람에 허수아비는 불편하다는 표정을 지었다. 게다가 연기를 내뿜을 때마다 바닥에 침을 뱉어서 여기저기 침이 널려 있었다. 허수아비는 불현듯 자리를 잘못 잡았다는 생각을 했다. 나무 의자도 불편했지만 그보다는 옆 사람과 긴 시간 동안 같이 가야 한다는 게 더 끔찍한 모양이었다.

그때였다. 통로 건너편에 앉은 조선족 아주머니가 예쁘장하게 생긴 중국 여자를 가리키며, 이 여자가 지금 침대표를 구하러 갈 건데 당신도 원하느냐고 물어보았다. 그러자 허수아비는 구세주를 만났다는 듯이 얼른 고개를 끄떡였다. 덕분에 편안한 침대칸으로 옮긴 허수아비는 고마움의 표시로 그들에게 튜브 고추장을 하나씩 선물했다. 그것을 요리조리 살펴보던 중국 여자의 남편은 손가락으로 이빨 닦는 시늉을 했다. 튜브 고추장을 치약으로 생각하는 것 같았다.

우락부락하게 생긴 그녀의 남편은 처음부터 심상치 않은 느낌을 주었다. 아니나다를까, 가방 속에서 배갈 한 병을 꺼내더니 같이 한잔 마시자는 시늉을 했다. 허수아비는 고개를 갸우뚱하면서 예쁜 저 여자와 이 우락부락한 남자가 부부라는 것이 믿기지 않는다는 표정을 지었다. 아침부터 배갈이라니, 혹시 저 사람 알코올 중독 아닌가 생각하던 허수아비 앞에 술잔이 채워지고 있었다. 시계를 보니 아침 8시 5분이었다. 가만히 보니까 중국말과 한국말이

꿈꾸는 노란 기차

오고가는데도 아무런 불편이 없는 것 같았다. 어쩌다 이해를 하지 못하는 부분이 있으면 술이 해결해주었다. 그런 걸 보면 술은 훌륭한 통역사이기도 하다.

웬만한 중국 기차는 탔다 하면 하루 이틀을 달린다. 그래서 승객들은 세면도구나 먹을거리를 갖고 탄다. 중국 기차는 마술 기차이기도 하다. 분명히 어딘가로 가는 기차를 탔는데 타고 나면 어디로 가고 있는지 알 수가 없다. 그렇게 오랜 시간을 달리다보면 내릴 곳을 잊어버릴 만도 한데 그걸 잊어버리는 사람은 거의 없다. 목적지에 내리는 사람들을 보면 마치 한두 시간 타고 온 것처럼 전혀 지루하지 않은 표정들이다.

아침술에 취해서 잠을 자던 허수아비가 부스스 일어나 같이 놀던 사람들을 찾는다. 그가 하도 곤히 자서 작별 인사도 없이 그냥 내린 것 같았다. 백산에서 내린다고 한 말을 들은 것 같은데 그렇다면 지금 이 기차는 어디쯤 가고 있는 것일까? 아침부터 독한 술을 마신 탓인지 허수아비는 눈꺼풀을 가누지 못하고 다시 눕고 말았다.

송강하 역은 우리나라 시골 간이역처럼 아주 작은 역이었다. 역을 나오니 희미한 가로등 불빛 아래로 장백 가는 버스 한 대가 곧 떠날 것처럼 부릉대고 있었다. 택시들도 몇 대 있었지만 허수아비의 발은 어느새 버스로 향하고 있었다. 버스 안에는 열 명이 채 안 되는 사람들이 타고 있었으며, 크고 작은 짐들이 빈자리와 통로를 차지하고 있었다. 짐들이 워낙 많다보니 마치 짐차에 사람 몇 명이 타고 가는 것 같았다. 허수아비는 쌓인 짐을 피해 맨 뒷자리 왼쪽 구석에 배낭을 내려놓고 앉았다. 버스가 출발하자 허수아비는 택시를 타지 않기를 정말 잘했다고 생각하는 것 같았다. 요금 문제로 실랑이를 벌이지 않아서 좋고, 또 중국 와서 처음으로 타보는 밤 버스가 허수아비의 마음에 쏙 들었던 모양이다.

그런데 버스는 얼마 가지 않아서 깊은 어둠 속으로 빠져들고 말았다. 캄캄한 길을 전조등 불빛 하나로 헤쳐나가고 있는 것이 몇 년 전 백두산 갈 때 만났던 어둠과 똑같았다. 그때의 기억이 되살아났는지 기분이 좋았던 허수아비의 얼굴에 실망의 빛이 감돌았다. 게다가 시간이 흐를수록 버스 안은 서서히 냉장고로 변해갔다. 허수아비는 배낭에서 바람막이 옷을 꺼내입고는 본능적으로 차창 밖을 내다보았다. 허수아비는 차창에 비친 자기 얼굴을 쳐다보고는 보기 싫은 듯 고개를 숙이고 잠을 청했다.

어둠 속을 달리던 버스가 어느 조그만 마을에 섰다. 마을은 모두 잠이 든 것처럼 보였고 마중 나온 몇몇 사람들과 나지막한 집들이 버스 옆으로 희미하게 보였다. 마중나왔던 사람들이 노인들과 함께 짐을 내리자 허수아비도 함께 그 일을 거들었다. 짐을 다

꿈꾸는 노란 기차

내리고 나니 버스 안에 남은 사람은 운전수까지 모두 네 사람뿐이었다. 뒷자리로 돌아가던 허수아비가 갑자기 걸음을 멈추고는 눈을 크게 떴다.

"와, 멋지다!"

허수아비는 생각지도 않은 어둠을 보고 자기도 모르게 중얼거렸다. 버스 뒤 유리창 밖으로 지금까지 보지 못했던 어둠의 세계가 펼쳐져 있었던 것이다. 버스가 달려왔던 길과 주변의 산과 나무 그리고 밤하늘의 별까지 서로 각자의 빛깔을 뿜어내고 있었다. 버스가 출발하자 뒤쪽 유리창 밖에서 화려한 어둠이 쭉 따라왔다. 마치 어둠에 관한 다큐멘터리 영화를 보는 것 같았다. 이럴 줄 알았다면 허수아비는 처음부터 이 영화를 감상하면서 왔을 것이다. 하지만 지금이라도 보게 되었으니 이 얼마나 다행인가! 만약 허수아비가 짐 내리는 것을 도와주지 않고 가만히 앉아서 잠을 자고 있었더라면 이런 복은 받지 못했을 것이다.

허수아비는 의자에 무릎을 구부린 채, 따라오는 어둠을 바라보며 아이처럼 즐거워했다. 오, 이 아름다움! 세상에 이렇게 아름다운 어둠이 있었단 말인가, 하고 허수아비는 화려한 어둠에서 눈을 떼지 못한 채 감탄했다. 어둠이라고 하면 캄캄하다는 생각이 먼저 떠올랐는데 이제 보니 어둠에도 빛깔이라는 게 있었다. 만약 내가 허수아비와 헤어지지 않았더라면 틀림없이 이 어둠의 노래를 허수아비에게 전해주었을 것이다.

사람들은 어둠을 빛의 반대말 정도로만 알고 있지만 빛 속에 어둠이 있고 어둠 속에 빛이 있으니 결국 같은 형제다. 그러니 밝은 동네에 살고 있든 어두운 동네에 살고 있든 서로 오며가며 사이좋게 살았으면 좋겠다. 어둠으로 살다보면 생각지도 않았던 것들이 빛나는 것을 보게 된다. 나는 촛불이 어둠을 밝히는 세상보다 어둠이 촛불을 빛나게 해주는 그런 세상에서 살고 싶다. 빛이 어둠을 몰아내는 세상이 아닌, 빛과 어둠이 함께하는 그런 세상에서 말이다.

  어둠 속에 빛이 있고
  빛 속에 어둠 있으니
  빛과 어둠은 한마음이다
  우리가 서로 사랑하지 못하는 것은
  별만 보고 하늘을 보지 않았음이다

  —「헛사랑」(2002)

  달빛만으로도 갈 수 있는 길에 전조등 불빛이 내리쬐는 것이 너무 아깝다는 생각이 든다. 사람들이 달빛 젖은 아름다운 길을 보

꿈꾸는 노란 기차

지 못하는 것도 그렇지만 달빛에 물드는 마음을 느낄 수 없다는 것이 더 아깝고 안타깝다. 오늘 나는 전조등 불빛이 어둠을 헤쳐 놓는 것을 똑똑히 보았다. 우리가 평화로운 삶을 누리지 못하는 이유는 어둠을 업신여기고 빛만을 좇았기 때문이다. 그런 뜻에서 보면 '빛이 어둠을 이긴다.'라는 말은 굉장히 이기적인 말이다.

　　촛불이 어둠을 밝히고
　　어둠이 촛불을 빛나게 하고
　　우리 모두 그렇게 어울려보세

　　—「어울림」(2002)

허수아비는 사랑하는 후배의 결혼식 날에 주례를 서기로 하였다. 주례를 선 적이 없는 허수아비는 주례사가 걱정이었으나 오늘 그 걱정거리가 해결되었다.

　　주례가 신랑에게 묻는다.

　　"신랑은 신부를 위하여 어둠이 될 수 있겠습니까?"

　　생각지도 않은 물음에 신랑은 마지못해 "네"라고 대답한다.

　　이번엔 신부에게 묻는다.

"신부는 신랑을 위하여 어둠이 될 수 있겠습니까?"

신부 역시 무슨 물음인지 몰라 머뭇거리다가 "네"라고 대답한다.

"여러분, 지금 신랑 신부가 서로 어둠이 되겠다고 약속을 했습니다."

하객들도 무슨 말인지 몰라 당황하는 표정들이다.

"아내를 빛나게 하려면 남편이 어둠이 되어야 합니다. 마찬가지로 남편을 빛나게 하려면 아내가 어둠이 되어야 합니다. 그러면 집안이 컴컴할 거라고요? 아하, 둘 다 어둠이 돼야 하니까 그럴 수도 있겠네요, 하지만 가만히 생각해보십시오. 아내가 어둠이 되면 남편이 빛나고, 남편이 어둠이 되면 아내가 빛나니까 결국 둘 다 빛나는 것 아니겠습니까? 이렇듯 스스로 어둠이 되면 다른 것들이 빛나게 됩니다. 별이 빛나는 것도 밤하늘이 어둡기 때문이지요. 누군가 말했습니다. 촛불이 어둠을 밝힌다고 말입니다. 맞는 말입니다. 하지만 제 생각은요, 어둠이 촛불을 빛나게 해주는 거라고 생각합니다. 혹시 살다가 사랑이 시들면, 내가 너무 밝게 사는 건 아닌지, 한번 생각해보시기 바랍니다. 너무 밝은 빛은 어둠을 헤치니까요. 그럼 이 험한 세상, 서로 어둠이 되어 잘 헤쳐나가시길 바랍니다."

2002년 9월 21일

장백에 도착하니 밤 12시 반이다. 어두운 밤이라서 그런지 기억과 다르게 변해버린 거리에서 허수아비는 갈 곳을 찾지 못해 망설였다. 다행히 멀지않은 곳에 호텔을 알리는 불빛이 보였다. 예전엔 없었던 건물이다. 허수아비는 밤공기를 마시며 호텔로 향했다.

호텔 종업원이 한밤에 찾아온 손님을 반겼다. 방에 들어간 허수아비는 짐을 풀고 샤워를 했다. 그런데 무언가 뒤숭숭한 표정을 지었다. 마치 몇 시간 뒤에 링에 오르는 권투 선수처럼 가슴을 조이며 방 안을 왔다갔다하는 것이었다. 허수아비로서는 백두산의 악몽이 다시 떠올랐을지도 모른다.

✦

허수아비는 아침 일찍 방을 나섰다. 로비에는 조선족 아주머니가 운영하는 조그만 여행사가 있었다. 허수아비는 백두산에 갈 수 있는 차를 구할 수 있느냐고 물었다. 사장은 450위안에 택시를 대절할 수 있다면서 자기가 안내하겠노라고 했다. 잠시 뒤, 허수아비는 사장과 함께 대절한 택시를 타고 백두산으로 향했다.

산 중턱쯤에 이르니 조그만 막사 한 채가 보였다. 허수아비가, 이런 곳에 웬 막사냐고 물으니 길 고치는 사람들의 숙소란다. 사장은 차나 한잔 마시고 가자며 차를 세웠다. 막사에 들어서니 평상에 앉아 있던 사람들이 벌떡 일어나 손님들을 맞이했다. 모두 세 명이었는데 그들은 너무 가난해보였다. 하지만 하나같이 순한 눈을 지닌 사람들이었다.

그들 가운데 한 명이 차를 대접한다며 미지근한 난로에 나무를 집어넣었다. 난로 위의 주전자는 역사가 얼마나 오래되었는지 검은 때가 잔뜩 끼어 있었다. 주전자에서 김이 올라오면서 구수한 차향이 은은하게 퍼져나갔다. 얼마 뒤, 때 묻은 주전자에서 향기로운 차가 흘러나왔다. 허수아비가 처음 맛보는 차라며 아주 좋아했다.

길 고치는 사람들은 며칠 있으면 휴가라며 그날이 기다려진다고 했다. 휴가는 10월부터 3월까지라고 했다. 허수아비가 배낭에서 먹을 만한 것들을 모두 꺼내주자 그들의 표정이 조금 전보다 더 밝아졌다. 사장이 그를 가리키며 한국에서 온 손님이라고 하니까 지금까지 조용히 앉아 있던 젊은이가 모범생처럼 말했다.

"같은 동포로서 한마디 하겠습네다. 저는 북조선 사람이나 남조선 사람이나 다 같은 민족이라고 생각합네다. 그런데 서로 만나면 왜 말을 안 하는지 모르겠단 말입니다. 이 산은 북조선에서도 많은 관광객들이 오는데 혹시 만나거든 말 좀 건네보시라요."

젊은이는 오래전부터 한국 사람을 만나면 그 말을 꼭 해주고 싶었던 모양이다. 그런데 여행사 사장이 하는 말은 달랐다.

"그래도 북조선 사람들 만나면 말을 조심하십시오. 괜히 말 트집 잡아 론쟁(論爭)이라도 하게 되면 정말 곤란합네다."

산을 올라보니 젊은이 말대로 중국과 북한이 함께 사용할 수 있는 길이 있었다. 그러나 북한이나 중국에서 온 관광객은 한 명도 없었다. 오늘만큼은 택시를 타고 온 세 사람이 전부였다. 하늘못은 그림처럼 움직이지 않았다. 백두산에서 바람이 불지 않는 날은 거의 없는데, 혹시 백두산이 허수아비를 용서한 것이 아닐까 하는 생각이 들었다. 정말 그랬으면 좋겠다. 그리되면 나도 허수아비한테 돌아갈 수 있을 테니 말이다. 한참 동안 천문봉을 바라보던 허수아비가 천천히 무릎을 꿇었다. 그리고는 조용히 입을 열었다.

"트래를 찾으러 왔습니다. 트래를 제게 돌려주십시오."

드디어 허수아비가 내 이름을 말했다. 허수아비의 눈에는 이미 눈물이 가득 고여 있었다. 툭 건들면 고인 눈물이 쏟아질 것 같았다. 그렇지 않아도 허수아비의 등이 들썩이며 흐느끼는 소리가 들렸다. 그러더니 갑자기 아이처럼 펑펑 눈물을 쏟는 것이었다. 무엇이 슬퍼서 허수아비는 저리도 서럽게 우는 걸까? 함께 왔던 여행사 사장과 택시 기사가 울고 있는 허수아비를 쳐다보며 놀라는 표정을 지었다. 허수아비가 울먹이며 다시 말을 이었다.

"트래는 아무 잘못이 없습니다. 만약 트래를 보내주시지 않겠다면 제 슬픔만이라도 돌려주십시오."

울음을 그친 허수아비가 천천히 일어나서 천문봉 쪽을 향해 두 손을 모으고 절을 했다. 그리고는 뒤돌아 북녘 하늘 아래 펼쳐진 산을 향해서도 절을 올렸다. 먼산주름이 한눈에 들어왔다. 언젠가 허수아비와 함께 가야할 산이다. 허수아비가 갑자기 천문봉을 향해 소리를 질렀다. 자기가 왔다는 걸 나에게 알리려는 것이다. 여기저기 둘러보는 모습은 꼭 나의 향기를 찾고 있는 것 같았다. 하마터면 허수아비의 마음속으로 들어갈 뻔했으나 잘 참아냈다. 결국 허수아비는 나를 만나지 못하고 허탈한 모습으로 돌아섰다. 이 짧은 시간을 위하여 먼 길을 왔다가 그냥 돌아가는 이 불쌍한 허수아비를 어떻게 이해해야 할지 모르겠다.

　　　　　　　　　　🍃

　산을 내려가는데, 여행사 사장이 허수아비에게 보여줄 게 있다면서 차에서 내리라고 했다. 허수아비는 그녀가 가리키는 것을 보고 신기하다는 표정을 지었다. 서로 다른 두 나무가 함께 붙어 있는 연리지였다. 말로만 들었지 나도 직접 보기는 이번이 처음이었다. 어떻게 서로 다른 나무가 한 몸이 되었는지, 허수아비도 그게 궁금한 듯했다.

　문득, 나와 허수아비도 저 연리지처럼 한 몸이라는 것이 느껴졌다. 어느 한쪽이 불행하거나, 행복해도 한 몸일 수밖에 없는 연리지 나무! 여태껏 행복과 불행은 서로 다른 것이라고 생각했는데 이제 보니 행복과 불행은 서로 붙어 있는 것이었다. 만약 행복에서 불행을 떼어낸다면 떼어낸 그 자리에 상처가 생길 것이다. 그리고 상처는 점점 번져 행복마저 병들게 할 것이다. 불행이라는 말은 행복이 병들었다는 뜻이다. 그러니 무조건 불행을 떼어내려

　　　　　　　　　　　　　　　　　　　꿈꾸는 노란 기차

고 할 것이 아니라 오히려 따뜻하게 안아줘야 한다. 한 몸이 된 두 나무를 보면서, 행복하려면 불행도 사랑해야 한다는 것을 뒤늦게 깨닫는다. 선과 악도 한 몸이다. 선하게 살면 악도 선이 되고 악하게 살면 선도 악이 되는 법이다. 이제라도 나는 허수아비의 불행을 사랑해야 한다. 그러나 행복하기 위해 일부러 불행을 사랑하는 일 같은 건 하지 않을 것이다. 행복은 불행의 다른 이름이고 불행은 행복의 다른 이름일 뿐이니까.

❧

저녁이 되자 허수아비는 술을 마시고 강가로 나갔다. 독한 술이 허수아비의 온몸에 퍼졌는지 조금은 비틀거리는 모습이었다. 허수아비는 강둑에 앉아 강 건너 북녘땅을 바라보았다. 컴컴해서 잘 보이지 않았지만 가로등 불빛 네 개가 빛나고 있었다. 허수아비는 그걸 보고 하늘에 있던 별 네 개가 내려와서 마을을 비춰주는 거라며 눈물을 글썽거렸다. 그리고는 별을 보며 중얼거렸다.

"별들아, 오늘은 추석인데 이왕이면 좀더 많이 내려와서 훤하게 해주면 안 되겠니?"

2002년 9월 22일

아침 식사를 하러 장에 갔다가 허수아비는 이상한 풍경을 보았다. 쓰레기를 쌓아두는 곳이 있었는데 그 앞에 엎드려서 깊은 생각에 잠겨 있는 소 한 마리를 본 것이다. 허수아비가 소에게 물었다.

"너도, 쓰레기니?"

소가 커다란 눈을 껌벅이며 말했다.

"이 세상의 모든 것은 한순간에 쓰레기가 될 수 있지."

"그럼, 나는 언제?"

"너도 허수아비니까 당연히 내 옆에 앉아야지."

"내가 허수아비라는 걸 어떻게 알았지?"

"미안해, 널 놀리려는 건 아니었어."

소는 이미 허수아비의 처지를 다 알고 있는 것 같았다. 허수아비가 소에게 말했다.

"주인이 너를 쓰레기로 생각한 거야, 아니면 너 스스로 쓰레기라고 생각한 거야?"

"나도 옛날에는 일 많이 했지. 하지만 이제는 늙어서 쓸모가 없어."

나는 허수아비가 소 옆에 앉을까봐 걱정을 했다. 문득, 언젠가 허수아비가 나에게 했던 말이 떠올랐다.

"만약에 내 노래를 들었던 사람들이 백 명이 있다고 치자. 그런데 그 가운데 한 명이 나한테 욕을 한다면 나는 노래를 잘못 만든 거야, 그렇지? 잘못 만들어진 노래는 쓰레기통에 버려야 해."

이 말은 허수아비가 누군가로부터 한 통의 편지를 받고 나서 나에게 했던 말이다. 허수아비가 만든 노래 중에 〈도라지꽃〉이라는 노래가 있는데 편지에는 그 노래를 비난하는 글과 함께 허수아비에 대한 인신공격성 발언도 서슴없이 담겨 있었다.

글도 폭력이 될 수 있었다. 편지를 읽고 나서 허수아비는 큰 충격에 빠졌다. 게다가 편지를 보낸 사람이 허수아비가 존경하는 사람이었기에 마음의 상처는 더 깊었다. 편지 내용이 어수선하고 무슨 말을 하려는 건지 알 수 없었지만 그보다도 허수아비는 자기가 왜 욕을 먹어야 했는지, 그것 때문에 큰 충격을 받았던 것 같다. 언젠가 이 편지를 보냈던 사람이 허수아비에게 '노래 이야기'라는 제목의 책을 내자고 제안했는데 그 제안을 받아들이지 않은 적이 있었다. 그것 때문이었을까? 아닐 것이다. 자기 제안을 받아주지 않는다고 욕을 해대는 사람을 허수아비가 존경할 까닭이 없다.

나는 그때 생긴 허수아비의 상처가 다시 도질까봐 걱정을 했다. 만약 허수아비가 제 자신을 쓰레기로 생각하여 소 옆에 앉았더라면 나는 크게 실망했을 것이다. 허수아비가 쓰레기가 된다는 것은 나를 포기한다는 뜻이기 때문이었다. 다행히 허수아비는 그렇게 하지 않았다. 허수아비가 소의 얼굴을 만지면서 인사를 했다.

"소야, 잘 있어."

허수아비가 강가로 갔다. 강 건넛마을을 바라보며 추석 명절에 대한 흔적을 찾아보려는 것이다. 하지만 어제나 오늘이나 똑같은 풍경이었다. 허수아비 마음에 내가 없으니 강 건너 쓸쓸한 풍경을 본들 노래는 떠오르지 않으리라. 허수아비도 그걸 아는지 쓸쓸히 발길을 돌렸다. 문득 백두산에서 허수아비가 했던 말이 떠올랐다.

"만약 트래를 보내주시지 않겠다면 제 슬픔만이라도 돌려주십시오."

이 말을 어떻게 받아들여야 할지 선뜻 이해되지 않았다. 나를 보내달라는 이야기는 알겠는데 슬픔을 돌려달라니? 누구보다도 허수아비를 잘 안다고 자부한 나도 그 말만큼은 잘 알아들을 수가 없었다. 나를 버리는 한이 있더라도 슬픔만은 돌려받겠다는 것인가? 이 대목에서 나는 천천히 생각해봐야 한다. 허수아비와 나는 연리지라고 생각했는데, 가만있자, 허수아비와 내가 연리지라면 나도 허수아비가 아닌가!

허수아비를 태운 버스가 장백을 떠나고 있었다. 이제 여행은 여기서 끝난 거나 마찬가지다. 앞으로 그가 이곳에 다시 올 일은 없을 것 같다. 허수아비는 지나가는 거리 풍경을 바라보며 "장백이여, 안녕!" 하고 인사했다. 그때 갑자기 허수아비가 고개를 오른쪽으로 돌리며 차창에 손을 짚었다. 언젠가 다시 장백에 오면 꼭 들를 거라고 다짐했던 바로 그 만둣집을 본 것이다. 만둣집이 멀어지자 허수아비는 만둣집 자매의 미소를 떠올리며 못내 아쉬워했다. 버스가 마을을 벗어나자 하늘과 산내들도 마지막 작별을 하려

꿈꾸는 노란 기차

는 듯 제빛을 뿜어내고 있었다.

갑자기 풍경들이 피곤하게 느껴졌다. 낮 풍경은 그제 밤 버스 타고 가면서 보았던 밤 풍경에 비하면 정말 볼 것이 없었다. 혹시 사람들 마음에서 뿜어져나오는 이기심이라는 탁한 빛 때문에 그리된 것은 아닐까? 산과 강을 보라. 사람들이 산과 강을 못살게 구니까 병이 드는 것이고, 별이 보이지 않는 것도 불빛과 오염 때문이 아니던가. 거짓은 빛 속에서 활개를 치고 진실은 어둠 속에 갇혀 있다. 그렇다면 이것은 거짓이 진실을 이긴다는 말이 아닌가? 두고 보라, 어둠을 이긴 빛은 다시 빛과 어둠으로 나뉠 테니.

송강하에 도착하니 4시 15분이다. 허수아비는 버스에서 내리자마자 와락 달려드는 쓸쓸함을 피하려고 몸을 움츠렸다. 역 주변이 너무나 조용하고 역무원들은 아예 보이지도 않았다. 철길에서 노는 아이들이 몇 명 있었지만 적막한 풍경을 어찌하지는 못하였다. 허수아비가 아이들에게 기차는 언제 오냐고 물었지만 한국말을 알아듣는 아이가 하나도 없었다. 허수아비는 대합실로 들어갔다. 의자 몇 개가 놓여 있었고 어떤 여인이 자리를 지키고 있었다. 다행히 말이 통하는 우리 동포였다. 허수아비가 그 여인에게 기차가 언제 오느냐고 물었더니 이미 떠났다는 것이다. 그러면서 다음 기차가 올 때까지 대합실을 이용하려면 5위안을 내야 한다고 덧붙였다. 다음 기차는 언제 들어오느냐고 물었더니 내일 들어온다는 것이었다.

그녀의 무표정한 얼굴을 보고 허수아비는 어이없다는 표정을 지었다. 참으로 썰렁한 마을이었다. 허수아비는 택시를 대절해서라도 이곳을 벗어나야겠다는 생각을 했다. 무슨 봉변이라도 당할까봐 걱정을 하는 것 같았다. 중국에서는 혼자 다니지 말라고 했는데, 그 말을 무시한 대가가 어떤 건지 보여줄 것만 같은 그런 을 씨년스러운 분위기가 허수아비의 마음을 억누르고 있었다. 변두리 작은 역에서 무슨 일이 일어난들 이 넓은 중국에서 누가 알아줄 것도 아니기 때문이다.

허수아비는 택시들이 세워져 있는 곳으로 발걸음을 옮겼다. 그런데 기사들이 보이지 않았다. 자세히 살펴보니 기사들은 두 대의 차로 나뉘어서 카드놀이를 하고 있었다. 언뜻 이해가 되지 않았다. 카드놀이가 아무리 재미있다손 치더라도 손님이 왔으면 어디로 갈 거냐고 물어보기라도 해야 하는데 그들은 아예 손님을 쳐다보지도 않았다.

시계를 보니 4시 30분이다. 이제 겨우 15분 지났는데 꽤 오랜 시간이 흐른 것 같았다. 허수아비는 심한 허탈감을 느꼈다. 이제 어디로 갈 것인가? 아는 사람도 없고, 돌아다닐 만한 곳도 없고 그렇다고 5위안을 내고 아무도 없는 대합실에 앉아 내일 온다는 기

꿈꾸는 노란 기차

차를 마냥 기다릴 수도 없고….

그때였다. 오래된 외제 승용차가 빵빵대며 허수아비를 불렀다. 영업용 택시는 아닌 것 같은데 기사가 어디까지 갈 거냐고 묻는다. 허수아비는 자기도 모르게 '통화(通化)'라고 말했다. 양복을 잘 빼 입은 기사가 다섯 손가락을 펴자 허수아비는 손가락 세 개를 폈다. 그랬더니 기사의 손가락이 네 개가 되었다. 허수아비는 350위안을 내밀었다. 기사는 엄지손가락을 움직이며 타라는 신호를 보냈다.

차가 역 마당을 돌아서 나가려고 하자 카드놀이를 하던 택시 기사들이 고개를 내밀며 부럽다는 표정을 짓는다. 아니, 조금 전까지 카드놀이에 열중하더니 왜 갑자기 고개를 내밀며 그런 표정을 짓는지 모르겠다. 검은 외제 승용차는 택시 기사들의 부러움을 한 몸에 받으면서 역 마당을 빠져나갔다. 양복을 잘 차려입은 기사는 귀한 손님을 모시듯 운전하는 솜씨도 아주 부드러웠다. 하지만 말이 외제 승용차지 자동차 나이가 열다섯 살은 족히 넘어 보였다.

두 시간쯤 지났을까? 어딘지는 모르겠지만 여기저기에 건축 자재들이 널브러져 있는 것이 보였다. 아마 고속도로 공사를 하다가 중단된 것 같았다. 스모그와 안개가 자욱해서 띄엄띄엄 세워져 있는 가로등 불빛은 있으나마나하고 매캐한 냄새까지 차 안으로 스며들어와 머리가 아플 정도였다.

어젯밤 허수아비가 중국 지도를 보는 것을 지켜보았지만 그가 왜 통화를 가려고 했는지 알 수가 없었다. 그곳에 가면 기차가 많을 거라고 생각한 걸까? 그런데 예기치 않은 일이 생기고 말았다. 기사가 뒷거울로 허수아비를 보더니 갑자기 차를 세우는 것이었다. 알아들을 수 없는 중국말과 한국말이 차 안에서 날아다녔다. 기사는 더이상 못가겠다고 말한 것 같은데 허수아비는 무슨 말인지 알아듣지 못해서 그냥 자리를 지키고 앉아 있었다. 친절했던 기사의 얼굴은 시간이 흐를수록 점점 험상궂은 얼굴로 변해갔다. 차창 밖을 내다보던 허수아비가 도로를 뒤덮은 안개를 보더니 몸서리를 치면서 머리를 흔들었다. 백두산 안개감옥이 생각나는 모양이었다.

한참 만에 택시 불빛이 보였다. 기사가 재빨리 차에서 내리더니 손을 흔들었다. 달려오던 차가 섰다. 기사는 운전자와 무언가 얘기를 나눈 뒤 지폐 몇 장을 건네주었다. 퉁화라는 말이 들리는 걸 보면 아마 허수아비를 거기까지 태워다주라는 것 같았다. 택시 안에는 다른 손님들이 있었다. 허수아비는 양해를 구하고 뒷자리에 끼여 앉았다. 허수아비는 어서 빨리 이 안개 속을 벗어나고 싶어 하는 것 같았다.

안개 자욱한 길을 벗어나 퉁화 역에 도착한 시간은 저녁 8시 10분이었다. 기차 시간표를 보고 갈 곳을 찾다보니 갈 만한 곳의 기차는 이미 떠나고 없었다. 기차 시간표를 미리 알았더라면 그 시간에 맞춰 움직였을 텐데, 허수아비는 미처 거기까지는 생각하지 못한 것을 아쉬워했다.

꿈꾸는 노란 기차

2002년 9월 23일

엇저녁 일을 생각하면 아직도 몸서리가 난다. 허수아비가 차에서 내리지 않았기에 망정이지 만약 허수아비가 차에서 내렸다면 컴컴한 고속도로에서 미아 신세가 되었을 것이다. 요금 문제로 실랑이를 벌이다 해결이 나지 않으면 승객을 길 위에다 내려두고 간다는 이야기를 많이 들었던 터라, 허수아비의 성격으로 짐작해볼 때 충분히 미아가 될 수 있는 일이었다. 공사 중인 고속도로는 가로등도 쓸모없고 스모그와 안개로 가득차 있어서 허수아비가 혼자 걸어가기에는 무서운 길이었다. 지나가는 차는 어쩌다 한두 대뿐, 자칫 잘못하여 사고가 나더라도 수습조차 안 되는 길이었다. 그런 생각을 하다보니 오늘 아침이 얼마나 소중한지 모르겠다.

피곤했는지 평소보다 좀 늦게 일어난 허수아비는 느긋한 마음으로 역으로 향했다. 이제 여행은 끝이 났고 대련항에 가서 배를 타면 됐다. 역으로 들어간 허수아비는 운행 시간표를 살펴보았다. 대련으로 가는 기차보다 베이징으로 가는 기차가 먼저 있었다. 어디로 갈 것인지를 망설이던 허수아비는 베이징으로 가는 기차가 먼저 들어온다는 이유만으로 행선지를 베이징으로 결정하고 말았다. 그것은 바둑으로 치자면 자충수였다. 조금 늦게 출발 하더라도 대련 가는 기차를 탔어야 했다. 베이징으로 가면 톈진(天津)에 가서 배를 타야 하는데 배편이 바로 있는 것도 아니고 공연히 톈진에서 하룻밤을 더 보낼 수도 있는 일이었다. 그걸 아는지 모르는지 허수아비는 표를 사기 위해 줄을 섰다. 무슨 까닭인지는 몰라도 빨리 통화를 벗어나고 싶다는 마음이 얼굴에 그대로 쓰여 있었다.

생각이 꽂히면 그대로 돌진하는 그의 병을 생각하면 그저 안타깝기만 했다. 그때 누군가가 허수아비의 어깨를 만졌다. 놀라운 일이 벌어졌다. 바로 며칠 전 단둥에서 송강하 갈 때 침대표를 구해준 그 중국 여자였던 것이다. 그녀의 남편도 반갑다며 손을 내밀었다. 어떻게 이런 일이 있을 수 있는지 허수아비는 눈을 비비며 다시 한번 그들을 쳐다보았다. 어젯밤 일이 결과적으로는 이 사람들을 만나기 위해 계획된 사건처럼 되어버린 것이다. 만약 어젯밤에 기차를 탔더라면 오늘 이 사람들을 못 만났을 것 아닌가? 그녀가 어디까지 가느냐고 묻기에 허수아비는 베이징이라고 말했다. 그녀는 허수아비에게 따라오라는 손짓을 하고는 그를 어디론가 데려가더니 침대표를 구해주는 것이었다. 또 재미있는 기차 여행이 되겠군, 하며 허수아비는 매우 즐거운 표정을 지었다. 세 사람은 점심도 같이 먹고 기차 시간이 될 때까지 시내 구경도 함께 했다.

그런데 막상 개찰구를 나서는 사람은 허수아비 자신뿐이었다. 그들에게 어디로 가느냐고 묻지 않은 것은, 중국어를 못해서 그런 것도 있었지만 지난번처럼 당연히 같은 기차를 타는 줄 알고 있었

꿈꾸는 노란 기차

기 때문이었다. 이렇게 헤어지다보니 그들 부부가 마치 허수아비를 바래다주기 위해서 일부러 역까지 마중 나온 것처럼 돼버렸다. 그들은 대련으로 간다고 했다. 허수아비가 왼손으로 제 가슴을 통통 치며 자기도 대련으로 가겠다며 "다롄, 다롄"이라고 외쳤지만 그들은 같이 가자는 허수아비의 속사정도 모르고 다정하게 손을 흔들었다. 그들이 인파 속으로 사라지자 허수아비는 거의 탄식에 가까운 소리를 내며 아쉬움을 토했다.

그들이 구해준 침대칸은 4인실이었고 문이 있어서 그런지 문 없는 6인실보다 아늑했다. 다른 세 사람은 같은 일행이었고 허수아비만 혼자였다. 허수아비가 2층 침대로 올라가자 옆 침대에 있는 사람이 먼저 인사를 했다. 그 사람은 팔 한쪽이 없는 장애인이었다. 그러고 보니 1층 침대에 있는 사람들도 장애인이었다. 기차가 떠나자 그들 가운데 한국말을 하는 사람이 허수아비에게 말을 걸었다.

"내려와서 술 한잔 하시지요."

보아하니 세 사람 모두 허수아비보다는 나이가 많은 것 같았다. 한 사람은 우리말 하는 조선족이었고 두 사람은 한족이었다. 한참 술을 마시고 있는데 한 사람이 중국말로 뭐라고 말하고는 웃는 것이었다. 한국말 하는 사람이 허수아비에게 통역을 해주었다.

"이 방 안에서는 우리가 장애인이니까 우리가 정상인이고, 당신

혼자만 정상이니까 당신이 장애인이오, 그렇게 말했습니다."

허수아비가 크게 웃자 세 사람 모두 크게 따라 웃었다. 중국에 온 뒤로 허수아비가 저렇게 크게 웃는 모습은 처음 보는 것 같았다.

"그런데 제가 장애인이라는 걸 어떻게 알았습니까?"

허수아비의 말을 통역하자, 이번에는 중국 사람들이 크게 웃었다.

2002년 9월 24일

베이징에 도착하고 나서 4시 무렵에야 톈진 가는 기차를 탈 수 있었다. 그런데 이 기차가 지금까지 중국에서 타본 기차 가운데 가장 잘생긴 기차였다. 2층으로 된 기차에 산뜻한 노란 빛깔이 돋보였다. 늙은 외국인 부부가 허수아비에게 눈인사를 했다. 다정한 노부부를 바라보니 행복한 사람들은 눈에 맑은 샘물이 고여 있는 것 같다. 어쩌면 저렇게도 눈이 평화스러운지 모르겠다. 노부부의 뒷자리에 앉은 허수아비는 다정한 노부부의 뒷모습에서도 평화로움을 느꼈다. 문득 압록강에서 바라보았던 노란 기차가 생각났다. 그 가난한 노란 기차는 오늘도 잘 달리고 있겠지.

2002년 9월 25일

인천 가는 배를 타려면 하루를 더 기다려야 한다. 대련으로 가는 기차를 탔더라면 중국인 부부와 즐거운 여행을 했을 테고 모든 것이 순조로웠을 텐데 허수아비가 자충수를 두는 바람에 톈진에서 이틀 밤을 보내게 되었다. 나야 하루라도 더 같이 있으면 좋지만 허수아비는 뜻을 이루지 못하고 돌아가게 되었으니 마음이 허전할 것이다. 그동안 지켜보면서 나는 허수아비의 눈에서 조금씩 빛이 감도는 것을 보았다. 그것은 마비되었던 마음이 많이 되살아났다는 것을 뜻했다. 물론 완전히 회복된 것은 아니지만 머지않아 내가 허수아비 마음속으로 돌아갈 수 있다는 희망이 보였다.

이번 여행에서 슬픔이라도 돌려받았다면 노래를 볼 수 있는 것만은 할 수 있었을 텐데 그마저도 뜻대로 되지 않았으니 앞으로도 허수아비는 껍데기로 살 수밖에 없다. 허수아비는 여전히 자기가 자폐증 환자라는 것을 알지 못한다. 슬픔을 돌려달라는, 그 말을 하려고 백두산에 가는 사람이 어디 있겠는가?

허수아비는 지금도 산이 자기를 버렸다고 생각한다. 하지만 버림을 받았다고 생각하는 것은 허수아비의 생각일 뿐, 산은 여전히 허수아비를 사랑한다. 나흘 전, 바람 한점 없던 그날의 풍경을 생각하노라면 정말 백두산이 허수아비를 용서해준 것 같기도 하다. 그렇다면 이제 나도 허수아비의 마음속으로 돌아갈 때가 된 것 같다. 앞으로 언제 어디서 어떻게 다시 만나게 될지 그것이 궁금할 뿐이다.

언젠가 그가 말했다. 자기 노래의 바탕은 슬픔이라고. 그는 기쁨과 행복, 아름다움의 바탕도 다 슬픔이라고 했다. 그러고 보니 요즘 세상엔 바탕 없는 쾌락만 보인다. 꽃 피는 건 좋아하면서 나무가 병드는 건 슬퍼하지도 않는다. 슬픔 없이 산다는 게 얼마나 슬픈 일인지, 날마다 즐거운 사람들은 잘 모를 거라는 그의 말이 생각난다.

그는 인생에서 필요한 것들, 이를테면 행복, 사랑, 꿈, 기쁨, 슬픔 등등 거의 모든 것을 나한테 다 맡겨놓고 다녔다. 그런 내가 그의 마음속에서 빠져나왔으니 그는 그의 인생을 통째로 잃어버린 거나 마찬가지였을 것이다. 슬픔을 돌려달라던 그의 말을 이제야 알 것 같다. 그의 슬픔을 내가 가지고 있었으니 말이다. 그는 나를 만나려고 백두산에 갔던 것이다. 자신의 슬픔을 내가 갖고 있다는 사실을 알게 되었으니까.

그가 화룡에서 슬픔을 훔친 것도 따지고 보면 그만큼 슬픔이 필요했기 때문이었다. 노래를 보려면 슬픔이 있어야 한다는 것을 그는 누구보다도 잘 알고 있었다. 오죽했으면 슬픔을 훔칠 생각을 다 했겠는가? 그는 많이 외로웠을 것이다. 자기 인생이 슬픔이 없는 빈껍데기라는 것을 알고 있었으니까 말이다. 나도 비로소 알게 되었다. 그에게 슬픔을 돌려줄 수 있는 사람은 백두산 산신령이 아니라 바로 나라는 것을. 그날이 언제일지는 모르지만 나는 반드시 그에게 슬픔을 돌려줄 것이다. 그리고 그가 그토록 찾으려고 했던 아리랑꽃도 찾을 수 있도록 도와줄 것이다.

꿈꾸는 노란 기차

2002년 9월 26일

언제였던가, 산신령한테 버림받았다고 생각한 그는 나에게 욕망을 만나러 가자고 말했다. 욕망에게 갔다 오면 내가 빛날 거라면서. 나는 그가 미쳤다고 생각했다. 욕망과 가까이 하면 아무 일도 할 수 없다는 것을 잘 알고 있는 사람이 어떻게 그런 말을 할 수 있단 말인가? 나중에 알게 된 사실이지만 그는 심한 우울증을 앓고 있었다. 만약 그때 내가 그 사실을 알고 있었다면 무슨 수를 써서라도 그의 행동을 막았을 것이다. 결국 그는 길을 잃고 술통에 빠지고 말았다. 어쩌면 그건 이미 예견된 일이었는지도 모른다. 그의 마음은 황폐해지기 시작했고, 그 사실을 알게 된 산신령은 더이상 노래를 주지 않았다. 그러자 그는 산신령한테 버림받았다고 생각한 나머지 자기가 만들어놓은 틀에 스스로 갇혀서 되지도 않는 노래를 만들어 보겠다고 타올거렸다. 나는 그것이 너무 안타까워서 앞으로 몇 년 동안은 그가 노래의 향기를 맡지 못하도록 해야겠다고 마음을 먹었다. 노래라는 게 세상을 위한 것이어야지 자신을 위한 것이어서는 아니 된다고 생각하기 때문이다. 자신을 위한 노래를 만들다 보면 자신도 모르게 노래를 학대하게 되므로 결과적으로는 세상에 피해를 주게 된다. 웃기기 위해서 웃기는 사람들! 슬퍼 보이려고 눈물을 흘리는 사람들! 하나도 우습지 않고 슬프지 않은데 그들만 웃고 그들만 슬프다. 코미디 프로를 한 번 보라, 코미디가 얼마나 학대를 받고 있는지 알게 되리라. 시인이 되려고 시를 쓰는 것 또한 시를 학대하는 것이다. 그러므로 시인이 되려고 시를 써서는 아니 되며, 화가가 되려고 그림을 그려서는 아니 되며, 꽃을 찍기 위해서 꽃을 꺾으면 아니 되는 것이다. 무엇보다 사랑을 받기 위해서 사랑을 하는 것은 더더욱 아니 되는 일이다. 나는 그가 그 지경까지 가서는 안 된다고 생각했다. 백두산에서 그와 헤어지게 된 것도 따지고 보면 다 하늘의 뜻이었다는 생각이 든다.

❧

배에 오르는 허수아비를 바라보니 축 처진 뒷모습이 슬프게 보였다. 사람은 입으로만 말하는 것이 아니었다. 어떨 때는 뒷모습이 더 솔직한 말이 되기도 한다. 잘 가라고 소리치고 싶었지만 뱃고동 소리가 가로막았다. 눈물이 난다. 슬퍼서 눈물이 나오는 것이 아니라 그냥 저절로 눈물이 나왔다. 저 슬픈 허수아비! 마치 죄인처럼 떠나가는구나.

그때였다. 얼핏 허수아비의 뒷모습에서 어둠이 보였다. 아니 이런! 그동안 나는 허수아비 덕분에 빛나고 있었던 것이다. 아, 나는 내가 어둠이라고 생각했는데 이제 보니 허수아비가 밤하늘이고 내가 별이었구나. 그간 허수아비가 왜 그토록 괴로워했는지 이제야 알 것 같다. 빛을 잃은 내 모습을 보고 그게 다 자기 몸에서 어둠이 떨어져나간 탓이라고 생각했던 것이다. 이젠 내가 어둠이 되어 허수아비를 빛나게 하리라.

배가 멀어져간다.
그렇게 큰 배도
멀어지면 점이 되는구나.
잘 가라, 허수아비!
그대는 나의 어둠이었다.
다시 만나는 날까지, 안녕! ■

9 ————————

새잎

사랑했다고 사랑한 것이 아니듯

봉우리에 올랐다고

봉우리에 오른 것은 아니다

트래와 헤어진 지 어느덧 네 해가 지났다. 그동안 트래를 찾으려고 백두산에도 가보고 밤마다 꿈길도 헤맸건만 지금까지 아무런 소식이 없다. 오늘도 나는 유리벽에 갇혀서 먼 하늘을 바라본다. 날마다 같은 풍경을 보고 있으려니 바보가 되는 것 같다. 이제는 내가 누군지도 모르겠고 뭘 해야 할지도 모르겠다. 나를 구할 수 있는 건 오로지 트래뿐! 트래가 돌아와 준다면 나는 유리를 깨지 않고도 이 감옥에서 나갈 수 있다. 겨우내 추워 떨던 나무에서 새잎이 돋아나듯이 내 마음에도 새잎이 돋아났으면 좋겠다.

유리벽에 갇혀 있다보니
서서히 박제가 되어간다
하늘도 눈동자에 갇혀 있고
생각들도 눈동자에 갇혀 있다
한때는 풍요롭던 마음이
잡초 가득한 들판이 되었다
허수아비가 된 나는
오늘도 빈 들판을 서성이며
틀래가 돌아오기를 기다리고 있다
그리움은 마른 잎처럼 매달려 있고
외로움은 일찌감치 낙엽이 되었다
세상에서 가장 불쌍한 사람은
아무 일도 하지 않는 사람이다

게으름이라는 암세포가
온몸에 번져 있으니
무얼 하고 싶어도
마음이 움직이질 않는다

눈이 게을러 헛것을 보고

입이 게을러 헛소리를 한다

벽지에 새겨진 꽃무늬가

벌레처럼 보이는가 하면

유리창에 비쳐진 내가

악마로 보이기도 한다

눈물이 말라 마음이 마른 건가

마음이 말라 눈물이 마른 건가

슬픔마저 말라 버렸으니

어떤 노래가 나를 만나주겠는가

논바닥처럼 갈라진 마음에

시든 꽃 하나가 있어

얼른 달려가 물을 주니

잡초들이 웃는다

사랑을 받지 못해 시들었거늘

물만 준다고 되살아날쏜가

나는 내 꿈을 사랑하기는 했나

축 처진 꿈을 끌고 가는 그림자!

꿈을 놓을까봐 두렵다

꿈을 이룬 사람들은
꿈이 떠나는 것을 알지 못하고
꿈을 사랑하는 사람들은
꿈이 곁에 있는 것을 알지 못한다
사랑했다고 사랑한 것이 아니듯
봉우리에 올랐다고
봉우리에 오른 것은 아니다

어릴 때 살던 마을에 산이 하나 있었다. 어느 날이었던가, 동무들하고 강가에서 고기를 잡고 놀다가 봉우리에 걸린 해를 보았다. 그때 나는 동무들한테 해를 잡으러 가자고 말했다. 하지만 산에 오르기도 전에 어둠이 내려와 길을 잃고 말았다. 다행히 동네 사람들 덕분에 무사히 집에 올 수 있었지만 나는 이불 속에서도 해를 생각했다. 도대체 봉우리에 있던 해는 어디로 갔을까? 혹시 봉우리에 살고 있는 악마에게 잡아먹힌 것은 아닐까? 그렇게 생각하니 갑자기 무서워졌다. 만약 해를 잡으려고 봉우리에 올랐더라면 나도 악마에게 잡아먹혔겠지? 그때 나는 속다짐했다. 봉우리는 오르지 않겠다고. 높아만 보이

던 그 산은 세월이 갈수록 낮아졌다. 뒷날 나는 그보다 훨씬
높은 산도 알게 되었고 오르지 않겠다던 봉우리도 올라가 보
았다. 그곳에서 나는 끝없는 구름바다를 보았고 춤추는 바람
도 보았다. 그러던 어느 날 지구에서 가장 높다는 봉우리가 나
타났다. 하지만 그 봉우리는 오르고 싶지 않았다. 그보다 더
높은 봉우리를 알게 되었기 때문이다. 뜻밖에도 그곳은 바다
였다. 물은 가장 낮은 곳으로 흐르는 줄 알았는데 그게 아니었
다. 그렇다면 어딘가에 바다보다 더 높은 봉우리가 있을지도
모른다. 문득, 그곳에 가면 우리가 버린 사랑과 평화가 있을
거라는 생각이 들었다. 멀리서 바라보는 봉우리는 왜 슬프게
보이는 걸까? 빙산의 일각! 내가 본 것은 물 위에 떠 있는 자
그마한 기쁨이었고 내가 보지 못한 것은 물속에 잠겨 있는 커
다란 슬픔이었네.

갑자기 비가 쏟아진다
자귀나무가 몸을 비틀며 창을 긁는다
도대체 무슨 말을 하려는 걸까?
박제처럼 서 있던 허수아비가
두 눈을 껌벅이며 바라본다
바람만 빼고는 아무도 미치지 않았다

꿈꾸는 노란 기차

허수아비가 슈만의 꿈을 크게 틀었다
비바람이 슈만의 꿈속으로 들어가고
허수아비도 뒤따라 들어갔다

바람이 저렇게 몸부림치는 걸 보면
아무래도 내 나라가 독감에 걸린 모양이다
지저분한 욕망들이 나라를 갉아먹고 있는데도
그걸 보지 못하는구나
어서 빨리 독감이 물러가
내 나라가 건강해졌으면 좋겠다
이보게, 자네도 심한 독감에 걸렸으면서
무슨 남 얘기를 그렇게 함부로 하는가?
하긴 노래도 보지 못하는 주제에
내 입이 방정을 떨었구나
따뜻한 차 한잔에 마음을 다스려 보지만
수양이 부족해 또 다시 술을 찾는다

마음을 비운다는 것은
마음에 있는 것들을

모두 버리는 것이 아니라
헝클어져 있는 것들을
잘 갈무리해놓는 것이다

서랍 정리를 하는데
어디서 백두산 냄새가 난다
갑자기 등이 오싹해지고
온몸에 찬기가 돈다
구석에 처박힌 상자를
조심스레 열어 보니
눈보라 치는 백두산과
눈 속에 파묻힌 꿈이 보인다
이 꿈을 살리면
내 마음도 살아나겠지

마음에 욕심이 있으면
세상의 모든 꽃들이 잡초이고
마음에 사랑이 있으면
세상의 모든 잡초가 다 꽃이다

꿈꾸는 노란 기차

그대, 단 한 번만이라도
잡초를 어루만져본 적이 있는가?
꽃을 사랑하는 것은
누구나 할 수 있는 일이다
사랑한다는 말
함부로 하지 말자

봄비가 내린다
비 맞은 풀에서 향기가 피어오르고
향기에 묻어 있던 노래가
바람에 흩날린다
이것이 꿈인가 생시인가?
내가 노래를 보았네
꼬집어도 아프지 않던 나의 삶
이제는 바람만 스쳐도 웃는구나
미친바람이 몸부림치던 날
자귀나무가 창문을 두드리며
내게 하려던 말은 지리산이었어
가자, 지리산으로!

차창 밖으로 개나리가 보인다

노란 빛깔이라는 게 저런 것이었다

해마다 개나리는 피었을 텐데

나는 왜 한 번도 보지 못했을까?

어쩌면 보고도 보지 못했는지 모르지

담벼락 한 귀퉁이에 먼지로 얼룩진 개나리!

비가 내려와서 살살 씻어주었으면 좋겠다

앙상한 내 마음에 봄이 걸려들기를 바라면서

새잎 돋아난 봄 산에 희망의 미끼를 던져본다

먼지 묻은 개나리가 자꾸만 생각난다

비가 내리면 노란 웃음 피어나겠지

아, 봄이구나!

어라, 앙상한 내 마음에 봄이 걸려들었네

지리산에 접어드니 고향이 따로 없다. 여기저기에 돋아난 봄. 물소리와 새소리, 꽃들의 속삭임. 옛 생각이 절로 난다. 무더웠던 어느 여름날. 삼신봉에서 고운동 가다가 길을 잃어버렸지. 길을 잃어버리는 것은 길을 믿었기 때문이다. 목적지가 보인다고 다 온 것은 아니지. 땀은 비 오듯 하고 목에서는 단내가 나고, 오만의 그림자가 나를 쓰러트린 뒤에야 물 한 모금의 소중함을 알게 되었지. 아득히 먼 곳에서 물소리가 들렸어. 나는 다시 일어나 비틀비틀 걸었지. 내가 걷는 것이 아니라 트래가 나를 끌고 간 거지. 해 질 무렵 고운동에 도착, 그날 밤 허깨비를 보았어. 그때 트래가 깨우지 않았더라면 나는 허깨비한테 잡혀갔을 거야.

저만치 장터목이 보인다. 나도 모르게 걸음이 빨라진다. 누군가 저 위에서 나를 부르는 것 같다. 산장에 다다르니 어디선가 낯익은 향기가 날아왔다. 갑자기 심장이 뛴다. 오랜만에 노래 향기를 맡으니 눈물이 고인다. 밤하늘에 숨어 있던 별 하나가 빛을 발하며 어둠을 가른다. 그때였다. 아주 자그마한 빛 한 톨이 눈물 고인 내 눈 속으로 풍덩 빠졌다. 눈물이 튕겨나와 뺨 위로 흐르더니 마음속에서 화사한 빛이 돈다. 마치 시든 꽃이 다시 피어나는 것처럼.

꿈같은 밤이 지나고 새벽이 되었다
아직 날도 밝지 않았는데

상쾌한 새벽 기운이 몸 안으로 들어와

나를 기쁘게 한다

이윽고 햇살이 찾아와 내 마음을 두드린다

햇살이 싱싱하니 내 마음도 싱싱하다

문을 열고 나서는데 밤새 세상이 바뀌었다

꽃눈을 틔우려던 나무들이

무슨 일로 눈꽃을 피웠을까?

'쿵, 쿵, 쿵, 쿵…'

멈춘 시계가 움직이는 것처럼

마비된 마음이 움직인다

아, 이 기쁨!

트래가 돌아왔다!

번뇌가 사라지니 세상이 싱그럽다

또 다시 번뇌가 고개를 쳐든다 해도

지금 이 순간, 나는 행복하다

슬픔도 삭히고 삭히면

이렇게 기쁨을 틔우는구나

눈꽃이 활짝 피던 날

어떤 사람이 말했다

꿈꾸는 노란 기차

눈꽃이 꽃눈을 해쳤다고
눈꽃이 사라지던 날
꽃눈이 말했다
눈꽃은 사랑이었다고

겨울에 내리는 눈은
겨울눈이라고 하지 않지
하지만 봄에 내리는 눈은
봄눈이라고 하지
봄눈은 사랑의 새잎이다
아가의 머리칼처럼 부드러운 봄눈이
내 허물을 덮어주면서 말했다
지난일 모두 잊고 새로운 길 가라고

아무도 밟지 않은 눈길!
드디어 첫발을 내딛는다
하얀 눈 위에 첫발자국!
누구십니까?
사랑의 새잎 뿌려서 첫발자국 선물한

아, 당신은 누구십니까?

지금까지 살면서 하늘을 모르고 살았다

어렸을 때부터 보아왔던 하늘!

나는 그게 사랑인 줄도 모르고

그냥 하늘이라고 했지

용서하지 못하는 것은

사랑하지 않아서이다

모든 허물을 덮어주는

저 하얀 봄눈을 보라!

내가 나를 사랑하지 않는데

누구를 사랑할 수 있으랴

새로운 길은 없다

아무도 가지 않은 길이

새로운 길이 아니며

새로 만든 길 또한

새로운 길이 아니다

이 세상 어디를 가든

빈 마음으로 가는 것이

새로운 길이다

눈물 한 방울이 눈 위에 떨어지니
저만치 천왕봉에서 눈보라가 인다
눈물의 힘이란 이런 것이구나
오! 춤추는 저 하얀 사랑을 보라!
눈물 속에 이런 큰 사랑이 있었구나
백두산에서 흘렸던 서러운 눈물!
아, 그 눈물 속에도 큰 사랑이 있었을 텐데
내가 미처 깨닫지 못했구나
조용히 눈을 감고 마음속을 들여다보니
안개가 걷히면서 새하얀 봄눈이 드러난다
그 하얀 눈 위에 앙상한 트래나무가 서 있다
뜨거운 눈물이 고인다
이 눈물이 거름이 되어
트래나무에 새잎이 돋아나기를!

멀리 눈 덮인 먼산주름을 바라보니 옛 생각이 난다. 저 산
어딘가에 아리랑이 있을 거라면서 겁도 없이 산에 올랐지. 그
때를 생각하면 내가 참 많이 까불거렸다. 그냥 산에 가서 노래

를 기다리면 될 것을 무슨 대단한 일 한다고 아리랑을 내세워 그렇게 호들갑을 떨었는지. 아무튼 트래가 내 마음속으로 돌아온 것처럼 아리랑도 겨레의 마음속으로 돌아왔으면 좋겠다. 트래가 있음에 내가 행복하듯이, 아리랑이 있음에 내 겨레가 행복해지기를 두 손 모아 기도해본다. 나는 내 나라가 이 세상에서 가장 행복한 나라가 되기를 바라지는 않는다. 나는 그저, 내 겨레가 행복하게 잘 살았으면 좋겠다.

첫발자국이 소중한 것이 아니라
첫발자국을 위하여 걸어왔던
수많은 발자국들이 소중한 것이다
세상에 아무것도 아닌 것은 없다
아무것도 아니라고 생각한 것이
어느 날 소중한 것이 된다
사람들은 귀한 것을 흔하게 여겨
인생을 슬프게 한다

오늘의 첫발자국을 위하여
어제의 첫발자국이 사라졌듯이

꿈꾸는 노란 기차

하제의 첫발자국을 위하여
오늘의 첫발자국도 사라질 것이다
다시 첫발자국!
그것은 지금까지 걸어온 길을
잊자는 게 아니다
다른 길로 가자는 것도 아니다
꿈을 사랑한다면 꿈을 잊어야 하나니
앞으로는 봉우리에 오르지 않을 것이다
봉우리는 올라서는 기쁨이 아니라
바라보는 슬픔이다 ■

글을 마치며

    산을 내려오다가 국수 생각이 났다. 마을에 내려와 국수집을 찾았는데 간판도 없고 허름하기가 짝이 없었다. 그런데 주인 겸 주방장의 얼굴이 낯익다. 오래전에 좋은 재료를 찾아 이 산 저 산 다니던 요리사였다. 좋은 재료는 많이 구했냐고 물으니 웃는다. 나는 주인이 웃는 이유를 알 것 같았다. 아무리 좋은 재료라 해도 음식과 한몸이 되지 못하면 참맛을 낼 수 없다는 거겠지. 국수가 나왔다. 한 젓가락 하고 주인과 눈이 마주쳤다. 행복한 맛이었다.

한뫼줄기

저기 저 산 어딘가에 아리랑이 있겠지
등 굽은 세월 속에 애써 웃던 눈물이여
백두산 장군봉에서 지리산 천왕봉까지
이제 우리 만났으니 아리랑을 찾아보세

굽이굽이 어딘가에 아리랑이 있겠지
누빈 세월 한구석에 피어나는 그리움아
섬진강 꽃바람 타고 솔꽃강 저 들판까지
이제 우리 만났으니 아리랑을 찾아보세

황톳길 어딘가에 아리랑이 있겠지
춤추는 진달래야 눈물어린 흙내음아
호남평야 개마고원 고구려 저 발해까지
이제 우리 만났으니 아리랑을 찾아보세

이 노래는 트 래를 다시 만나고 나서 만든 첫 번째 노래다. 10여
년 동안 노래를 볼 수 없었는데 다시 보게 되어 감회가 새로웠다.

꿈꾸는 노란 기차

백두산 다니면서 겪었던 일들이 많은 밑거름이 되었는가보다. 뒷날, 통일이 되었다고 생각하고 만든 노래다. 처음 제목은 '백두대간'이었는데 그 말을 우리말로 풀어 보니 '한뫼줄기'가 되었다. 크고 하나되는 산줄기라는 뜻이다. 세상 어디에 살든 내 겨레는 아리랑으로 이어진 한뫼줄기다.

꿈꾸는 노란 기차

초판 1쇄 인쇄 2019년 3월 8일
초판 1쇄 발행 2019년 3월 15일

지은이 훈돌

펴낸이 정중모
펴낸곳 도서출판 열림원
출판등록 1980년 5월 19일(제406-2000-000204호.)
주소 경기도 파주시 회동길 152

전화 031-955-0700   팩스 031-955-0661~2
홈페이지 www.yolimwon.com   이메일 editor@yolimwon.com
페이스북 /yolimwon   트위터 @yolimwon
인스타그램 @yolimwon

편집 전태영 장인호   홍보 마케팅 김선규 김계향
제작 관리 윤준수 이원희 허유정 원보람   디자인 강희철

ISBN 979-11-88047-89-5   03810